KB250516

이현 新무협 판타지 소설

水國

수국 4
이현 新무협 판타지 소설

초판 1쇄 찍은 날 § 2004년 5월 12일
초판 1쇄 펴낸 날 § 2004년 5월 22일

지은이 § 이현
펴낸이 § 서경석

편집장 § 문혜영
편집 § 장상수 · 서지현
마케팅 § 정필 · 강양원 · 이선구 · 김규진 · 홍현경

펴낸곳 § 도서출판 청어람
등록번호 § 제1081-1-89호
등록일자 § 1999. 5. 31
어람번호 § 제2-0370호

주소 § 경기도 부천시 원미구 심곡1동 350-1 남성B/D 3F (우) 420-011
전화 § 032-656-4452 팩스 § 032-656-4453
http://www.chungeoram.com
E-mail § eoram99@chollian.net

ⓒ 이현, 2004

ISBN 89-5831-091-X 04810
ISBN 89-5505-973-6 (SET)

※ 파본은 본사나 구입하신 서점에서 교환하여 드립니다.
※ 저자와 협의하여 인지를 붙이지 않습니다.

Fantastic Oriental Heroes

이현 新무협 판타지 소설

4

혈안색마(血眼色魔)

도서출판
청어람

4 혈안색마(血眼色魔)

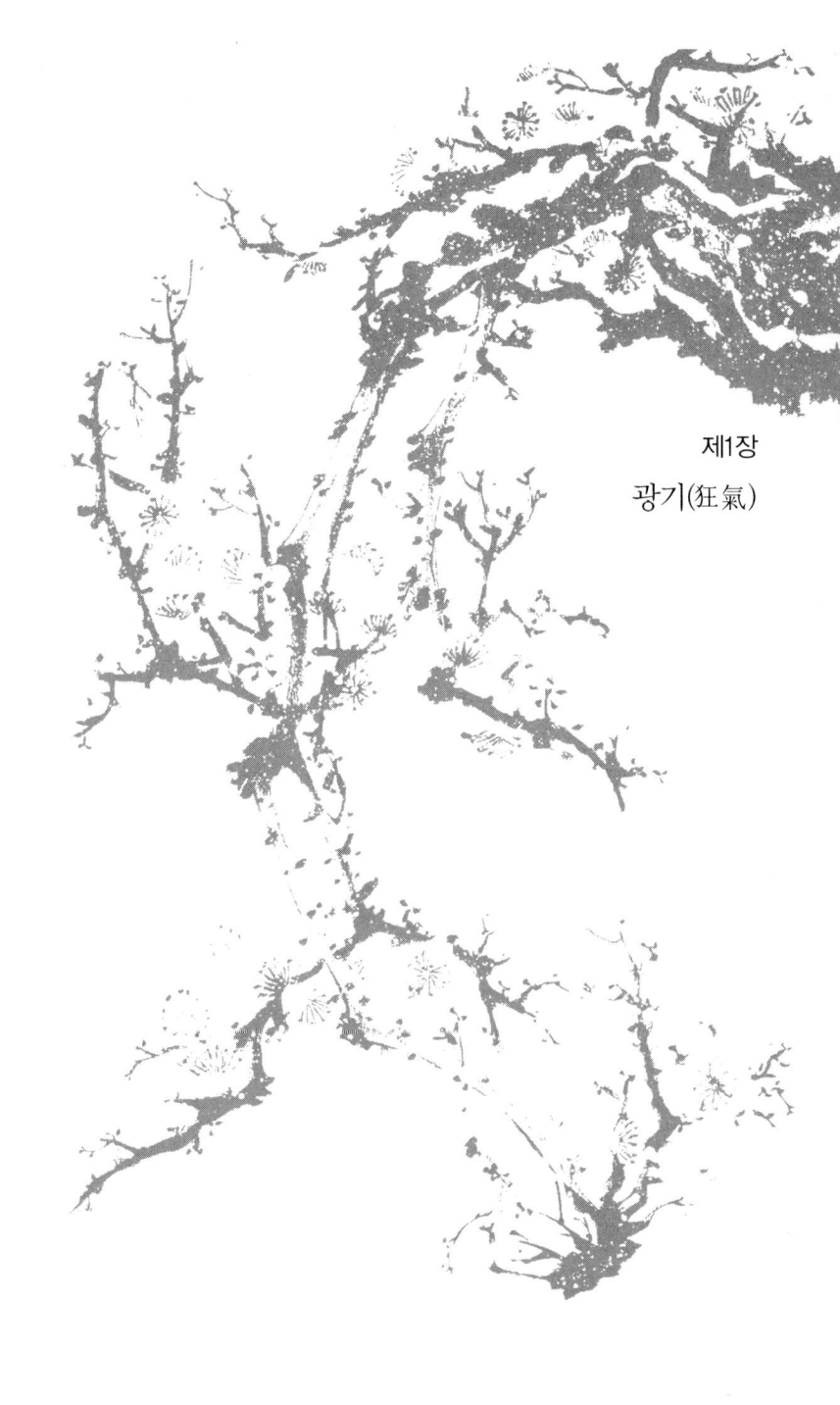

제1장

광기(狂氣)

소주 풍정원.

엄생(嚴生)은 원형 탁자 맞은편에 어깨를 꼿꼿이 펴고 앉은 중년 사내를 맞이하고 있다. 호사스러운 비단옷을 걸치고 그의 앞에 앉아 섭선(摺煽)을 쥐었다 펼쳤다 하는 상인 차림의 사내는 예친왕(豫親王) 다탁(多鐸)이다.

북검 갈의현.

원래 보정왕 다이곤의 비밀 호위였던 그는 예친왕 다탁의 잠행 길 호위를 위해 따라나섰다. 또 다른 특별한 임무가 있기도 했다.

용진우와의 두 번째 만남.

남도북검(南刀北劍) 강호에서 이렇듯 서로 간에 일면식도 없는 사람들이 마치 동문이나 친구처럼 같이 짝지어 불리는 경우는 드물다. 그럼 면에서 두 사람의 오늘 만남은 어색함과 친근감이라는 이율배반적인 감정이 동시에 우러나게 하고 있었다.

용진우 역시 투명한 눈으로 실내 전체를 바라볼 뿐, 갈의현에게 특별한 관심을 기울이지 않는 듯 행동했다. 하지만 지금 그의 모든 신경은 상대에게 집중되어 있다고 해도 과언이 아니다.

용진우의 성명절기는 삼십육수(三十六手) 유성검법(流星劍法)이다.

그의 내력에 대한 분분한 견해에도 불구하고 가장 설득력있는 것으로 받아들여지는 황산파(黃山派)의 파문제자(破門弟子)라는 말은 삼십육수 유성검법에는 황산파의 특징인 기(奇)와 험(險)이 그대로 살아 숨쉬기 때문이다.

그 기이함은 화산파(華山派)의 현란함을 연상케 하고 그 흉포함은 해남검문(海南劍門)의 좌수검(左手劍)을 떠올리게 한다. 그가 황산파 파문제자라는 말이 나도는 것은 강호에서 기험이 한데 어우러져 있는 대표적인 검술이 바로 황산파의 황룡비폭검법(黃龍飛瀑劍法)이기 때문이다. 육합의 중심에 황룡을 두고 수십 장 아래로 낙하하는 폭포수같이 날카롭고 웅후하게 떨쳐 내는 검법은 황산파를 구파일방의 한 축에 끼게 만든 절예이기도 하다.

남도북검.

당금 무림에서 다섯 손가락 안에 꼽히는 무인들이다. 두 사람의 보이지 않는 기(氣) 싸움 만큼이나 치열한 것은 향후 중원의 판도를 놓고 상대의 의중을 탐색하는 또 다른 두 사람의 대화다.

"왕야(王爺)께서 미천한 소생의 뒤를 확실히 보살펴 주실 수 있는지요?"

엄생은 다탁을 향해 담담한 어조로 물었다.

"당연한 말이오. 지금 황제 폐하를 보좌하고 계시는 보정왕께서 가장 우선시하시는 것이 바로 강남 일대를 확실히 해 재정을 공고히 하는 일이오. 물론 엄 대고께서도 이미 잘 알고 계시리라 믿지만 우리 대청국(大淸國) 또한 명군(明軍) 못지않게 병참의 수급이 원활하지 않소. 만약 앞으로도 이 상태가 계속된다면 강남에서 몇 번의 작은 승리를 거둔다 해도 모든 것이 다시 원점으로 돌아갈 가능성이 높소."

다탁은 엄생의 맑고 깊은 눈을 애써 피하며 말했다.

그가 말하는 폐하란 청조의 순치황제(順治皇帝)를, 보정왕이란 누르하치의 열네째 아들이며 청 조정의 최대 실세인 다이곤을 말한다. 황제가 아직 어리기에 다이곤이 실권을 쥐고 정사를 돌보는 상황이다. 다탁과 다이곤은 형제 간이기도 하다.

청조가 가장 우려하는 것은 중원의 상인들이 이미 무너진 명조(明朝)를 지원하는 상황이다. 지금 청군(淸軍)이나 명군(明軍) 모두에게 가장 필요한 것은 바로 막대한 군비(軍費)를 조달해 줄 수 있는 자금 줄이다. 대군을 움직이기 위해 반드시 필요한 것이지만 더 더욱 간과할 수 없는 점은 지리멸렬한 명(明)의 관군이나 농민군의 잔당들이 배불리 먹여 주는 쪽에 붙을 것이란 점이다.

다이곤이 그를 비밀리에 강남에 파견한 것도 바로 그 점을 우려해 상인들의 마음을 수습해 그들의 돈이 명군 쪽으로 흘러 들어가지 않도록 하려는 것이다. 지난번 다이곤의 방문 이후에도 엄생이 눈에 띌 만한 성과를 보여주지 않고 있기에 그의 협조를 재차 독려하려는 것이기도 하다.

다탁은 엄생의 반응을 기다렸다.

지난번 다이곤과 전격적인 만남을 가졌기에 사전에 엄생의 의중을 알고 나선 길이기는 했다. 하지만 일이란 항상 마무리가 중요한 법. 다이곤의 방문 이후로도 엄생의 적극적인 협조의 움직임은 아직 포착되지 않고 있었다.

'흐음!'

엄생은 내심 마음이 편안했다.

장보도를 이용해 계획한 일이 꼬인 것이 오히려 다탁의 방문으로 이어지고 있었다. 그로서는 청국의 여러 친왕들과 교분을 쌓아두는 일 역시 중요했는데 전화위복이 된 것이다.

"그렇게 되면 싸움이 길어져 중원 천하가 피폐해질 것이니 우리 상인들에게는 가장 좋지 않은 상황이지요. 왕야의 솔직한 말씀을 들으니 이 자리에서 나눈 모든 말들을 믿을 수 있을 것 같군요. 핫핫핫!"

엄생이 웃고 있음에도 다탁의 표정은 한층 더 신중해졌다. 강남 상계의 거목답게 능구렁이 같은 상대는 아직 정확한 요구 조건을 내놓지 않고 빙빙 겉만 훑고 있었다.

'노련한 자로군. 역시 중원 최고의 상인다워.'

다탁은 기세에서 밀리고 있음을 실감했다. 전하는 풍문 중에는 엄생의 재산이 은자로만 수억 냥에 이를 것이라는 말도 있었다. 사실 여부를 떠나 그런 말을 들을 정도로 재산을 모은 자라면 남다른 능력이 있음을 인정하지 않을 수 없는 것이다.

"보정왕께서는 적대적인 태도를 보이지만 않는다면 강남 상계(商界)는 건드리지 않을 것이라고 하시었소. 중원 전체를 통일한다고 해도 지금보다 과도한 세금을 매기지도 않을 것이오."

다탁은 잠시 말을 끊고 상대의 반응을 기다렸다.

"그게 전부입니까?"

예상대로다.

'어쩔 수 없군!'

다탁은 숨겨두었던 마지막 패를 보여주지 않을 수 없었다. 망설였던 것은 가능하면 강남 상인들로 하여금 북직례 지역의 재산을 포기하도록 만들어 그것으로 모자라는 군비를 충당하자는 제안이 조정에서 있었기 때문이다. 강제로 압수하지 못하는 것은 상인들의 반발이 명 황실의 잔당을 지지하는 방향으로 나타날까 우려한 때문이다. 이곳에 오기 전 다이곤은 당근과 채찍을 동원해 최선의 협상을 이루도록 지시했었다.

세인들이 엄생을 일러 금엽견(金獵犬)이라 부른다던가?

"보정왕께서는 강남 상인들이 소유한 북직례 일대의 모든 재산도 건드리지 않을 것을 약속하시었소. 하지만 엄 대고께서 도통 성의를 보이지 않으시니……."

다탁은 청 황실의 친왕(親王)이며 전장의 장수(將帥)이지 협상에 능수능란한 술수가는 아니다. 중원인들의 이목을 피해 이곳까지 찾은 힘들었던 여정도, 그리고 반 시진이 넘게 이어진 날카로운 대화도 그를 지치게 하는 데 일조했기에 이제 모든 것을 내주고 상대의 반응을 기다려 보기로 했다. 약간의 불만 섞인 말투와 함께였다.

"저런! 그런 큰 은혜를 베푸신다니 저도 뭔가 좋은 선물을 드리지 않을 수 없군요. 사실 저도 그동안 손을 놓고 있었던 것은 아닙니다."

엄생은 크게 고마운 듯한 표정으로 말했다.

강남 상인들 대개가 그러하듯 그도 북경 인근에 많은 재산을 보유하고 있다. 그들이 우려하는 것은 중원이나 황실의 운명이 아닌, 과연 청 병의 말발굽 아래서 자신의 재산을 무사히 지켜낼 수 있느냐이다.

엄생도 다르지 않다.

이미 고관대작들의 재산은 모두 몰수되었다는 소식을 들었기 때문이다. 하지만 이번 담판을 통해 근심했던 것이 원하는 대로 관철이 되었으니 적당한 선물로 상대의 체면을 세워줄 차례였다.

"지금 구황실(舊皇室)을 지지하려는 세력들이 폐하의 뜻을 거스르려는 은밀한 음모를 꾸미고 있습니다."

말하는 엄생의 눈이 한없이 깊어졌다.

흘낏 그 눈길을 살피던 다탁의 입가에 조용한 미소가 떠올랐다. 명 황실을 구황실로 표현하고, 저들이 말하는 오랑캐 황제를 폐하로 표현한 것이 그의 기분을 흡족하게 만들었다. 그 한마디로 적어도 엄생 자신에게 있어서 적아(敵我)의 구별은 확실하게 끝났음을 알려온 것이다.

거래는 크든 작든 간에 순서가 있는 법이다. 상대가 슬쩍 흘리는 말 한마디로 서로의 뜻을 짐작해 마치 바둑판에 돌을 메우듯 한마디씩 말을 맞추어가면 되는 것이다. 하지만 다탁이 부담스러워하는 것은 상대는 이런 일에 능숙한 닳고닳은 상인 출신이라는 것이고, 자신은 청 황실의 패륵으로서 무장이기에 말싸움에 뽑아 든 칼이 무디게만 느껴지는 탓이다.

지루하게 이어지는 대화 자체를 버거워하는 다탁의 힘겨움은 엄생에게도 그대로 전해지고 있었다. 지금 그의 입가에 옅은 미소가 감돌고 있다. 선물은 한꺼번에 안겨야 그 효과가 배가되는 법이다.

엄생은 다시 말을 이었다.

"일 년 전부터 강남 일대의 무림을 뒤흔들고 있는 장보도에 대해서 아시는지요?"

"알고 있소."

다탁은 쓴웃음을 지었다. 병참에 보태라며 장보도의 보물이라도 찾아주겠다는 건가. 슬며시 궁금증이 일었다.

짝! 짝! 짝!

엄생은 문 쪽을 향해 박수를 쳤다. 그러자 잠시 후 작은 체구의 중년인 한 명이 안으로 들어왔다.

"기신이라고 합니다. 광휘당포의 관사로 있습니다."

다탁의 눈이 가늘어졌다. 그도 한때 장보도에 관심을 가졌던 적이 있기에 그 진원지라는 광휘당포의 이름에 대해서도 들은 바가 있었다.

"이번 장보도 사건은 무림인들을 규합해 청군에 대항케 하려는 제갈세가의 음모입니다."

"그게 무슨 소리요?"

다탁은 이해할 수 없다는 듯 눈을 둥그렇게 떴다.

"자네가 말을 해보게."

마치 직속 수하를 대하듯 하는 엄생의 말에 기신은 거침없이 입을 열었다. 그에게서 미리 언질을 받았던 까닭이었다.

"광휘당포의 관사 기신이라고 합니다. 큰 당포는 아니었지만 그런대로 절동에서는 최고의 규모로 인정받은 그런 당포였지요."

광휘당포라는 말에 순간적으로 다탁의 눈빛이 흔들렸다. 비록 상대는 말속에 겸손을 심었지만 강남 땅에 문외한에 가까운 자신의 귀에도 익은 이름이었다. 이곳 정보에 대해 간세들로부터 수시로 올라오는 몇 장의 보고서에 의지했던 자신이 알 정도라면, 기신의 겸양 섞인 말과는 달리 상당한 규모의 당포가 틀림없었다.

기신은 잠시 숨을 골랐다. 미리 작정한 대로 술술 이야기를 풀어가려고 했지만 막상 말을 꺼내고 보니 문득 회한이 밀려오는 까닭이었다.

"험!"

"그 물건을 사들이는 것이 아니었습니다. 하지만 장보도라는 말은 종종 사람들의 이성을 잃게 하지요. 장강신투가 폐궁 장보도를 제게 들이민 것은⋯⋯."

엄생의 헛기침에 마음을 추스르고 말을 이어가는 기신은 어느덧 거래를 놓고 벌이는 상인의 표정으로 돌아가 상대가 조금의 의심도 품지 않을 정도로 술술 풀어져 나왔다.

결코 작지 않은 밀실이건만 기신의 말이 이어지는 동안 이곳에 있는 사람들의 숨소리를 느낄 수 있을 정도로 긴장과 적막이 감돌았다.

때로는 빠르게 때로는 천천히 이어지는 기신의 말솜씨 또한 그런 분위기를 만드는 데 한몫했다. 비록 엄생에게는 미치지 못할지언정 그 또한 상당한 지위의 상인으로서 어디에 나서도 부족함이 없는 인물인 것이다. 그의 말에는 다탁은 물론 남도 용진우나 북검 갈의현마저도 말속으로 빠져들게 하는 힘과 생명력이 있었다.

'후후후, 저 정도라면⋯⋯.'

엄생의 얼굴에 다시 옅은 미소가 번졌다.

불필요한 일은 절대 하지 않는 사내.

애초에 기신을 이곳으로 데려온 것부터가 쓸모가 있기에 한 일이었다. 이번 일뿐만 아니라 앞으로도 그에 대해서는 또 다른 기대가 있었다. 일을 도모함에 있어 다른 무엇보다 가장 필요한 것은 사람이다. 저 정도로 상인다운 재능과 언변에 능력, 그리고 그에 필적하는 수많은 경험을 갖춘 사람을 찾는 일이란 쉬운 일이 아니다.

오늘 이 자리는 기신에 대한 세간의 평가가 맞는가를 확인하는 자리이기도 했다.

'아마 어쩌면⋯⋯.'

제갈세가에게야 의도적으로 그런 것이라고는 하지만 눈앞에서 열변을 토해대는 기신 또한 장보도가 이곳 풍정원에서 공들여 뿌린 것임을 알지도 모른다. 하지만 알면 아는 대로 모르면 모르는 대로 입을 열 시기와 장소를 가릴 줄 아는 사내이다.

짧지도 길지도 않은 광휘당포의 불행한 이야기가 끝을 맺었고, 가볍게 엄생과 다탁을 향해 목례하고 밀실을 나서는 기신의 뒷모습이 문밖으로 사라질 때까지 안에 있던 누구도 입을 열지 않았다.

잠시 긴장이 흘렀다.

엄생과 다탁, 그리고 갈의현과 용진우의 머리 속 생각이 어느 정도 무르익었을까. 엄생은 다시 묘한 침묵을 깼다.

"봐서 알고 계시겠지만 본인 역시 그간 허송세월만 하고 있었던 것은 아니외다. 설마 지금 기신 관사의 말을 듣고도 제 노력을 평가 절하하려는 것은 아니겠지요?"

넌지시 던지는 그의 말에도 다탁은 여전히 입을 열지 않았다. 뭔가 일이 얽히고설켜 가는 것 같기는 한데 아직 엄생이 무슨 노력을 했다는 것인지 언뜻 이해하지 못했던 것이고, 무장인 그로서는 이런 복잡한 일에 머리가 잘 돌지 않은 까닭이기도 했다.

"다이곤 전하에 대해 이 정도 정성으로도 부족하다고 느끼신다면……."

짝! 짝! 짝!

엄생이 다시 박수를 치자 이번에는 밧줄에 포박된 젊은이 한 명이 호위 무사들의 손에 이끌려 왔다. 상의가 벗겨진 채였는데, 온몸이 울긋불긋한 멍투성이며 군데군데 검붉은 핏자국이 있어 그동안 겪었을 고초를 짐작케 했다. 게다가 입에는 굵은 재갈이 물려져 있어 겨우 알아들을 만한 옅은 신음성을 흘리고 있었다.

"저자는 제갈세가의 차기 가주로 지명된 제갈강이라는 자입니다. 이번 장보도 사건의 진원지이기도 합니다."

"제갈세가?"

요동에서만 지냈던 다탁이기에 중원 세가에 대한 얘기는 미처 듣지 못했던 것이다.

"그렇습니다. 무림의 두뇌라고 하지요. 무림에 수백 년 동안 나서지 않았던 제갈세가 사람들이 장보도 주변을 떠나지 않고 있음에 주목해 이자를 붙잡아 취조해 얻어낸 사실입니다. 그동안 취조해 본 결과 장보도 건은 제갈세가에서 무림인들을 규합해 남하(南下)하는 청군을 막아보겠다는 계획에서 꾸민 사건이라는 것이 밝혀졌습니다."

"허허허. 우습군."

다탁은 그렇게 웃으며 넘어갔지만 내심 크게 놀랐기에 순간적으로 흔들리는 눈빛을 어쩌지는 못했다. 순간이나마 중원무림이 주는 무게를 느꼈기 때문이다. 이미 조정에서도 거론된 사안으로 다이곤이 우려하는 바 또한 특급 고수로 구성된 무림인들의 암습이었다. 자객들이 친왕이나 장수들을 목표로 한다면 막기가 쉽지 않을 터 그런 우려 때문에 북경을 접수한 지 몇 달이 지난 지금에도 순치 황제가 아직 자금성에 입성하지 못하고 있었다. 그가 이번에 비밀리에 강남 땅까지 내려온 이유 중 하나이기도 하다. 하지만 굳이 그것을 언급해 가며 이쪽의 근심을 드러낼 필요는 없었다.

"흠. 그걸 밝혀낸 엄 대고의 노력에 감사를 드리오. 나는 가지만 내호위를 이곳에 남겨 엄 대고를 돕도록 하겠소. 일단 내가 장강을 무사히 건넌 후에 갈 호법을 다시 이곳으로 보내겠소."

갈의현은 다탁의 말에 눈을 번쩍 떴다.

자신이 남아 강남무림을 도모해야 한다는 것은 다이곤으로부터 직접 받은 지시로, 이미 북경을 떠나올 때부터 알고 있었던 일이다. 그가 끌어 모을 사람은 강남 상계의 엄생과 같은 더 큰 욕심을 위해 뛰는 자들이다.

단 한 번의 도박으로 승부를 결정짓기를 원하는!

서로의 의중을 다시 확인했고 추가적인 요구 사항도 원만히 합의되었기에 갈의현이 다탁을 수행해 떠났지만, 혼자 남은 엄생의 눈은 여전히 깊고 고요했다.

'대세가 어디인가? 그 대단하던 이자성도 북경성까지 점령했다가 지금은 쫓겨 다니는 판이니……'

이미 나름대로의 생각은 있었다. 그는 두 개의 안전판을 가지기를 원했다.

난세에 한쪽에 기대는 것만큼 위험한 일은 없는 것이다. 아무리 철저히 정세를 분석한다고 해도 사람이 내다볼 수 있는 앞날이란 불완전하기 그지없다는 것을 잘 아는 까닭이다. 예전에 그가 처음 장사를 시작했을 때 사람들은 그가 하는 짓을 모험이라고 했다.

모험이라니! 웃기는 소리였다.

스스로는 당금 형세의 결말을 남쪽은 명조(明朝), 북쪽은 청조(淸朝)의 남북 양국의 구도로 생각하고 있었다. 강남 상인들 대부분의 생각이기도 했다. 조조의 위나라도 오나라가 막아서는 장강을 넘지 못했다. 지금 남경 응천부에 명 황실을 지키려는 홍광제(弘光帝) 휘하에는 백만 대병이 있지 않은가. 병력으로만 치자면 사룡(四龍)의 구도에 가장 강력한 힘을 가진 세력이다. 욱일승천하는 무서운 기세의 청병들이 선뜻 남하하지 못한 까닭도 바로 그 때문이다. 청군의 철기들이 비록 막강하다고는 하지만 수적인 열세는 어쩔 수 없기에 그들은 지금 이자성 일당을 평정하는 것은 물론, 산동의 토호들은 제압하는 일에도 버거워하고 있었다. 그가 아직 확실한 판단을 유보한 까닭이기도 했다.

자신을 경계하는 사람들이 자신을 도신(賭神)으로 부르고 있음 알고 있다. 엄생이 자금을 댄 일에는 실패가 없었음을 빗댄 말이었다.

'도박의 신이라……'

그가 알기로 인간 중에는 그런 신이 없다.

그동안 실패가 없었던 이유는 모든 일을 추진함에 있어 항상 살아남을 복안은 준비해 놓고 실행에 옮겼기 때문이다. 이번도 마찬가지로, 남경 응천부에 웅거한 홍광제의 남명(南明) 조정과 북경 순천부의 청조, 두 곳 모두에 양다리를 걸칠 셈인 것이다. 하지만 그 비용이 결코 싸지는 않을 터였다.

'뭔가 보여주기는 해야 하는데……'

아무튼 다탁까지 방문하고 간 처지고, 갈의현은 남아서 일을 감시할 모양이니 놈들을 위해 열심히 하고 있다는 성과물을 계속 내놓을 필요는 있다. 그래야 그들이 중원을 평정해도 천하제일 대고(大賈)로서의 지위를 유지할 수 있다. 아니, 그보다 지금 풍정원을 중심으로 은밀히 추진되는 또 하나의 일을 원활히 하는 길이기도 했다.

뚜벅, 뚜벅, 뚜벅.

다탁 일행을 배웅하러 갔던 용진우의 발소리였다. 다탁 일행이 이곳 소주 근처에서 죽거나 변을 당하기라도 한다면 그때부터 청조와는 동업자가 아닌 원수가 될 터이기에 안전을 위해 특별히 수행시킨 것이었다.

"쾌각의 인물들이었습니다. 예전에 걸개방(乞丐幫)이었다가 상무문(商武門)으로 개칭을 한 후에 멸문당했던 문파의 잔당들입니다."

아마 돌아오는 길에 보고받은 모양이었다. 말하는 용진우의 얼굴에 별것 아니라는 비웃음까지 보였다.

엄생의 눈이 더욱 깊어졌다.

상대를 꿰뚫어 보려고 하거나 좋은 생각이 떠올랐을 때면 늘 나타나는 현상이었다.

"일단 한 번 더 놈을 건드려 보고 그래도 버틴다면 그때는 놈을 보호해라."

"예?"

용진우는 언뜻 이해하지 못했다.

"쉽게 죽어주지 않을 놈이라면 내가 필요한 방향으로 몰아가서 적당한 곳에 써먹으면 그뿐이다."

그제야 그는 엄생의 말을 이해했다. 마지막으로 한 번 더 사군을 공격해 보라는 뜻인 것이었다.

하지만 쉽지 않은 일이다.

장보도를 빼앗아 애초의 목표로 하는 제갈세가의 손에 들려주어 계획대로 일을 풀어가는 것이 순리다. 제갈세가를 무림인들의 목표로 만들어 없애고, 이어 남궁세가마저 도모한다면 강남무림은 무주공산이라 해도 과언이 아니다. 그런 상태가 바로 폐관수련 중인 대야(大爺)의 목표이며 무림에 장보도를 풀어 제갈세가를 끌어들인 목적이기도 했다.

이제 막 어둠이 깊어지려는 이른 밤이다.

십여 개의 검은 그림자가 어둠 속에서 영은교를 넘어 도하촌으로 향했다. 그림자들은 마을이 한눈에 내려다보이는 뒷산의 어둠 속으로 스며들었다.

"저 집이 맞겠지?"

"여러번 확인했으니 틀림없습니다."

계진이 손가락을 들어 예향의 집을 가리키자 수하 중 하나가 자신있게 대꾸했다.

"은자 백 냥이 걸렸다. 계집의 몸에 상처 하나라도 나면 안 된다!"

"알겠습니다."

사실 계진의 말은 사족에 불과했다. 한두 번 해보는 장사도 아닌데 상품에 흠집을 내지 말라는 지시가 새삼스럽기만 했지만, 으레 그렇게 말해야 하는 것 또한 윗사람의 할 일이기도 했다.

"가자!"

복면을 눌러쓴 계진의 지시가 떨어지자 수하들은 마을 안으로 내달았다. 모두 준비한 복면을 뒤집어쓴 상태다.

컹컹컹! 멍멍멍!

마당에 엎드려 잠을 청하던 마을 견공들은 낯선 이들의 갑작스런 방문에 일제히 몸을 일으키며 짖어댔다. 개들의 소동에 놀랐는지 집들이 차례로 불을 밝혔다.

쾅! 쾅!

"으헉!"

발로 문을 차는 소리에 자리에 누웠던 예철은 간이 떨어지는 줄 알았다.

얼른 집 안의 등불을 밝히고 보니 언제 일어났는지 아내 엄씨는 물론 예향까지 새파랗게 질려 침상 위에서 부둥켜안고 덜덜 떨고 있었다.

납치를 당했던 이래로 집에 돌아와서도 자주 잠을 설치기에 요즘은 아내 엄씨와 같은 침상을 쓰게 하고 자신은 예향의 침상에서 자는 형편이었다.

꽝!

빠지직!

또 한 번 발로 차는 소리가 들리더니 문짝이 요란한 소리를 내며 뜯겨 나가 덜렁거렸다. 순간 복면인 서넛이 어정쩡하게 일어나 벌벌 떠는 예철을 밀어젖히고 우르르 밀어닥쳤다. 안으로 들어온 그들은 침상으로 달려들어 예향을 끌어냈다. 구석에 나동그라진 예철은 그만 몸이 굳어버렸다.

"악!"

'안 돼!'

놀라 입도 떼지 못하고 있던 어머니 엄씨가 딸을 끌고 나가는 복면인의 다리를 붙들고 자빠졌다.

"이년이!"

복면인은 발로 차서 떼어내려고 했지만 찰거머리처럼 붙는 엄씨를 어쩌지 못하자 손에 들려 있던 귀두도로 등을 베어버렸다.

"아악!"

마치 바닥에 엎드리듯 하여 한 발을 잡고 버티던 엄씨의 손이 스르르 풀리더니 등에서 붉은 핏물이 배어 나와 옷을 적셨다.

"어머니! 끄윽……!"

등불 아래서 그 광경을 지켜보던 예향은 그만 꼬르륵거리며 기절해버렸다. 예철도 그것을 보았다.

"여보!"

그는 하늘이 무너지는 충격에 벌떡 일어나 앞을 막아서는 복면인들을 밀치며 엄씨에게 달려갔다. 순간 또 한 자루의 귀두도가 등불 아래서 번뜩였고, 예철의 놀란 눈이 더욱 크게 떠졌다.

"커억!"

등불 아래서 휘청하던 그의 몸이 잠시 비틀거리다가 '쿵' 소리와 함께 바닥으로 무너졌고, 이어 목에서 붉은 혈선이 가늘게 나타나더니 이내 짙은 피를 콸콸 쏟아냈다. 끔찍한 그 모습에 사내들의 움직임이 멈칫했지만 이내 할 일을 계속했다.

"가자!"

누군가 예향을 둘러메자 복면인들은 썰물처럼 집을 빠져나갔다. 마을 사람들 몇이 집 앞으로 나왔지만 도검을 휘둘러 대는 복면인들을 목격하고는 황급히 안으로 들어가 문을 걸어 잠그고 불을 껐다. 복면인들은 채 일각도 되지 않아 도하촌을 빠져나갔다. 인적없는 마을에는 개 짖는 소리만 요란하게 남아 마을 사람들의 공포를 더하게 했다.

'군 오라버니!'

혼절한 예향의 머리 속에서 사군이 빙긋 웃음을 던졌다.

눈을 뜬 사군은 정청화의 선실로 향했다. 일과였다.

침상에 엎드려 있는 그녀를 보고는 말없이 다가가 어깨를 껴안았다.

"훌쩍!"

눈이 빨개지도록 울고 있었다.

상대가 들어와 어깨를 안아오는 것을 번연히 알면서도 정청화는 여전히 고개를 들지 않았다. 사군의 진면목을 본 순간부터 문득문득 솟구치는 서러움을 감당할 수 없었기 때문인지 혹은 자신을 능욕했던 사내가 비슷한 또래의 젊은이라는 점이 그렇게 만들었는지, 그도 아니면 속았다는 생각에 우는 것인지 아니면 모두 다인지도 몰랐다.

하지만 어차피 몸까지 빼앗기게 되었지 않는가. 스스로도 이해하지 못하는 눈물이지만 한편으로는 다행이라는 생각도 있었다.

사기꾼!

돌연 어깨를 안아오는 손길이 정말 미웠다.

"치워!"

예상치 못한 호통에 사군의 손이 화들짝 놀라 떨어졌다.

이어서 나오는 말은 더했다.

"더러운 놈!"

사군의 눈썹이 하늘로 치솟았다.

이런 반전을 이해할 수는 있지만 용납할 수는 없다.

분노가 끓어오르는 것을 느꼈지만 사군은 입술을 굳게 다물 뿐이었다.

머리 속으로 오만 생각들이 번갯불의 잔상처럼 빠르게 오갔다.

좋다. 따져 보자. 나는 네 목숨을 구했고 짐을 구했다. 어차피 너는 수적들의 노리개가 될 뻔한 계집이 아니냐. 굳이 내가 나설 이유는 없었지. 그런데 이제껏 네가 내게 해준 건 뭐냐. 네 몸뚱어리를 강제로 취했다고? 나 같은 놈은 평생 네년의 밑이나 닦아주며 살아야 하다는 말이냐? 그래, 지금 또 닦아주지! 예향도 처음에는 원하지 않았을 게야. 이 배 안에서 내가 미안해할 사람은 의녀 한 명뿐이야!

벌겋게 달아오른 눈이 이글거렸다.

"호호호!"

돌연 흥분에 겨워 등을 조여오던 정청화의 그 손길을 다시 느끼고 싶어졌다. 꽃잎의 아련한 향기가 무척이나 그리웠지만 퍽이나 괘씸하기도 했다. 그의 심사를 대변하는 우악스러운 손길이 여인의 어깨에서 머리로 향했다.

"악!"

정청화의 머리채가 들려졌다.

"내가 원망스럽냐? 왜? 넌 수적들에게 끌려가 시중이나 들었을 계집이야. 그걸 구해주었는데 네가 내게 해준 것이 뭐지? 내가 강제로 너를 취했다고 그러는 거냐? 맞아. 그건 원래 수적들의 몫이었지. 실컷 즐기고 나서 수적들에게 다시 넘겨주지. 원래의 임자를 찾아주는 것은 귀찮은 일이니 동업자도 괜찮겠지. 전당강쯤이 좋겠군. 배고픈 백일귀들이 숱하게 깔려 군침을 삼키는 곳이니."

말과 함께 한 손을 품속으로 집어넣어 풍만한 젖가슴을 거칠게 주물렀다.

"악!"

머리채가 들려지는 아픔을 느끼는 순간 정청화의 머리 속에서 복잡하게 교차하던 여러 가지 감정들이 순식간에 하나로 통일되었다.

'잡배! 인간쓰레기, 색마, 천한 놈! 개자식!'

하지만 정청화는 지독한 아픔에 말도 하지 못하고 바동거리기만 했다. 젖가슴을 내주는 따위는 이제 두 사람 사이에서 더 이상 관심사도 아니다.

"게 있느냐?"

사군이 문을 향해 호통을 쳤다.

의녀를 부르는 것이다. 복도를 허둥지둥 달려오는 발소리가 들렸다. 사군을 무척이나 겁내는 그녀였다.

"앗!"

의녀는 사군의 변해 버린 얼굴을 보고 놀랐고, 선실 안에서 벌어지는 일을 보고 또 한 번 놀라 입을 다물지 못했다.

"들어와!"

의녀는 흠칫 놀라 부르르 몸을 떨더니 얼른 안으로 들어섰다. 그녀에게 사군은 두려움 그 자체였다. 겁먹은 동작으로 안으로 들어선 그녀가 자리를 잡지 못해 쭈뼛거리는 순간 사군은 소리지르듯 입을 열었다.

"잘 들어라! 나는 이 선단을 습격한 수적들을 목숨 걸고 물리쳐 주었고, 짐은 물론 사공들과 보표 둘을 구했으며 이 여자가 수적들의 노리개가 되는 것을 막아주었다. 이 배에 실린 물건값만 해도 수십만 냥은 족히 넘을 것이다. 그런데 이 여자는 내게 몸뚱어리 한번 주는 것도 수치스러워하는구나. 아마도 나 같은 놈들은 평생 공짜로 자신들의 뒤나 닦아주고 살아야 한다고 생각하는 모양이다. 네 생각은 어떠냐?"

말에는 분노가 실려 있었다.

"저, 저는……."

취련은 말을 더듬었다. 사군 또한 자신을 능욕한 음적이었다. 듣기는 했지만 두려움에 무슨 말인지 머리 속에서 정리가 되지 않고 있었다. 사군도 그녀가 두려움에 떨고 있음을 알았다

"솔직히 말해라. 거짓말만 아니면 뭐라 하지 않겠다. 설사 나를 나쁜 놈이라고 말해도 좋다. 약속한다."

목소리는 많이 부드러워져 있었지만 한 손으로는 여전히 정청화의 머리채를 잡고 있었다.

의녀는 정신을 가다듬었다.

자신은 어렸을 적에 상주에서도 좀 떨어진 촌에 살았었다. 의녀가 된 것은 먹고살기 힘들었던 부모님이 한 입이라도 덜어보려고 어린 자신을 상주 약방에 맡겼기 때문이다. 그동안 의술이라도 익혀 의녀가 되고, 몸이라도 지킬 수 있었던 것은 점잖은 의원 어른 덕분이었다.

사내의 말을 곰곰이 생각해 보았다. 그제야 방금 전 상대의 말이 차례로 떠오르며 의미가 와 닿았다.

'틀린 말이 아니야.'

몸을 망치게 한 사내였지만 그 말을 듣고 나니 달리 보였다. 그는 정당한 요구를 하고 있었다. 수적들에게 구해낸 물건 값만 수십만 냥 어치라고 했다. 사람도 몇 구했고.

힘겨웠던 집안일이 절로 떠올려졌다.

위로 언니 둘이 있었지만 모두 돈에 팔려 갔었다. 단지 은자 몇 냥의 빚에. 하지만 당시 자신은 아무런 도움도 드리지 못했다. 먹여 살릴 한 입을 덜어드린 것을 제외하고는. 지금 사내가 말하는 수십만 냥의 거금을 빚졌다면, 그런 언니가 수십만 명은 있어야 갚을 수 있는 액수다.

이 배를 타게 된 것은 돈을 많이 준다는 말에 혹하기도 했지만 영파 상방의 배라고 하기에 믿고 탔었다. 그렇지 않았다면 자신을 딸처럼 아끼는 의원 어른께서 절대 허락하지 않으셨을 터였다. 이미 험한 일을 당하기는 했다. 하지만 이미 벌어진 일. 평생 입 밖에 내지 않고 가슴속 깊숙이 묻고 살 수밖에 없었다. 그것이 자신과 같이 돈 없고 힘없는 여자들의 어쩔 수 없는 숙명인 것이다. 문득 분노가 들끓었다.

정청화를 흘낏 보았다.

'너는 왜 달라야 하는데?'

화사한 문양의 값비싼 비단옷이 눈꼴시었다. 그러고 보니 비단은 침상에도 깔려 있었다. 머리에 꽂은 나비 모양의 장식은 호박에 금테를 두른 것이었고, 허리춤에는 백옥으로 된 노리개가 덜렁거렸다. 저런 여자가 나 같은 사람이 겪는 아픔을 알기나 할까? 저런 여자라면 고의에도 값비싼 장신구를 달았을 것이다. 불끈 열화가 치밀었다. 귓불에 매달려 흔들거리는 작은 방울 모양의 순금 귀고리가 유난히도 눈에 거슬렸다. 갑자기 더웠다.

'네가 나 같은 여자의 숙명을 알아!'

마음속 분노가 뭉실뭉실 부풀려져 그 크기를 더해 얼굴까지 달아오르게 하는 열기가 되었을 즈음 마침내 취련은 입을 열었다.

"저라면 몸과 마음을 다 바쳐 낭군처럼 모셨을 것입니다. 평생 종이 되어도 할 말이 없는 은혜지요. 제 큰언니는 은자 두 냥의 빚에 팔려 갔고 제 둘째 언니는 세 냥이었지요. 그 빚도 부모님께서 저희 식구들을 먹여 살리려고 발버둥 치시다가 진 빚이었습니다."

말투도 강경했다. 스스로도 진심에서 우러나는 말이라고 믿었다.

"들었겠지. 대영파상방의 고귀한 무남독녀! 이번에는 소저의 옥음(玉音)을 들어보자."

옷깃을 파고든 사군의 손이 정청화의 젖가슴을 주물떡거렸다.

'잡것들!'

정청화는 불끈 치미는 열화를 어쩌지 못했다.

비천한 두 연놈들은 마치 짜기나 한 듯이 자신을 난처하게 만들려 하고 있었다. 가난한 사람의 은자 한 냥과 부잣집 은자 한 냥의 가치가 다른 것은 너무도 당연하지 않은가. 기대가 컸던 만큼 분노도 남달랐다.

그런데 문득 눈물을 보인 자신이 억울했다.

'왜 울었지? 애초에 저놈은 내 몸을 범한 음적일 따름인데. 저놈에게 뭘 바랄 것이 있다고……'

돌연 한기가 엄습했다.

이상한 손님들이 찾아왔고, 주공이 어쩌고. 고함이 들렸고, 후안생은 사군으로 바뀌었다. 한때는 그가 대단한 사람으로 보였고 막연한 기대까지 있었다. 아니다. 이자는 그저 꽃잎이나 탐하는 평범한 음적일 뿐이다.

정청화는 머리채를 잡은 더러운 손길을 뿌리치려고 발버둥을 쳤다.

"돼먹지 않은 잡것들!"

정청화의 입에서 마치 죽음을 각오한 듯한 말이 터져 나왔다. 그런 반응에 울컥 화가 치민 사군은 그대로 머리채를 당겨 침상 바닥에 메다꽂았다.

"으악!"

쿠당탕!

모진 아픔에 정청화의 입에서 뾰족한 비명이 터져 나왔다. 이마가 깨졌는지 안면으로 피가 흐르기 시작했다. 이런 일을 당하니 오히려 두려움이 사라지고 가슴속에서는 뜨거운 분노만 이글거렸다.

'그래, 원래 이런 놈이었어! 난 더러운 음적에 당한 것뿐이야!'

이런 놈을 상대로 잠깐이나마 알지 못할 설렘까지 있었다는 것이 더욱 부끄러웠다. 어쩌면 이 모든 상황 자체도 놈이 수적과 짜고 한 일인지도 몰랐다. 구해주는 체하며 자신을 넘보려는…….

'반드시 복수하겠어! 그리고 나서 나도 죽을 거야!'

정청화는 굳은 결심을 하고 이마에 줄줄 흐르는 피를 닦을 생각도 않고 표독스런 눈으로 사군을 노려보았다.

"흥!"

사군은 콧방귀를 뀌고는 그녀의 머리채를 잡아 일으킨 다음 가슴에 손을 집어넣어 떡 주무르듯이 주물렀다. 정청화는 발버둥을 쳤지만 그런 반항은 그저 나약한 여인의 허망한 몸짓에 불과했다.

그런 모습을 보자 눈 뜨고 보는 것마저 고약한 광경임에도 가슴이 후련해지는 스스로에게 놀란 취련은 황급히 고개를 돌렸다.

"흥! 가당찮은!"

사군이 코웃음을 쳤다.

수적들의 노리개가 될 뻔한 주제에 이제는 고결함을 내세우려 하고 있었다. 백부과 열매를 한 줌 집어 소매춤에 집어넣고는 선실을 나왔다. 잘난 척하는 정청화에게 흥미를 잃었다.

가슴속에 뭔가 맺힌 듯한 느낌이 있었다. 제갈옥이 아니라 온세정이 했던 말 때문이다.

'가만! 아버지의 이름도 모르지 않는가. 이모도 그 대답만은 해주지 않았어. 맞아! 그 사람들은 알 게야.'

문득 그를 그냥 쫓아버린 것을 후회했다. 뒤따라 나온 의녀가 자신의 선실로 향하는 것이 보였다. 눈이 의녀의 엉덩이 움직임을 쫓았다. 육덕이 풍만한 엉덩이 율동은 몸을 달구기에 충분했다. 사군은 걸음을 빨리해 의녀의 선실로 따라 들어갔다.

"앗!"

취련은 뒤따라 들어온 그를 보고 놀랐다.

"내게 다시 안겨보겠느냐? 강제로 취할 마음은 없다. 네가 하자는 대로 할 것이다."

사군은 멋쩍은 듯 씨익 웃으며 말했다.

하지만 거절당한다면 너무 비참할 것 같다. 정청화에게 내몰린 마당이다. 역용했을 때는 몰랐는데 진면목을 하고 나니 이런 행동을 할 때면 항상 마음에 걸렸다. 지금 그 가시 중 하나를 뽑아내고 싶었다. 어떻게 하면 마음이 시원해질까.

취련은 사내의 눈을 보았다. 여체를 원하는 욕망이 가득 담긴 뜨거운 눈이었다.

'그저 미친개에게 한 번 물린 셈 치려고 했는데……'

사내의 멋쩍은 미소가 그녀의 마음을 흔들었다. 몸이 뜨거워지는 것이 느껴졌다. 취련의 눈이 흐릿해졌다.

'외로운 게야. 그래, 어차피 썩어 한 줌 흙으로 남을 몸뚱인데 차라리 은자 몇 냥에 팔려 간 언니들보다는 나아. 적어도 이번은 내가 선택을 한 거잖아. 이것도 나 같은 계집의 숙명인 게야.'

취련은 조용히 고개를 숙였다.

선실 창을 통해 들어오는 수로의 강바람이 조금도 시원하지 않다.

그는 지금 빈 선실에 홀로 앉아 있었다. 아마도 방 임자는 지난번 수적들과의 싸움에서 죽었을 것이다.

배에서 있었던 일들을 생각하니 몸이 공중에 붕 뜨는 기분이 들었다. 상상만 해도 민망한 그런 패악한 짓거리였기에 도저히 자신이 저지른 일이라고 믿기지 않았다.

"왜 그랬지?

웅얼거리듯 입에서 흘러나오는 자신의 말에 사군은 몸을 흠칫했다. 선실에서 벌이고 있는 일들은 스스로도 이해 못할 일임을 누군가 일러

주는 느낌이 들었기 때문이다.

'내가 아니야!'

사군은 가슴을 벌렁거리며 거친 호흡을 몰아쉬었다.

'색마가 되다니…….'

머리가 어질어질했다. 이럴 수는 없는 것이다. 어쩌다가 이런 꼴이 되었는지 아무리 생각을 해보려 해도 머리 속에서 맴도는 것은 가쁜 숨을 몰아쉬는 여체들의 신음성과 농익은 여인들의 교성, 그리고…….

그런 중에도 하초는 연신 벌떡거렸고 숨이 더욱 가빠지고 있었다.

목이 쩍쩍 갈라지는 듯한 극심한 갈증이 찾아들었다. 사군은 소매춤에서 꺼낸 말린 백부과 열매를 한 움큼이나 입에 처넣었다. 하지만 지금 이 순간에는 그마저도 도움이 되지 못하고 입 안에서 겉돌기만 했다.

"후우… 후우… 후우……!"

좁은 선실에서 침상 기둥을 잡고 서 있는 손이 부들거렸다.

땀이 삐질거렸다. 지독한 욕망이 찾아들었지만 이를 질끈 물어가며 스멀거리는 그 기운을 참아내려고 노력했다.

사군은 무섭게 고개를 든 정욕과의 힘겨운 한판 승부가 자신의 미래를 결정한다고 믿었다. 아니, 그렇게 믿고 싶었다.

지신과 싸움을 하는 시간들이 힘겹게 흘렀다.

거친 호흡과 함께 붉어졌던 안색이 겨우 정상에 가깝게 돌아오자 사군은 마치 누구에게 쫓기기라도 하듯 그곳을 나왔다. 어서 이곳을 떠나고 싶었다. 반쯤 열린 정청화의 방을 외면하고 허둥거리며 선실 복도를 걸어가는 순간 하얀 손이 나와 그를 이끌어 안으로 들이자 사군은 마치 술에 취한 듯 힘없이 이끌려 들어갔고, 다급히 선실문이 닫했다.

"부탁이 있어요."

사군은 정청화의 애절한 눈빛과 마주했다.

"이 배에서 있었던 일을 제발 입 밖에 내지 말아주세요. 부탁이에요."

"그럴 생각이오."

정청화의 얼굴에 안도의 빛이 떠올랐다. 잠시 눈치를 보던 그녀가 조심스레 덧붙였다.

"그리고 취련을… 죽여주세요."

"헉!"

사군은 경악성을 내뱉어야 했다.

순간적으로 멍한 느낌이 들었다. 투기인가? 두 여자 사이에 무슨 일이 있었을까? 별 생각이 다 들었다. 잠시의 무거운 침묵이 흘렀다.

"이유가 뭐요?"

"취련은 이 배에서 일어난 모든 일을 알고 있어요. 취련의 입만 막는다면 상공이나 저는 모든 죄과에서 벗어날 수 있어요. 저는 여전히 정강쌍미 중 하나로 남을 것이고, 당신도 색마가 아닌 영파상방을 위기에서 구해준 의로운 협사로 남을 수 있어요."

사군의 눈썹이 꿈틀했다.

이 여자는 자신의 명예를 지키기 위해 취련을 죽이라고 하는 것이다. 주먹으로 머리통을 바수어 버리고 싶은 충동이 일었지만 자신에게 몹쓸 일을 당한 여자라 그러려니 하고 애써 참았다. 그런 그의 내심을 모르는 정청화는 다시 빨간 입술 조물거렸다.

"그리고… 당신이 원한다면 가끔 제가 있는 곳으로 몰래 찾아오서도……."

짙은 분홍의 복숭아처럼 빨갛게 달아오른 얼굴을 숙이며 하는 말이었다. 묘한 기대를 하고 있는 탓인지 젖가슴이 들썩거리는 것이 보였다.

"상처를 입고 침상 위에 누워 있는 당신의 시비도 이미 모든 것을 알고 있을 것이오."

선실에 있었던 사람치고 욕망에 힘겨워하는 두 여인의 흐느낌을 듣지 않은 사람은 없을 것이다.

'됐어!'

사군의 반응에 정청화의 눈이 빛났다. 동의는 하되 시비 때문에 주저한다는 말처럼 들렸던 것이다.

"그 아이는 제가 알아서 처리하겠어요."

'처리하다니?'

사람을? 어떻게? 다쳐 누워 있는 시비도 석가장에 끌려갔던 예향 같은 가난한 촌마을 출신의 여자일 것이다.

'사악한 여자!'

얼굴은 아침 이슬을 가득 머금은 청초한 한 떨기 꽃잎을 연상케 하지만 속마음 추악하기 그지없는 여자였다.

'하긴 너나 나나 추하기는 마찬가지지.'

사군 자신도 마음이 편하지는 않았다. 역용으로 진면목을 감추었기에 할 수 있었는지 몰랐다. 하지만 본래의 모습을 드러낸 이후에도 마치 자신이 배 안의 제왕이 된 듯한 착각에 빠져 육체의 유혹을 이기지 못하고 있었다.

연청아와 오랫동안 관계하면서 여체에 너무 익숙해진 탓일지도 몰랐다. 차라리 그렇게 믿고 싶었다.

"당신의 명예를 위해 취련이 목숨을 바쳐야 한다는 것이오? 게다가 시비까지! 내가 알기로 당신은 불심(佛心)이 깊기로 이름난 보타 신니(普陀神尼)의 제자가 아니오? 비록 속가제자라고는 하나 그동안 듣고 배운 바가 적지 않을 터인데. 후후후! 취련도 당신을 죽여달라고 할지 모르겠군."

그제야 사군의 말뜻을 깨달은 정청화는 얼굴이 하얗게 질렸다. 놀림을 당한 기분이었다.

"저를 어떻게 취련이나 일개 시비 따위와 비교를 하지요? 전 영파상방 총행두의 무남독녀예요!"

'일개 시비 따위?'

사군은 대답 대신 이글거리는 눈빛으로 상대의 얼굴을 뚫어지게 쳐다보았다. 점차 붉게 변해가는 눈동자에서는 이글거리는 것은 여체에 대한 욕망이 아니라 지독한 살기였다.

'헉!'

정청화는 두려움을 느껴 입을 닫았다. 사군의 우악스런 손길은 이내 여체를 드러나게 했다. 이어 가벼운 손놀림마저도 없는 거친 몸짓이 이어졌다.

"아악!"

흉포하게 꽃잎을 짓이겨 오는 불기둥으로 인한 고통에 선실 바닥에 깔린 여체가 고통에 찬 신음을 발했다. 그마저도 잠깐이었다. 어느새 달아오른 나신은 사내의 몸을 깊숙이 받아들였다.

사군은 배를 떠나지 못했다.

이대로 갔다가는 정청화의 손에 두 여자 모두 죽고 말 것이라는 생각을 하니 도저히 발길이 떨어지지 않기도 했고, 뜨거운 여체의 유혹을 떨치고 길을 나서기도 힘들 만큼 그의 몸은 너무나 그런 일에 익숙해져 있었다.

하지만 배를 지키고 있는 일도 쉽지 않았다. 찾는 손님들이 적지 않기 때문이다.

오늘은 장강 일대에서 수공으로 이름을 날리고 있는 장강수귀(長江水鬼) 삼형제였다. 하지만 그들은 오늘 이 순간 고수와 하수의 진실된 차이를 깨달았다. 처음에는 사군이 그저 애송이로 보였었다. 하지만 투명한 두 눈과 마주치는 순간 온몸에서 힘이 빠져나가며 조금도 대항할 수 없는 상태를 처음으로 경험하고 있는 것이다.

"누가 보냈느냐?"

사군은 조용히 물었다.

이미 상대의 몸에서 은연중에 풍기는 기도의 정도로 보아 별 볼일 없는 놈들이라는 것을 대번에 알 수 있었다. 하찮은 놈들의 이름까지 일일이 물을 필요는 없다. 배후가 궁금하다기보다 그저 심심했다.

상대는 짙은 회색의 검은 교피(鮫皮)로 만들어진 몸에 착 달라붙는 특이한 옷을 입은 세 명의 중년의 사내였다. 제각기 촛불에 번뜩이는 분수자(分手刺)를 들고 있는데, 물속에서 적을 만나면 상대하거나 배에 구멍을 뚫는 데 이용하는 수중 병기 겸 도구였다. 무공은 대단치 않겠지만 수중 공부에는 자신있는 놈들이 틀림없었다.

싸움도 없는 대면이건만 감히 반격을 해오려는 자는 없었다. 사군의 기도에서 이미 범접하지 못할 고수임을 느끼기도 했지만, 그보다는 마치 주술에 걸린 듯 꼼짝을 못하게 하는 마력(魔力) 같은 눈빛에 완전히 무장해제당한 듯 힘을 쓸 수 없었기 때문이다.

"화, 황견(黃堅)! 광동상방(廣東商幇) 대행두(大行頭) 황견입니다."

삼형제의 맏이인 주귀는 떨어지지 않는 입을 겨우 열어가며 대답했다. 몸을 덜덜 떨고 있었지만 사군의 질문에 대답하지 않을 수 없는 것이다.

"대행두라 했느냐?"

사군의 흰자위가 붉게 물들어 있어 눈은 마치 검은 동공과 붉은 혈안(血眼)으로만 이루어져 있는 듯 보였다. 공포와 괴기 그 자체였다.

"그, 그렇습니다."

"흐흐흐. 너희들도 광동상방의 조무래기들이냐?"

"저희들은 장강수귀 삼형제입니다. 그, 그저 약간의 대가를 받고 일을 대신한 것뿐입니다."

대화가 이어지고 있었지만 여전히 떨고 있었다.

"임무는?"

"자, 장보도를 탈취해 오라는……."

"너희들의 실력으로? 날마다 아침이면 배 주위를 둥둥 떠다니는 시체들을 보지 못했느냐?"

"주, 죽을죄를 졌습니다!"

삼형제는 동시에 무릎을 꿇었다.

"가라. 내게 장보도 따위는 없다. 그리고 만약 너희들이 오늘 내게 장보도를 얻었다면 너희들은 그자에게 죽임을 당했을 것이다. 바보가 아니라면 내 말뜻을 알고 있겠지?"

가라는 말에 희색이 떠올랐던 장강수귀 삼형제는 다시 하얗게 질렸다. 상대의 말은 조금도 틀리지 않았다. 장보도에 관한 소문이 떠돌기는 했지만, 그것이 진강에서 소주로 향하는 영파상방의 소금 배에 있다는 사실은 황건의 부탁이 있은 연후에야 알았다. 진짜 정보는 극소수의 힘있는 조직들에 의해 독점되고 있었기 때문이다. 오늘 장보도를 훔쳐 간다면 황건의 발 아래 고혼이 되었을 것이다. 영원히 입을 열지 못하는!

등골이 서늘했다.

멍청한 짓을 한 셈이었지만 청부의 대상이 장보도라는 것을 알려주었으니 당시 그 자리에서 거절을 했어도 죽임당했을 터였다.

"고맙습니다!"

삼형제는 나는 듯이 선실을 빠져나갔다.

"빚진 거 잊지 마!"

선실 복도를 빠르게 달려나가는 삼형제의 발목을 잡은 한마디였다. 세 사람은 약속이나 한 듯 자리에 우뚝 섰다. 눈빛이 서로 빠르게 오갔다. 짧은 시간이었지만 많은 생각이 다급하게 스쳐 갔다.

"반드시 갚아드리겠습니다."

뭍과 이삼 장의 거리를 두고 떠가던 배는 더 이상 움직이지 못하고 있었다. 누군가 태호(太湖)로 들어가는 출입구에 큰 배를 격침시켜 수로(水路)의 통행을 막아버린 것이다. 이미 이틀 동안 그런 상태가 되어 있었는데도 물길은 뚫리지 않고 있었다. 관아에서 한번 상태를 확인하고 갔을 뿐 그게 전부로 아무런 조치가 취해지지 않고 있었다.

수로를 천천히 떠가는 배를 놓고 안팎에서 벌이는 남모르는 신경전은 불꽃이 튀어 오를 정도였다.

몰래 배에 오르는 자들이 많기는 했지만 그런 모든 움직임은 배 주변에 포진한 기라성 같은 고수들에 의해 낱낱이 감시되고 있었다. 어떤 자들은 자신의 신법을 믿고, 또 어떤 자들은 수공(水攻)을 믿고, 혹은 참지 못할 욕심으로 배에 올랐다. 하지만 그들은 모두 비참한 최후를 마쳤다. 하지만 정작 고수들의 움직임은 없었는데 그런 그들이 섣불리 움직이지 않는 것은 남들의 표적이 되고 싶지 않기도 했거니와 배 안에 있는 상대에 대한 정확한 탐색을 하기 위해서이기도 했다. 먹이를 앞둔 호랑이가 마지막 기회를 엿보는 그런 상황이라고나 할까.

영파상방의 소금 배는 이제 혈선(血船)이라는 이름으로 불리고 있었다. 장강수귀 삼형제가 목숨을 부지할 수 있었던 것은 때를 잘 맞추었기 때문이라 할 수 있었다. 그들 형제가 배에 오른 것은 양기를 이기지 못한 사군이 막 두 여인과의 정사(情事)를 후련하게 끝난 직후였기에 어느 정도 기분이 좋아진 상태라 아량을 베풀었던 것이다.

'누구나 덤벼라!'

자신만만했다. 장보도를 얻기 전에는 그 누구도 자신을 죽이지는 못할 것임을 잘 알고 있었다. 사군은 배 안에서 제왕이 되었다. 두 명의 여자를 황후로 둔 제왕. 그의 눈은 갈수록 짙은 붉은색을 띠었는데, 보통 사람들이 감히 감당하지 못할 괴기스러운 눈빛이었다.

이미 다른 배는 물론 사군이 탄 배에서도 주변의 심상치 않은 분위기를 느낀 사공들이 하나둘 몰래 빠져나가 버렸다. 다른 두 명의 표사도 이미 모습을 감춘 지 오래였다. 소금을 만재한 세 척의 배는 마치 텅 빈 유령선과 같았다.

'반드시 죽여 버릴 거야!'

정청화는 이를 갈았다.

어느덧 두 여자는 한 선실에서 생활하며 사군을 받아들여야 했다.

그런 치욕스런 상황을 취련은 그저 운수소관이나 특별한 즐거움으로 받아들였지만 정청화는 그렇지 못했다. 지금 그녀를 진정 고통스럽게 하는 것은 사군이 강제로 자신을 범했다는 사실이 아니라, 취련과 같은 천출(賤出)과 자신이 같은 선실에서 기거하며 한 남자를 받아들여야 한다는 것이었다. 녀석은 자신의 그런 괴로움조차도 은근히 즐기는 것 같았다. 천출 앞에서 홀딱 벗은 몸매를 드러내고 그 짓을 해야 함에 번번이 불 같은 수치심이 일었지만 감히 반항을 하지는 못했고, 쾌락에 빠져들면 모든 증오와 원망이 순식간에 잊혀졌다.

'그런 계집 앞에서 욕정에 못 이겨 헉헉대는 내 꼴이라니!'

그게 더 수치스러웠다.

사군은 내키는 대로 때로는 정청화를, 때로는 취련을 먼저 안았다. 눈에 붉은 광기가 서리면 두 여자는 아무런 저항도 하지 못했다. 다만 한마디 말이라도 건넬 수 있는 상황은 한바탕 뜨거운 바람이 지나가고 눈 주변의 그 기운이 다소나마 사라졌을 때였다.

제갈옥이 다시 사군을 찾았다.

이 배를 자유로이 오를 수 있는 유일한 사람. 주변을 감시하는 웬만한 무림인들도 그녀의 정체를 파악하고 있기에 그냥 내버려 두고 있었다. 제갈가를 상대하는 일은 언제나 부담스러웠기 때문이다.

"마지막 기회예요. 청병들이 장강을 향해 남하하고 있어요. 지금 상태라면 남경 조정도 얼마 버티지 못할 거예요."

자금성을 잃고 새로 세운 조정이었지만 제 몫을 찾기 위해 내분에만 바쁜 그들이었다. 이런 상태라면 백만의 군대도 허수아비에 불과했다.

"그래서?"

사군의 눈 주위는 갈수록 붉어져 갔다.

"제발 도와주세요!"

빨간 입술이 조물거렸다. 사군의 눈 주변이 한층 붉어졌다.

'헉!'

제갈옥은 경악했다. 단 한 번도 이런 현상을 본 적이 없었다. 아니, 어느 의서(醫書)에서도 읽어본 적 없었다. 빨간 눈의 사군!

'살성으로 변하는 것인가!'

섬뜩한 기운이 등줄기를 스쳐 갔다. 돌연 붉은 기운이 흐릿해지면서 쏟아져 나온 엄청난 기도가 전신을 압박해 오는 것을 느꼈다. 탁자 위에 얹어놓은 손가락 끝이 바르르 떨렸다. 죽음의 공포였다.

"물러가라."

사군의 목소리가 떨렸다.

최대한 자제하려고 노력하는 중이었다. 짙은 분(粉) 냄새가 연신 후각을 자극했고, 그 느낌은 고스란히 머리로 전해졌다가 다시 하체로 내려와 그의 남성을 팽창시키고 있었다. 사실 제갈옥의 화장은 그리 짙은 것이 아니었다. 하지만 지금 사군의 후각은 여자 냄새에 관한 한 너무나도 예민해져 있었기에 살짝 바른 지분 냄새마저도 참지 못하고 헐떡거리는 것이다. 어쩌면 비처에 만개(滿開)해 언젠가 찾아줄 사내를 기다리고 있을 꽃잎의 향인지도 몰랐다.

'아!'

제갈옥은 움찔했다. 아니, 몸을 떨었다는 표현이 맞았다. 무서운 압박감에 감히 사군의 눈길을 피하지도 못하고 있었다.

"물러가라!"

사군은 목소리를 높였다. 인내는 그 한계점을 향해 맹렬히 치닫고 있었다.

"네 자신을 지키고 싶으면 다시는 이 배를 찾지 마라!"

벌떡 몸을 일으킨 그는 선실 밖으로 나갔다.

머리 속에서 하얀 육봉이 번들거렸다. 빨간 입술이 조물거렸고 검은 수초들이 일렁거렸다. 귀를 녹이는 여인들의 뜨거운 신음성은 침입자를 맞아 제집을 지키려는 벌 떼들의 아우성처럼 귓전을 가득 메우며 앙앙거렸다. 아무도 없건만 혹혹대는 뜨거운 숨결이 고스란히 느껴졌다.

"으......."

술에 취한 듯 비칠거리며 정청화가 있는 선실로 향했다.

쾅!

문짝이 떨어져 나갔고, 안으로 들어간 사군은 선실 가득한 여자 냄새에 미쳐 버렸다.

'백부과 때문이야! 백부과! 양기가 눈으로 모이는 게야.'

제갈옥은 힐끔힐끔 뒤를 돌아보며 떨리는 걸음을 선실 벽에 의지해 겨우 걸어가고 있었다. 그나마 자신을 내친 것은 그를 지키는 마지막 이성이었으리라. 다시는 이 배에 오르고 싶지 않았다. 제갈옥은 문 앞에 섰다.

어찌해야 하나 더 이상 저 사내에게 기대한 것은 없다. 이제 다시는 이 배에 오를 일도 없을 것이다. 장보도는 어쩌면 연청아 손에 있을 것이다. 하지만 이대로 끝낼 수는 없다. 모든 것을 바치고 계획했던 일이다.

'그래! 내가 나서는 게야. 내가 녀석에게 장보도를 건네받은 것처럼 행동하는 게야.'

그렇게 결심했다.

일단 세가의 전력을 집중시켜 호위를 굳힌 다음, 어느 순간 바람처럼 이곳을 떠야 한다. 산동을 휩쓸고 남하하는 오랑캐를 맞아가자면 다시 진강으로 거슬러 올라가 장강을 건너야 한다. 그때까지는 뒤를 따른 숱한 고수들이나 세력들의 손길을 피할 수 있어야 한다. 위험하기 짝이 없는 시도다. 백팔지살(百八地煞)와 구룡수호대(九龍守護隊)가 모두 동원될지라도 쉽지 않은 일일 것이다. 거기까지만 해줄 수 있다면 나머지는 아버님께서 알아서 조치하실 것이다.

'가자. 가자. 무슨 일이 있더라도, 어떤 험한 일을 당한다 할지라도 가야 한다. 이 강산 모두를 오랑캐에게 모두 넘겨줄 수는 없다!'

결심하고 나니 오히려 담담해졌다.

제갈옥은 갑판으로 통하는 문을 열고 나섰다. 비록 보이지는 않았지만 자신을 향하는 무수한 눈길을 느낄 수 있었다.

삐걱! 삐걱!

'가는가!'

사군은 정청화를 품에 안고 뜨거운 숨결을 토해내면서도 제갈옥이 노 저어가는 소리를 들었다. 이제 자신도 배를 떠나야 한다.

선실 안에는 세 사람이 뿜어낸 열기로 자욱했다.

"어떻게 하실 셈이지요?"

간단하게 겉옷만 걸친 정청화가 물어왔다. 사군의 눈이 어느덧 정상으로 돌아와 있는 걸 보고 말을 걸어온 것이다. 취련도 사군의 눈을 주시하고 있었다.

"안개를 기다려."

"무슨 말이지요?"

"안개가 자욱한 날 달아날 거야. 너무 많은 살기야. 그러지 않고는 너희 둘을 구해낼 수 없어."

말은 한마디였지만 두 사람의 반응은 각기 달랐다.

취련은 조용히 있었다.

자신을 챙겨주겠다는 말이 아닌가. 무공을 모르는 그녀도 지금의 상황은 충분히 짐작하고도 남았다. 두려워했던 것은 어느 날 사군이 자신들만 배에 버려두고 훌쩍 떠나버리는 상황이다. 그 다음에 무슨 일이 닥칠지는 아직 모르지만 그저 두렵기만 했었다.

하지만 정청화는 달랐다.

"그게 무슨 소리예요? 소금 배를 그냥 이곳에 두고 사람만 떠나자는 말이에요?"

능욕을 당하고도 죽지 못한 것은 바로 그 때문이었다.

지금쯤은 배가 피습당한 사실을 부모님도 아셨을 것이다. 상방 전체가 술렁이고 휘청거릴 만한 소식일 것이다. 어차피 망친 몸이다. 이 짐이라도 안전하게 전해 드리고 그때 가서 죽고 사는 것을 생각할 셈이었다. 그런데…….

'나쁜 놈! 죽지도 못하게 할 때는 언제고!'

어쩌면 도주마저도 취련과 함께여야 한다는 것에 화가 났는지도 몰랐다.

"그럼 네 목도 이곳에 남길 셈이냐?"

"처음 약속과 다르지 않나요?"

"내가 언제 무슨 약속을 했다는 거지?"

정청화는 얼굴이 하얗게 질렸다. 그랬다. 저 나쁜 놈은 어떤 약속도

한 적이 없었다. 다만 자신이 그렇게 믿었을 뿐. 자신의 몸을 실컷 농락했으니 적어도 소금 배만은 안전하게 지켜주겠거니 했었다. 아니, 그건 핑계였을 것이다. 자결하고 싶지 않았기에 자신에 대한 변명거리일 뿐일지도 몰랐다. 하지만 책임을 져야 할 사람은 저놈이다. 어쨌든!

"나쁜 놈!"

빨간 입술이 조물거렸다.

"웃기는군. 그렇다면 지금까지 나를 좋은 놈으로 알고 있었나?"

사군의 눈이 다시 붉게 변하기 시작했다. 정청화의 분노에서 몸을 화끈하게 강타하는 욕정을 느꼈다.

"이……"

치밀어 오르는 분을 참지 못한 정청화는 주먹을 발끈 쥐고 몸을 바들바들 떨었다. 하지만 그게 전부였다. 악을 쓰듯 사군을 노려보는 그녀의 눈에 띈 것은 붉게 변해가는 사군의 흰자위였다. 이제는 그녀도 알고 있었다, 저 변화가 무엇을 말하는지.

"색광(色狂)!"

하지만 정청화도 이 순간만큼은 참지 못했다. 마지막 자존심이 무너지고 있었다.

"끄아아!"

사군은 돌연 악을 썼다. 이게 뭔가. 배에 처박혀 계집들의 몸이나 탐하는 것이 고작인가.

"후우! 후우!"

가쁜 숨을 몰아쉬었다.

이제는 음기를 가득 담은 두 여인의 자궁을 향한 숱한 몸짓도 잠깐의 안정만 가져다 줄 뿐이었다. 몸속에는 아직도 피를 그리워하는 극양(極陽)의 진기들이 배출구를 찾지 못하고 날뛰고 있었다. 사군의 무위(武威)에 놀란 수로 주변은 일시에 깊은 침묵 속으로 빠져들었다.

"다음은 누구냐?"

절규였다.

사군은 수로 전체가 쩌렁쩌렁 울리도록 크게 소리 질렀다. 하지만 그 말에 대답하는 사람은 아무도 없었다.

"으핫핫핫핫!"

사군은 몸을 숨긴 사람들의 귀가 멍멍하도록 크게 웃어준 다음 다시 선실로 돌아왔다.

광기였다.

사군의 앞날은 누구도 점칠 수 없었다. 지금 서관과 온세정은 사군을 보호하기 위한 묘책에 골몰하고 있었다.

"모두 삼백입니다."

"가장 허술한 탈출로는 북쪽이야. 진강 쪽에서 내려왔기에 지금은 오히려 역으로 그리 가는 것이 낫지."

"자네에게 이런 일을 맡기게 되리라고는 꿈에도 생각지 못했네."

"살아날 자신은 있습니다."

죽음을 각오한 일임에도 온세정의 얼굴은 평안하기만 했다. 오히려 지켜보는 사람이 더 안쓰러웠다. 서관은 온세정의 어깨를 두드려 주는 것으로 마음을 전했다.

"주공만큼 키가 커 보이려면 복장에 단단히 신경을 써야 하네."

애써 감정을 자제한 조용한 말투. 그의 심사를 짐작하는지 온세정은 그저 빙긋 웃기만 했다. 자신감이었다.

적당한 곳에서 면구를 벗어버리고 옷을 갈아입을 여유만 있다면 뒤를 쫓던 놈들을 따돌릴 수 있을 것이다. 그가 더 염려하는 것은 주공을 보호할 임무을 띠고 있는 두 동생들이다. 계략에 속아 넘어가지 않는 놈들은 반드시 있게 마련이다. 그런 놈들이라면 무공 또한 보통이 아닐 터였다.

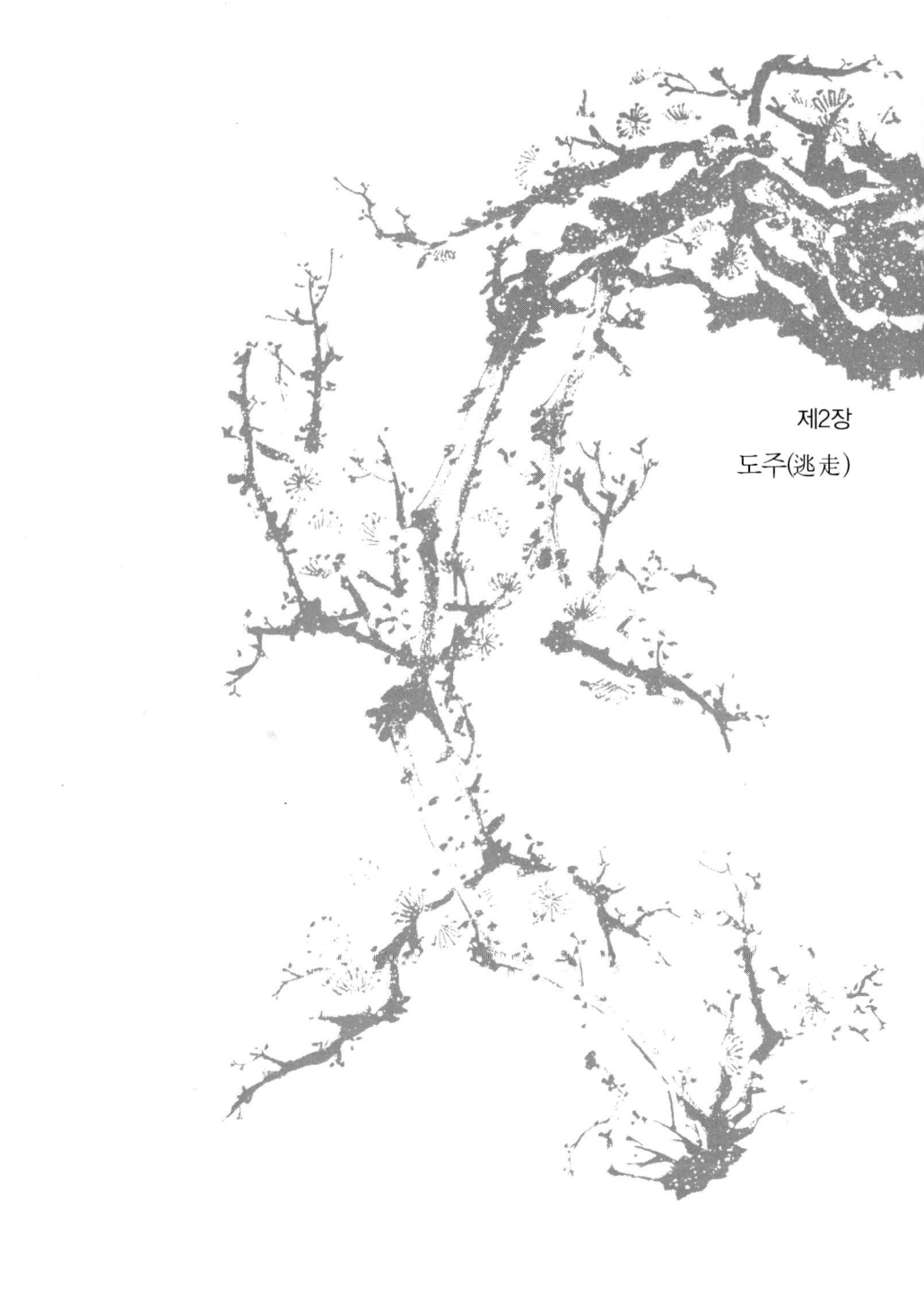

제2장

도주(逃走)

어둠이 옅게 깔린 저녁.

흐릿한 안개가 수로를 따라 길게 이어졌다.

"이제 떠나려고 한다. 취련은 내가 안고 갈 것이고 정 소저는 무공을, 아니, 경공을 전개해 따라오면 될 것이다. 뒤는 내가 막아주겠지만 최선을 다해야 할 것이다."

그 말에 취련은 미소를 띠었다.

'그래, 원래 좋은 분이셨어.'

헌칠한 키에 짙은 눈썹의 사군에게 남몰래 호감을 갖기 시작한 그녀였다. 비록 강제로 몸쓸 일을 당하기는 했지만 시간이 지날수록 이해할 수 있을 것 같기도 했다. 감히 자신을 책임져 달라는 말은 할 수 없었는데… 취련의 두 뺨 위로 눈물이 주르르 흘러내렸다.

"흥! 난 떠날 생각이 없어요."

코웃음까지 동원된 정청화의 대답에도 사군은 무심한 표

정이었다. 충분히 예상했던 말이었다.

"마음대로. 혹시라도 후일 나를 찾으려면 쾌각에 알아보도록."

지겹도록 쫓아다닐 자들이니 항상 자신의 행방을 알고 있을 것 같았다.

'쾌각! 그곳이 이놈의 본거지였군.'

정청화는 내심 이를 갈았다.

예전의 절강쌍미 중 하나로 다시 돌아가는 길은 이 일을 아는 모든 사람들이 입을 다물어주는 길뿐이다. 협상은 깨졌고 죽은 자는 말이 없다.

정청화는 가장 확실한 그 방법을 택하기로 했다.

의녀 취련과 다쳐 누워 있는 시비는 손쉽게 처리할 수 있겠지만, 문제는 사군이다. 쉽게 입을 열 사내로 보이지는 않지만 그렇다고 그대로 둘 생각은 없다. 시간을 두고 은밀히 조치를 취할 생각이었는데, 상대가 본거지까지 밝혀주니 내심 고마울 따름이었다.

두 사람 모두 정청화의 독한 내심을 짐작하지 못했다.

'그래, 이제 마음이 편해지는군.'

사군의 내심은 그랬다. 자신의 실수에 대해 선택권을 주는 것으로 죄과에 대한 책임을 대신할 셈이었다. 생쌀이 밥이 된 지금 이를 돌이킬 수 있는 방법은 없었지만, 두 여인의 반응을 보는 순간 제대로 결정했다고 확신했다. 배 안에서 있었던 일에 대해서는 평생 입을 다물 셈이었다.

"저녁은 제가 준비하겠어요."

사군의 흰자위가 다시 붉게 물들어가자 정청화는 그렇게 말하는 것으로 얼른 자리를 비켜주었다. 취련에게 해결해 주라는 말없는 강요였다. 이미 붉게 물들어 버린 사군의 흰자위가 곧 이어 벌어질 상황을 말해 주고 있었다.

'병이 도졌어!'

한 번 안기고 싶은 마음이 전혀 없는 것은 아니지만 지금 기분으로는 상대가 되어주고 싶지 않았기에 피해주는 것이다. 정청화의 의도를 눈치 챈 취련의 얼굴이 붉게 물들어갔지만, 사군을 향한 뜨거운 눈길을 거두지는 않았다.

'고마워요!'

취련은 진심으로 큰 감동을 받았다.

정염에 타오르는 두 쌍의 눈이 허공에서 맞부딪쳤다. 농익은 여체를 안던 사군의 머리 속에 돌연 연청아의 애매한 눈동자가 스쳐 갔다.

유심장(唯心莊).

소주 북대가(北大街)의 작은 장원이다.

연청아는 이곳에서 사군을 기다리며 초조한 나날을 보내고 있었다. 한동안은 시원섭섭한 감정마저 있었지만, 어느 날부터인가는 그저 사군을 기다리는 마음뿐이 없다는 말이 맞을 정도로 바뀌어 있었다. 그녀를 더 당혹스럽게 한 것은 뱃속에 아이가 생겼다는 사실이었다. 하기는 남녀가 그렇게 순한 밤을 사랑을 불태웠으니 당연한 일이겠지만 사군과 묘한 관계를 유지하는 지금 기뻐해야 할지 아니면 슬퍼해야 할지 갈피를 잡을 수 없었다.

정말 알 수 없는 것이 세상일이라고, 사군과 자신이 이런 관계가 되리라고는 꿈에도 생각지 못했다. 게다가 지금 사군을 미치도록 그리워하고 있는 자신을 돌아보면 우습기조차 했다.

생각대로 되지 않는 것이 사람의 감정이라던가. 어쨌든 그녀가 지금 가장 그리워하는 사람은 소식이 끊겨 있는 아버지 장강신투가 아닌 바로 십 년 연하의 사내 사군이었다.

연청아는 사람들의 이목을 피해 두 사람이 나뉘어 행동하기로 했던 그 결정을 진심으로 후회했다.

'그 사람을 만나 얘기하면 어떻게 되겠지!'

결국 연청아는 그렇게 결정하고는 뱃속의 아이에 대한 생각을 한편에 치워두기로 했다. 어차피 혼자 해결할 수 있는 일이 아니었다. 하지만 아이를 가졌다는 사실이나 식사도 곤란하게 만드는 심한 입덧보다도 그녀를 더 힘들게 만드는 것은 어둠이 짙게 내리는 밤이었다.

연청아는 밤이 두려웠다.

무서운 악몽이 다시 찾아왔던 것이다. 어린 시절부터 끈질기게 괴롭혔던 그 꿈이 아니라, 사군을 안고 사랑을 나누는 꿈! 굳이 악몽이라 생각하는 것은 밤을 틈타 미칠 듯 사내의 손길을 그리워하는 육신을 정말 견디기 힘들었기 때문이다. 몸을 비틀고 허벅지 살을 꼬집어도 견디기 힘든 허전함에 날마다 잠에서 깨어나 날밤을 새우기 일쑤였다.

미치도록 공허한 그 밤들을 더 이상 참을 수 없었던 연청아는 결국 장원 문을 나서야 했다. 밖으로 나오니 그녀의 귀에도 혈선(血船)에 관한 은밀한 소문이 들려왔다. 하오문에서 비싸게 주고 얻은 정보였다. 어떤 사람은 보선(寶船)이라고도 했다. 배 이름이야 어떻든 그녀가 걱정하는 것은 사군의 안위였다. 연청아는 사공 둘이 있는 작은 배를 빌려 사군이 타고 있다는 영파상방의 소금 배로 향했다.

수로는 술렁거렸다.

연청아의 소선 조금 뒤에 처져서 수로의 물길을 거슬러 올라가는 한 떼의 중형 객선들이 있었다.

모두 세 척으로 가장 선두에 선 배의 갑판 위에는 광대뼈의 장년 사내가 수로를 살피고 있었다. 배들은 두 개의 돛을 모두 올린 데다 사공 이십여 명이 힘차게 노를 저어 빠른 속도로 나아가고 있었다.

'계집 혼자서 배를 빌려 길을 나서다니!'

중원표국 부국주(副局主) 도행오(屠行悟)의 눈썹이 꿈틀거렸다.

지금 그가 타고 있는 배는 같은 방향의 소선 한 척을 스치듯 지나치고 있었는데, 그 배의 선실 안쪽에 삼십 대 중반의 여자 혼자 타고 있는 것을 보고 문득 의아심이 들었다.

사실 선실이라 할 것도 없이 앞뒤가 탁 트인, 그저 눈비나 피할 공간이라는 말이 맞을 정도였기에 여자가 눈에 띈 것이다. 지금 이 수로는 혈선이 출현한 이래 수적들도 함부로 나서지 않는 물길이 되어버렸다는 것을 모르는 사람은 없었다. 그의 곁에는 이번 소금 운반선의 소유주인 영파상방의 총행두 정춘교가 있었고, 한 걸음 뒤로는 국주의 금지옥엽이며 정청화와 더불어 절강쌍미의 일원이기도 한 석자희(石紫姬)가 화사한 분홍 경장에 분홍 수실이 달린 장검을 메고 서 있었다.

"오늘 밤이 깊어지기 전에 도착할 수 있을 것 같군요."

정춘교가 입을 열었다.

누구에게나 믿음을 주는 우직한 외모로, 위뺨에 나 있는 깊은 상흔은 한층 그의 무게를 더했다. 그는 내심 초조감을 달래지 못하고 있었다. 너무도 고집을 피웠기에 부득불 정청화를 소금 구입에 동행시켰는데 그만 사고가 났던 것이다.

중원표국에 도움을 청한 것은 이번 사태가 장보도와 얽히면서 자칫 무림인들과 상대해야 하는 엄중한 국면에 들어섰기 때문이다. 정청화

일행이 어떤 협사의 도움을 받았다는 사실만 알고 있었지 배 안에서 일어난 일에 대해서는 전혀 알지 못했다. 급히 출발하며 들은 정보로는 딸을 구해준 협사가 장보도와 연관이 되어 있어 문제가 복잡해졌다는 정도였다. 지금은 그저 화물과 딸을 구하려는 생각이 고작이었다.

그의 몇 걸음 뒤에는 다섯 명의 노인들이 자리를 지키고 있었다. 영파상방 최대의 전력이라고 일컬어지는 묵, 백, 적, 녹, 청의 다섯 개의 달[五月]로 개개인의 실력이 일개 문파의 호법에 이른다는 영파오월(寧波五月). 강호에서 그들의 전력(前歷)에 대해 아는 사람은 아무도 없었다.

"그렇습니다. 이미 다른 무림인들도 우리가 개입한 것을 알 테니 마음의 준비를 해야 할 것 같습니다."

도행오는 뒤로 멀어져 가는 소선에서 눈길을 거두며 대답했다.

소선의 여자에 대해 뭔가 이상한 기분이 들기는 했지만, 곧 혈선과 맞닥뜨릴 상황을 대비해야 하기에 다른 일까지 신경 쓸 여유가 없는 탓이기도 했다. 남의 일에 부국주인 도행오가 직접 나선 것은 정춘교의 강력한 요청이 있기도 했지만, 그보다는 중원표국도 세간에 떠도는 장보도에 관한 풍문에 은근한 욕심이 있음이었다. 영파상방은 화물과 정청화의 안위에, 중원표국은 장보도에 각각 이해가 맞아떨어졌기에 두 집단의 화합에는 문제가 전혀 없었다.

날이 어두워지자 옅은 밤안개가 수로를 따라 길게 드리워졌다.

사군은 선실 창문을 통해 안개를 노려보았다. 내심 바랐던 앞을 분간하기도 어려운 짙은 안개는 아니었지만, 막상 결정을 하고 나니 지금이 아니라면 기회가 없을 것 같은 생각이 들었다.

"네가 거절했어. 알아서 해!"

기회만을 엿보던 사군은 정청화에게 그 말만 남기고 취련을 안은 채 몸을 날렸다. 수백 쌍의 눈동자가 자신을 주시하고 있다는 것은 알지만, 취련만 안고 떠난다면 유가무상보를 펼쳐 상대들을 멀찍이 떨쳐 낼 수 있을 것 같았다. 정청화를 두고 떠나는 것이 마음에 걸리기는 했지만 스스로 택한 길이었다.

"엇!"

"앗! 달아난다!"

"따라라!"

어둠 속 여기저기에서 경악성이 터지며 검은 신형들이 줄줄이 모습을 드러냈다. 뭍으로 내려선 사군은 이내 한 점이 되어 아득히 멀어져 갔고, 그 뒤를 백여 개의 인영이 나는 듯이 쫓았다.

'지금이야!'

온세정도 그것을 보았다.

마침내 때가 된 것이다. 길게 호흡을 들이킨 그는 빗살처럼 빠르게 사군이 나간 방향을 향해 쏘아갔다.

"잡아라!"

"막아라!"

그의 뒤를 수십 명의 무인들이 소리치며 뒤따랐다.

야트막한 야산이 나타나자 온세정은 방향을 틀었다. 사군이 간 방향과 비슷하기에 뒤를 쫓던 패들은 헷갈렸다. 순식간에 추격자들이 두 패로 나뉘어졌고 온세정을 쫓는 사람들은 더 크게 소리를 질러댔기에 다시 방향을 틀어 그리 오는 자들도 적지 않았다. 지금 소리치며 온세정의 뒤를 바짝 쫓는 자들은 바로 그의 수하들이었다. 추적자들에게 혼란을 야기시켜 소주인에게로 향하는 무리를 나누어 짐을 덜게 하려는 것이었다.

추격전은 길게 이어졌다. 하지만 잠시가 지나자 이내 그 수는 십여 개로 줄어들었고 또 얼마의 시간이 지나자 세 명만이 사군을 뒤쫓는 형국이 되었다.

사군은 끝내 모두를 떨쳐 내지 못하자 마음이 조급해졌다. 유가무상보가 일대 절기이기는 하지만 취련까지 안고 가야 하기에 전력을 다하지 못하고 있었다. 하지만 무공을 모르는 그녀를 버려두고 갈 수는 없었다.

취련이라고 그 눈치를 모르지 않았다. 그동안 장보도를 노리는 숱한 무인들이 배에 올라 사군을 공격해 왔기에 사군이 무슨 이유로 그토록 급히 달아나는지도 잘 알고 있었다.

"상공, 적당한 곳에 저를 내려주고 가세요."

한참을 안겨서 오자 은근히 미안해진 취련은 사군을 올려다보며 말했다. 그럴 수는 없다. 사내라면 응당 자신의 계집은 책임질 수 있어야 하는 것이 아닌가. 사군은 아무런 대꾸도 않고 계속 내달렸다. 하지만 뒤를 추격해 오는 자들도 무공이 보통이 아닌지 조금도 떨쳐 낼 수 없었다.

"부탁이에요."

다시 얼마의 시간이 지나고 사군의 진한 땀 냄새를 맡은 취련은 그가 자신 때문에 금방 잡힐 것만 같아 다시 재촉했다.

사군은 내심 고마웠다. 이 여자는 지금 자신을 걱정해 주고 있는 것이다. 강제로 몸을 빼앗은 사내를. 내려놓더라도 적어도 안전하게 자신을 돌볼 수 있는 곳이라야 한다.

휘익!

사군은 공력을 한층 더 끌어올려 신법을 전개했다. 그러자 뒤따라오 던 자들도 속도를 더했다. 십 장 남짓한 간격은 조금도 벌어지지 않고 있었다.

사군이 떠나 버린 배에서는 딸자식의 불행을 한눈에 알아버린 아비 의 포효가 있었다. 애지중지 장중보옥처럼 키워온, 도저히 있어서는 안 되는, 조금도 예상하지 못했던 일이었다.

"어떤 놈이냐?"

정춘교는 딸을 향해 나직한 목소리로 물었다. 몸이 사시나무 떨듯 했고 말소리마저 부들거렸다. 운송선에 도착한 그가 가장 먼저 발견한 것은, 흐트러진 옷매무새에 초췌한 모습으로 넋을 잃고 선실에 앉아 있 는 딸의 모습이었다.

그를 따라온 석자희도 정청화가 무슨 일을 겪었는지 직감적으로 알 았지만 감히 입을 떼지는 못했다. 정춘교의 분노에 석자희는 슬며시 자리를 떴다. 아무리 가까운 친구라 해도 이런 상황에 끼어 있기가 민 망했기 때문이다.

"사, 사군!"

정청화는 고개를 들지 못하고 끝내 울음을 터뜨렸다.

"이놈!"

그것만으로도 상대가 누군지 금방 알아들었다. 정춘교의 이마에서 시퍼런 핏줄이 불끈거렸다.

'고검 사군!'

금적보주 위지황록을 꺾고, 그에 더해 생사판관 범우를 거꾸러뜨린 일은 장보도의 출현과 더불어 무림을 온통 뒤흔드는 일 중 하나였다.

무남독녀! 잡으면 터질세라 불면 날아갈세라 애지중지 키어온 딸이다. 눈에 핏발을 세우고 전신을 부들거리고 있던 그는 애써 분노를 참으며 후들거리는 걸음을 옮겨 밖으로 갔다. 이곳에 도착하기 전까지는 감히 상상도 하지 못했던 일이었다.

'감히 내 딸을!'

정춘교는 분노로 몸을 부르르 떨었다.

그러는 사이 갑판에서는 중원표국 부국주 도행오가 수하 표사(鏢師)들을 지휘해 배를 움직일 준비를 하고 있었다. 그는 장보도와 관련된 당사자를 만날 수 있다는 기대를 안고 왔으나 모든 상황이 끝나 버린 것을 알고는 적잖이 실망하는 눈치였다.

사실 그는 중원표국의 차기 국주가 될 석호인과 은밀한 대화를 나누고 왔다. 이번 일을 쉽게 응낙했던 것이나 정예를 대동했던 것 모두 장보도 때문이라 할 수 있었다. 그렇다고 정춘교 앞에서 그런 내색을 할 수는 없었다.

정춘교는 갑판으로 나와 도행오에게 딸의 안전을 부탁하고 추가로 백월(白月)을 남긴 후에 적월(赤月)과 묵월(墨月)을 대동하고 사군을 쫓아 배를 떠났다.

도행오는 보표들을 각 배에 나누어 타게 하고 배를 움직일 채비를 했다. 배에서 머지않은 곳에 소선 한 척이 눈에 띄었다. 수로를 타고 오면서 지나쳤던 여자가 탄 그 배였다. 도행오 일행이 갑판에서 얼쩡거리자 가까이 다가오지 않고 은근히 이쪽 눈치만 살피고 있는 것으로 보였다.

"저 여자를 잡아와라!"

뭔가 수상한 냄새를 난다고 판단한 그는 전음으로 수하들에게 명령을 내렸다. 그러자 표두 몇 명이 표사들을 대동하고 그 배로 다가갔다.

연청아도 다가오는 자들을 보고 있었다.

하지만 달아나야 할지 계속 있어야 할지 언뜻 판단을 하지 못하고 미적거리고 있었다. 그러는 중에 표사 둘이 그녀가 탄 배로 옮겨왔다. 사공들은 도검을 찬 그들의 기세에 아무 소리 못하고 지켜만 보고 있었다.

"부국주께서 잠깐 만나뵙고 싶어하시오."

표사 중 하나가 말을 건네왔다. 잠시 망설이던 연청아는 조용히 따라나섰다. 그녀는 사군의 배를 떠났다는 사실을 알지 못했기에 배 위에 올라 상황을 알아보고 싶은 마음도 있었다. 게다가 상황이 나빠진다고 해도 수로의 폭이 넓지 않기에 마음만 먹는다면 충분히 뭍으로 달아날 수 있는 여건이라 느긋하기는 했다.

"넌 누구냐?"

도행오가 배로 올라온 연청아를 의심스러운 눈매로 훑어보며 말했다. 역용을 한 그녀는 이 근처에서 물질을 해먹고 사는 삼십 초반의 아낙으로 보이는 수수한 차림이었다.

"저, 저는 이 근처에서 고기나 잡아 생계를 있는 아낙입니다."

"흥, 웃기는구나."

가볍게 코웃음을 친 도행오는 수하들에게 사공을 불러오게 했다. 연청아는 상황이 틀려 버린 것을 알았다. 순간적으로 망설이던 그녀는 번개같이 겉옷 속에 숨겨 요대(腰帶) 삼아 차고 있던 연검을 뽑아 도행오의 목을 베어갔다.

"훗!"

연청아가 도행오를 노린 것은 실수였다.

정체가 발각난 이상 후방을 지니고 서 있는 표사들을 베고 나가는 것이 더 수월했을 터였다. 재빨리 고개를 뒤로 젖혀 위기를 모면한 도행오는 습관처럼 검을 빼 들고 반격해 왔다. 갑작스런 싸움에 크게 놀란 표사들은 연청아 주변으로 모여들며 포위망을 구축했다. 그들은 중원표국의 천여 명이 넘는 표사들 중에서도 가장 뛰어난 흑풍호송단(黑風護送團) 소속의 표사들로 고객들의 의뢰물 중에서 고가품만을 전문적으로 호송하는 자들이었다.

몇 명의 표사가 도행오를 도와 협공을 가해오자 연청아는 이내 수세에 몰렸다.

연청아는 그제야 자신의 실책을 깨달았다.

일반 표사들로 생각하고 너무 쉽게 본 것이 화근으로, 이제는 퇴로마저도 봉쇄된 상황이었다. 언뜻 보기에도 표사들의 움직임이 예사롭지 않다는 것이 그녀의 마음을 무겁게 했다.

"무기를 버려라!"

상대의 무공 수준과 도망갈 길이 없다는 것을 확인한 도행오가 다시 앞으로 나서며 소리쳤다.

팅!

연청아는 연검을 갑판 위에 던졌다.

그러자 표사 둘이 그녀를 포박하기 위해 다가왔다. 반항을 포기한 듯 보였던 연청아는 돌연 손을 슬쩍 움직여 품속을 교차하듯 오가더니 표사들의 가슴을 찔러갔다.

"칵!"

"컥!"

순식간이었다. 방심하고 다가오던 표사들이 외마디 비명과 함께 휘청거렸다. 뭍을 향해 몸을 날리는 연청아의 손에는 흑백쌍필이 쥐어져 있었다. 표사 셋이 정면에서 그녀의 앞길을 막아섰다.

창! 창! 창!

"크악!"

연청아는 한 명을 죽일 수 있었지만 좌우로 베어오는 표사들의 강력한 합공에 뒤로 밀려나 다시 원래의 위치로 돌아오지 않을 수 없었다.

'연청아다!'

흑백쌍필을 본 도행오는 정신이 번쩍 들었다. 사군이 생사판관 범우를 죽였고, 연청아가 구해 가지고 갔다는 소문이 생각난 때문이다. 흑백쌍필이라면 범우의 독문병기로, 이제껏 무림에서 다른 사람이 그런 병기를 쓴다는 말을 들어본 적은 없었다. 범우를 죽였던 자는 연청아와 함께 있던 사군이었다.

"절대 놓쳐서는 안 된다!"

도행오는 다른 배에 있던 표사들까지 모두 동원해 수로 양안(兩岸)을 모두 봉쇄했다. 그의 입이 죽 찢어졌다.

'행운이야. 설마 연청아일 것이라고는……!'

너무 기쁜 나머지 하마터면 연청아의 이름을 크게 소리칠 뻔했다. 이미도 사군의 행방을 알기 위해 이 배를 찾은 것이 틀림없어 보였다.

획! 획! 획!

기대와 달리 표사들은 연청아를 손쉽게 제압하지 못하고 있었다.

그녀의 실력은 도행오가 보기에도 듣던 바와는 많이 달랐다. 언제 저렇게 익혔는지 연청아는 범우의 흑백쌍필을 자유자재로 움직여 가며 표사들을 몰아치고 있었다. 워낙 날카로운 기세였기에 만약 연청아를 막아서는 표사들이 흑풍호송단에서도 추린 자들이 아니었다면 이미 뚫렸을 포위였다.

'할 수 없군.'

석자희는 품속에서 유엽비도(柳葉飛刀)를 꺼내 연청아의 등을 향해 날렸다. 평소라면 사람이 상하는 그런 행동을 감히 하지 못했겠지만, 친구의 불행을 목격한 지금 신경이 많이 날카로워져 있던 차라 그 분노가 연청아에게로 향했던 것이다.

"악!"

뭔가 번쩍 하는 순간 연청아는 어깨에 힘이 빠지는 것을 느끼고는 판관필을 떨어뜨렸다. 그러자 표사들은 그 틈을 놓치지 않고 일시에 달려들어 제압했다.

"아!"

어깨를 감싸 쥐고 갑판 위에 주저앉은 연청아는 자신의 무모함을 탓했다. 그제야 녹림도들이 감히 중원표국의 표물을 건드리려 하지 않는 이유를 알 것 같았다. 범우의 무공을 익힌 이래 너무 자만했던 것이 틀림없었다. 표사들은 연청아의 혈도를 점하고 거칠게 무릎을 꿇렸다.

"선실로 데려가라!"

도행오는 짐짓 근엄한 어투로 지시했다.

장보도에 관한 일은 누구에게도 입을 열 수 없다. 비록 십수 년을 함께 일한 표사들이라 해도 마찬가지일 터였다. 하긴 눈치 빠른 놈들이라면 말은 하지 않아도 상대가 흑백쌍필을 꺼내 드는 것만으로 연청아의 정체를 눈치 챘을 것이겠지만, 애써 소문 낼 필요는 없는 것이다.

'횡재야!'

대공(大功)을 세운 기분이었다.

중원표국에서 연청아를 나포한 사실은 한동안 비밀에 부쳐질 수 있었다. 그들에게 운이 따랐다고 할 수밖에 없는 것이, 사군이 배를 떠난 직후였기에 인근 무인들 대부분이 그쪽으로 이동했기에 안개 속 선상에서 벌어진 싸움에서 흑백쌍필을 알아보고 연청아를 떠올릴 만한 무인들이 없었다는 것이다.

'흠! 의외로군!'

싸우는 소리에 정청화의 선실에서 갑판으로 통하는 입구까지 나왔던 백월도 흑백쌍필을 보았다. 그렇다면 방금 붙잡힌 여자는 연청아일 가능성이 높았다.

사군이 음행을 벌였던 수로(水路)와 소주에서 멀리 떨어지지 않은 태호(太湖)를 오른쪽으로 크게 도는 관도가 밤을 맞아 적막에 싸여 있다가 갑작스런 말발굽 소리에 화들짝 놀라 잠에서 깨어났다.

따그닥! 따그닥!

한 떼의 요란한 말발굽 소리는 한밤의 정적을 찢으며 지축을 흔들었다.

말을 타고 밤길을 도와 달려가는 일행은 예친왕 다탁과 갈의현을 위시해 십 명 남짓한 수행원들이었다. 할 일은 많았지만 시간은 너무 빨리 지나갔다. 눈비를 맞아가며 산해관을 넘어 중원으로 입관(入關)한 것이 엊그제였는데 벌써 녹음이 우거진 여름이 되어 있었다. 시간이 흐를수록 한족들은 방어의 기반을 굳힐 것이고, 그만큼 중원 정벌은 힘들어질 것임은 정한 이치였다.

"서둘러라!"

갈의현은 연신 기수들을 재촉했다. 명군들이 지천에 널린 땅이니 일단 장강을 넘어야 어느 정도 안심할 수 있었다. 밤에만 이동이 가능했기에 어렵지 않을 것으로 여겼던 다탁의 귀로는 소주나 무석 인근으로 몰려드는 무림인들 때문에 생각보다 훨씬 늦어지고 있었다.

돌연 그의 귀에 수상한 파공음이 들렸다.

"왕야! 수상한 놈들이 달려오고 있습니다! 상당한 고수들이니 주의를 하셔야 합니다."

그는 바로 뒤에서 말을 달리던 다탁을 향해 전음을 보냈다. 야공을 타고 달리는 인영들이 보내는 파공음이 예사롭지 않았던 까닭이다.

'추적자!'

순간 다탁은 등골이 서늘해지는 긴장감을 맛보았다. 명(明)의 세력이 득세하는 이곳 강남 땅에서 청(清)의 친왕(親王)이 나타났다는 사실이 밝혀진다면, 그때부터 자신의 귀로는 한 치 앞도 가늠할 수 없는 고난한 행보가 될 터였다.

'엄생이 배신을?'

자신의 행보는 철저한 비밀 속에 싸일 것이라고 약속했었다. 소주성 밖에까지 용진우와 호위들이 동반해 주기도 했었는데… 하긴 누구도 믿어서는 안 되는 것이 사람 사는 세상이었다.

"이럇!"

다탁은 자신도 모르게 말채찍에 힘을 가했다. 하지만 달빛에만 의지해 가는 밤길이라 자연 속도가 느릴 수밖에 없었다. 갑작스러운 강한 채찍질에 놀라 말도 길을 서둘렀다.

히힝!

별안간 다탁의 말이 휘청 하더니 옆으로 팅겨 나갔다. 돌부리에라도 채인 모양으로 다탁은 갑작스런 사고에 미처 몸을 추스를 여유도 갖지 못했다.

"억!"

외마디 비명을 지르며 말과 함께 쓰러지는 순간 뒤를 따르던 갈의현이 비조처럼 날아 허공에서 그를 안아 사뿐히 내려섰다. 소동에 다른 수행원들도 황급히 말을 멈추어 내려섰다.

사군이 그들을 발견한 것은 바로 그때였다.

계속되는 쫓고 쫓기는 추격전에 몸이 지쳐가는 마당이었는데, 말이 십여 필이나 서 있는 것을 보고는 반색했다.

'미안한 일이기는 하지만!'

사군은 그 말들 중 한 마리를 빼앗아 타고 달아나기로 마음을 굳혔다.

앞서 달아나던 상대가 갑자기 비스듬히 방향을 틀자 뒤를 쫓던 추격자들도 이내 그의 속셈을 눈치 챘다. 사실 그들은 여인까지 안고 가는 사군을 막아설 수 있을 정도의 경공은 되는 자들이었다. 이제껏 뒤만 쫓고 있었던 것은 사군을 뒤따르는 다른 추격자들을 떨쳐 내려는 생각에, 일단 멀리 근처를 벗어난 다음에 그들만의 잔치를 벌일 생각이었지만, 이제는 생각을 바꾸어야 했다. 속도를 낸 그들은 기마들의 근처로 접근해 가려는 사군의 앞을 막아섰다.

"멈추어랏!"

검은 무복(武服)의 세 사람 모두 복면을 했는데, 선두의 복면인은 굵직한 음성으로 사군을 향해 일갈했다. 그의 좌우로 두 명의 복면인이 나란히 섰다. 어느 틈에 뽑아 들었는지 세 자루의 검이 달빛 아래 번쩍거리고 있었다.

'여우새끼!'

사군은 계속 뒤만 따라오던 자들이 갑작스럽게 앞을 막아서자 그제야 그들의 의도를 알아챘다. 그는 취련을 내려놓아 숲가의 구석으로 가게 한 후에 검을 뽑아 들었다.

"한판 벌일 모양이군!"

다탁이 갈의현을 보며 전음으로 말했다. 그들 일행은 이십여 장 떨어진 곳에서 벌어지는 돌연한 사태를 흥미있게 지켜보고 있었다. 상대의 무공 수위를 짐작한지라 조심하는 것이다.

"어서 자리를 피하시는 것이 좋겠습니다."

자신들을 쫓는 것이 아니라는 것을 안 갈의현은 내심 안도하면서 다탁을 향해 전음을 보냈다. 다탁 역시 그런 생각에 다른 말에 오를 채비를 했다.

"누구요?"

사군은 가장 앞장 선 자를 향해 물었다.

"알 필요 없네. 사군! 우리가 왜 앞을 막아섰는지는 잘 알고 있겠지?"

"장보도인가? 그렇다면 잘못 찾아왔소. 내게는 장보도가 없소."

그리 크지는 않았지만 조용한 밤인데다 다탁도 무공이 그리 낮지 않았기에 그들 사이의 대화를 들을 수 있었다. 두 사람의 대화에 갈의현은 물론 막 말에 오르려던 다탁은 흠칫하며 움직임을 멈추었다. 장보도라고 했다. 한때 다탁의 관심을 끌었고, 아끼던 호위 무사인 생사관 관 범우를 죽인 장본인이었다. 그가 다시 이곳에 출현하다니……

사군의 대답에도 불구하고 복면인은 계속 추궁을 해왔다.

"그렇다면 연청아가 가지고 있겠군. 하지만 그 여자의 행방도 자네에게 물을 수밖에 없으니… 허허허! 말해 주겠나?"

목소리로 보아 제법 나이가 든 듯했다.

"그 질문에는 대답하지 않겠소."

"알고는 있다는 말이군."

상대의 말에 사군은 입을 닫았다. 개개인 모두 생사판관 범우에 버금가는 기도를 지녔음을 감각으로 느끼고 있었다. 취련은 물론 어쩌면 자신의 목숨도 돌보지 못할 상황을 걱정해야 했다.

검을 든 사군의 자세는 자못 신중했다.

삼 대 일. 다수가 한 사람을 상대할 때 가장 효과적인 수다. 열 명이나 백 명이 포위했다고 해도 마찬가지로, 공격을 할 수 있는 상대는 항상 서넛에 불과하다. 셋이라면 같은 편끼리 방해를 받지 않고 공격을 가할 수 있는 가장 최적의 숫자인 것이다.

지금 그가 힘들게 생각하는 것은 눈앞의 세 명이 누구 하나 상대하기 쉽지 않은 기도를 내뿜고 있음이다. 적어도 무림의 명숙이라는 이름이 부끄럽지 않은 그런 자들이 틀림없다. 이름을 밝히지 않고 있다는 것 역시 그런 짐작을 뒷받침해 준다. 보물을 노렸다는 추한 뒷소문을 듣고 싶어하지 않는 것이다. 그러기에 여태껏 인내하며 때를 기다렸을 것이고.

"벌주를 마실 셈인가?"

"능력이 있으면!"

죽고 사는 것은 하늘이 정한다. 사군은 그 말을 믿었다. 한때 살을 섞었던 여자를 배신할 수는 없다. 아니, 설사 사실을 말해 준다고 해도 믿지 않을 자들이다. 달빛을 받은 사군의 눈이 한층 안광을 높여갔다. 공력을 끌어 모으고 있는 것이다. 그것을 본 상대는 품(品) 자 형으로 포위를 해왔다.

'아! 제발!'

한구석으로 밀려나 그것을 지켜보고 있던 취련은 가슴을 졸였다. 그녀가 바라는 것은 사군이 남의 물건을 노리는 나쁜 자들을 물리치는 결말이었다. 언젠가 책에서 읽었던……

번쩍!

갑자기 말을 걸었던 자가 선공을 가해왔다. 대비를 하고 있던 사군은 얼른 몸을 틀어 공세를 피했다. 잇따라 공격을 가해오는 오른편의 복면인에게 반격을 가하는 순간, 상대의 몸이 흐릿해지며 그의 검이 목표를 잃었다.

이형환위(移形換位)!

무림에서 순간적으로 신형을 옮기는 절예로 이형환위만한 신법이 없다. 하지만 그 배움이 쉽지 않기에 제대로 익혀 펼치는 자는 무림에서도 손꼽을 정도였다. 사군의 눈앞에서 사라졌던 상대는 어느새 머리 위에서 그를 쪼개오고 있었다.

펑!

상대의 움직임에 놀라 미처 신형을 가다듬지 못한 사군의 등에 장력이 꽂혔다. 왼편에서 공격을 가하는 척하던 자가 접전 중에 뒤로 돌아가며 장력을 날렸던 것이다. 다행히 마지막 순간 장력이 날아오는 것을 감지했기에 습관적으로 몸을 틀어 중심을 피하기는 했지만, 사군이 받은 충격은 적지 않았다.

파팟!

비틀 하는 그를 향해 잠시의 여유도 주지 않고 빛살 같은 일검이 쪼개져 왔다.

칠상검(七傷劍)!

공동파의 비전 권법인 칠상권(七傷拳)에서 유래한 검법이다.

일체 외상을 남기지 않아 사인(死因)조차도 알 수 없기에 한때 무림인들 사이에 방문좌도(旁門左道)의 무공이 아닌가 하여 엄청난 공포감을 야기시켰던 장권(掌拳)이기도 했다. 전대 장문인 청운 진인(靑雲眞人)이 칠상권을 개량해 창안한 검법이 바로 칠상검법으로 공동파의 여타 수법들과 마찬가지로 은밀함과 잔혹함을 그 특징으로 한다. 지금 그것이 펼쳐진 것이다.

'헉!'

갈의현은 내심 경악성을 터뜨렸다.

제대로 된 무인만이 상대를 알아본다. 지금 그가 보기에 이곳에서 만만하게 여길 상대는 하나도 없었다. 게다가 밀리고 있는 저 젊은이까지. 새삼 중원무림(中原武林)이라는 말이 가슴에 와 닿는 순간이었다.

정작 사군은 그것이 공동파(崆峒派)의 절예임을 알지 못했지만 갈의현은 복면인들이 펼치는 검술이 칠상검법임을 대번에 알아보았다. 게다가 방금 전의 수준이라면 공동에서도 이름이 있는 자들이 틀림없었다. 그는 세 복면인들의 정체를 이내 알아차렸다.

'공동삼살(崆峒三煞)! 틀림없군.'

파군 진인(破軍眞人), 거문 진인(巨門眞人), 녹존 진인(祿存眞人).

이름만 진인이지 강호에서는 공동의 세 거두인 그들을 일컬어 정식 외호인 공동삼진인(崆峒三眞人) 대신 공동삼살로 불렀다. 좌도(左道) 무공에 가까운 무공 특징은 물론 도를 닦은 무인들답지 않은 잔인함 때문이었다.

그들은 상대의 팔다리를 차례로 잘라내 끝내 죽음에 이르게 하는 잔혹한 수법을 펼쳤기에, 무림에서는 공동삼살과 은원을 맺으면 차라리 자결하는 것이 낫다는 말까지 나돌기도 했다. 파군 진인은 칠상검(七傷劍)으로, 거문 진인은 추혼지(追魂指)로, 녹존 진인은 육양장(六陽掌)으로 각각 이름을 떨치고 있었다.

사군은 복면인들의 정체를 알지 못했다.

다만 자신의 무공이 내심의 믿음보다 대단치 않음을 알고는 절망할 뿐이었다. 생사판관 범우를 이긴 이후 배 위에서 몇 차례 크고 작은 싸움을 거치면서 상당한 자신감을 가졌는데, 일합의 겨룸에서 크게 밀리니 당연한 반응이었다. 하지만 그것은 강호에서 공동삼살의 명성을 모르기 때문에 벌어진 일이었다.

연청아가 무림의 명숙들에 대해 얘기해 주며 그들에 대해서도 언급을 했지만 말하는 사람이나 듣는 사람이나 건성이었다. 그녀도 사군이 공동삼살까지 대적할 것을 예상치 못했을 것이다.

계속되는 세 사람의 공세에 사군의 손발이 크게 어지러워질 즈음 처음 말을 걸었던 복면인이 손짓하자 나머지 두 사람도 공격을 멈추었다. 목적은 상대를 죽이는 것이 아니라 장보도의 행방을 알아내는 데 있었기 때문이다.

"이제 교훈을 얻었겠지? 더 이상 몸을 상하기 전에 못다 한 얘기를 듣고 싶군."

사군은 대답 대신 재빨리 머리를 굴렸다.

취련만 무사히 달아난다면 자신은 유가무상보를 전개해 달아날 수 있을 것 같기도 했다.

"다시 싸움이 벌어지면 저 위쪽에 말을 세우고 있는 사람들에게 달려가 구원을 청해. 네가 달아나야 나도 편하게 싸울 수 있어."

사군의 전음에 취련은 그 말에 흠칫했다. 하지만 눈치 빠르게 사군의 의도를 알아챘다. 혼자 달아나고 싶지는 않았지만, 남아 있어야 자신은 짐만 될 것이 틀림없다. 취련은 혹시 복면인들이 눈치를 챌까 두려워 아무 말도 들은 척 않고 잠자코 있었다.

"꼭 시킨 대로 해야 해! 두 사람의 목숨이 달린 일이야!"

취련이 말이 없자 사군은 노파심에 다시 한 번 다짐하듯 말했다. 사군의 검이 하늘을 향했다. 주의를 끌려는 행동이었다. 흘낏 돌아보는 눈길에서 취련의 각오를 읽은 사군은 내심 작정했던 초식을 펼쳤다.

명왕개밀(明王開密).

그가 알고 있는 무공 중 다수를 상대하는 데 있어서 이만한 초식은 없다.

"하앗!"

호통과 함께 현란한 검광이 밤하늘에 섬전(閃電)의 찌꺼기와 같은 무수한 빛 가루를 뿌렸다. 그러자 세 줄기 은빛이 길게 선을 그으며 검광 사이를 베어갔다.

창! 창! 창!

날카로운 금속성과 함께 불꽃들이 사방으로 튀었다. 밀리는 듯했지만 사군은 공격을 멈추지 않았다. 상대는 자신을 능히 제압할 수 있는 상황임에도 손속에 사정을 두고 있음을 느꼈기 때문이다.

'맞아! 날 죽일 수는 없어!'

머리 속이 환해졌다. 죽지 않는다는 생각에 신바람이 절로 나며 공격도 강도를 더해갔다.

'죄송해요!'

사군이 당분간은 버틸 수 있을 것이라는 확신이 든 취련은 떨어지지 않는 발길을 옮겨 한 떼의 말들이 보이는 곳으로 달려갔다. 비탈길을 달빛에만 의지해 가니 몇 번을 넘어지고 굴러야 했지만 자신이 멀찍이 떨어질수록 사군의 마음이 편해질 거라는 생각에 치맛단을 부여잡고 젖 먹던 힘까지 다해 달렸다.

"여자가 달려오는데… 무공을 모르는 모양입니다. 사군이라는 자가 데리고 달아나던 계집입니다."

갈의현은 다탁을 향해 전음을 날렸다.

"나도 보았네. 싸움을 피해 달아나는 것 같은데… 혹시 저 계집이 장보도를 가지고 있다는 흑사랑 연청아가 아닌지 모르겠군. 그 여자는 무공을 안다고 들었는데……."

생각은 그렇지만 다탁은 장보도에 대한 미련 때문에 말에 올라서도 움직이지 못하고 있었다. 엄생으로부터 장보도에 관한 얘기가 조작된 것이라는 말을 듣기는 했지만, 거금이 오가는 사안에 대해서는 미련을 떨쳐 내기가 쉽지 않은 법으로, 지금 다탁의 심경이 그랬다. 장보도의 보물만 찾을 수 있다면 당분간 군비 걱정은 할 필요가 없는 것은 물론 상인들의 눈치를 보지 않고도 이번 전쟁을 수월하게 치를 수 있을 터였다. 갈의현도 그의 의중을 읽었기에 더 이상 길을 재촉하지 않았다. 대신 그는 몸을 날려 취련이 달려오는 쪽으로 다가가 취련을 병아리 낚아채듯 낚아 옆구리에 끼고 돌아왔다.

"어서 출발하시지요."

갈의현은 다탁을 재촉해 길을 서둘렀다.

일단 계집을 잡아온 이상 그녀가 연청이든 아니든 더 이상 싸움에 깊이 말려들 수는 없는 처지였다. 이미 위치까지 밝혀진 마당이라 더 이상 전음을 사용하지도 않았다. 다탁이 고개를 끄덕이자 십여 기의 기마가 일제히 앞으로 내달렸다. 막 출발하는 갈의현의 귀에 모기만한 말소리가 들려왔다.

"안전한 곳까지만이라도 부탁합니다. 제 안사람입니다."

젊은이의 전음. 갈의현은 흠칫했다. 거리도 꽤 되었거니와 공동삼살을 상대로 싸우면서 전음까지 보낼 여유가 있다니 대단한 놈이라는 생각이 들었던 까닭이다. 범우를 이긴 젊은이! 문득 강남무림을 도모하기 위한 첫 번째 대상으로 삼을 수도 있겠다는 생각이 들었다.

"진강으로 가네."

안사람이라는 말에 갈의현은 생각지도 않았던 대답까지 해주었다. 취련을 태운 기마들은 요란한 말발굽 소리와 함께 일순간에 사군의 시야에서 사라졌다.

파군 진인은 성격이 급했다.

계속되는 공격에도 더욱 맹렬히 반격해 오는 사군을 본 그는 마음속에서 솟구치는 살심을 겨우 억제하고 있는 중이었다. 하지만 그도 더 이상은 참지 못했다.

'놈! 죽든지 살든지 네놈의 운수 소관이다!'

그는 십성의 공력을 끌어올려 칠상검을 떨쳐 냈다.

쐐액!

무거운 파공음과 함께 살기를 감춘 파군 진인의 검이 번뜩였다. 순간 사군은 그의 공세가 펼쳐지기를 기다리지 않고 몸을 날려 전장을 벗어나려고 했다. 취련이 무사히 벗어난 것을 확인했으니 이제 달아나야 했다. 하지만 그를 둘러싸고 있는 것은 파군 진인 혼자가 아니었다. 파군 진인의 칠상검을 피해 반대 편으로 몸을 날리는 순간 거문 진인의 지풍이 그의 요혈을 노렸고, 고개를 젖혀 피하는 순간 또 다른 공격이 이어졌다.

펑!

녹존 진인의 장력이 사군의 등을 후려쳤다.

육양장(六陽掌)!

등에 장력을 맞은 사군은 그 일장의 반탄력을 이용해 몸을 돌려 빠른 속도로 달아났다.

"이놈! 섯거랏!"

세 줄기 신형이 사군의 뒤를 비조처럼 쫓았다.

사군은 유가무상보를 펼쳐 정신없이 앞으로 내달았다. 사군은 야트막한 능선이 길게 이어진 산록을 따라 달리고 있었다. 주변 경물이 빠르게 옆을 스쳐 갔다. 네 사람의 신형은 언뜻 보기에는 사람인지 구별이 되지 않을 정도로 무섭게 달리고 있었다.

"후우! 후우!"

거친 숨이 뱉어졌다. 지쳐 있었다. 취련을 안고 반 시진 가까이 달린 상태에다 다시 몇 번의 접전을 치렀기에 갈수록 진기가 고갈되는 것을 느끼고 있었다. 다만 그냥 달려갈 뿐. 이대로 간다면 얼마나 버틸 수 있을지 알 수 없었다. 하지만 그것은 뒤를 쫓고 있는 공동삼살의 입장에서도 마찬가지였다.

'대단한 놈! 육양장에 맞고도 아직까지 달아날 수 있다니…….'

그들 셋 모두 비슷한 생각을 하고 있었다. 우선 무림 연배로 보아도 새카만 후배밖에 되지 않을 사군이 자신들과 비슷한 속도로 달리고 있는 것에 놀랐고, 한 번도 보지 못한 경공신법에 또 놀라고 있었다. 게다가 방금 전의 일전에서 큰 득을 보지 못했다는 사실도 무림의 명숙이라는 위치로 볼 때 대단히 놀랄 만한 일이었다. 생사관관 범우를 죽였다는 소문을 들었을 때도 그저 범우의 실수에 사군의 운이 겹친 것이거니 하는 마음을 지우지 못했었다. 하지만 오늘 사군을 상대해 본 결과 그것이 결코 헛소문이 아님을 알았다.

'반드시 죽여야 할 놈이군!'

파군 진인은 살심을 굳혔다. 오늘을 놓친다면 장래에 큰 화근덩어리로 남을 놈이었다. 그도 지쳐 가고 있었지만 잡초는 크기 전에 뿌리까지 뽑아야 한다는 심정으로 이를 물고 뒤를 추적했다.

"헉! 헉!"

사군은 진기를 극한으로 끌어올렸다.

체내에는 아직 융화되지 않은 고노의 진기가 남아 있었다. 하지만 이미 고갈되어 가던 진기가 갑자기 생길 까닭은 없었다. 진기가 느껴지는 대신 등에 장력을 맞은 부위가 무섭게 후끈거리더니 뜨거운 열류가 단전으로 스며들었다.

녹존 진인의 육양장(六陽掌)은 양기의 집합체나 다름없어, 장력에 맞은 상대는 순간적으로 단전에 침투한 엄청난 양기에 결국 죽음에 이르고 마는 무서운 장법이다. 게다가 더욱 가공스러운 점은 육양장에 당한 상대의 무공이나 내력이 대단해 금방 죽지는 않는다 하더라도, 날마다 음기가 극에 이르는 밤이면 양기의 폭발에 따른 고통을 상당 기간 겪다가 결국은 죽음에 이르게 한다는 점이었다.

'으헉!'

갑자기 혈맥이 요동쳤다. 순간적으로 육양장의 폭발적인 양기에 휩싸인 것이다. 단전에서 뜨거운 기운이 솟구쳐 나오며, 힘을 잃어가던 그의 몸이 한순간 탄력을 받은 듯 앞으로 튀쳐 나갔다. 몸은 앞으로 나가고 있었지만 사군의 정신은 이내 아득해지고 있었다.

"헛!"

파군 진인을 비롯한 공동삼살은 돌연 저 멀리 사라져 버리는 사군의 신법에 놀라 추격을 하다가 그 자리에 멈추어 서버렸다.

"보, 보았느냐?"

파군 진인이 복면을 벗으며 멍한 어조로 말했다.

뒤따르던 거문 진인과 녹존 진인도 놀라기는 마찬가지였다. 두 사람도 사군의 신형이 사라져 버린 방향을 향해 입만 벌리고 서 있을 뿐이었다. 얼굴에 땀이 줄줄 흘러내리는 것은 물론 입고 있던 옷도 땀에 흠뻑 젖어 있었다. 그들은 한참을 그러고 있더니 고개를 설레설레 흔들고는 몸을 돌렸다.

사실 사군은 그리 멀리 달아나지 못했다.

갑자기 단전에서 격발된 정체 모를 기운은 그의 내력도, 고노가 남겨준 내력도 아닌 육양장의 양기가 몸속에 들어옴으로써 생긴 일시적인 양기(陽氣) 폭발로, 그로 인해 진기가 넘쳐흘렀던 것이 전부였다. 그런 힘이 오래 지속될 리 없어 사군은 산마루 두 개를 넘자마자 전신에 맥이 풀리며 숲 속에 쓰러졌다.

"으……"

사군은 정신을 잃은 와중에도 양물이 터져 나갈 듯한 고통을 이기지 못해 신음성을 흘렸고 수시로 몸도 꿈틀거렸다. 이대로 시간이 지난다면 결국 양기가 팽창되어 전신 혈맥이 터져 죽게 되고 마는 것이다.

시간이 흐를수록 사군의 꿈틀거림도 그 빈도가 현저히 낮아져 갔다.

풍정원.

"놈을 놓쳤다고 합니다."

"공동삼진인마저도 실패를 하다니 정말 대단한 놈이군!"

"그렇습니다. 이제 계획을 수정해야 할 것 같습니다."

"아니야. 그럴 필요는 없어. 아예 한번에 몰살을 시키는 방법을 택하는 것도 괜찮을 것 같군."

엄생의 말에 용진우는 어리둥절한 표정을 지었다.

"묘안이……?"

"뜻이 있는데 무엇이 걱정인가. 그건 내가 알아서 할 것이고… 암중으로 북검 갈의현의 행보에도 제약을 가하는 것이 좋을 것 같군. 우리의 할 일이 줄어든다면 후일 그만큼 몫이 줄게 되는 것이지. 게다가 그런 일은 강남무림에서 명분이 있는 일이기에 진행하기도 쉽지. 놈의 움직임을 철저히 감시하고 있겠지?"

"그렇습니다. 갈의현이 접촉한 인물들에 대한 명단을 작성해 두고 있습니다."

"그 정보를 제갈가에 슬쩍 흘리도록 해라. 그러면 그쪽에서 알아서 조치를 취해줄 것이야. 차도살인이지. 다만 절대 우리가 흘렸다는 인상을 심어주는 일은 없어야 한다는 것은 잘 알고 있겠지?"

"당연한 일입니다."

"적당히 속여만 주면 되네."

순간적으로 엄생의 안광이 번쩍했다.

비록 암중의 묵계이기는 했지만 제갈가와는 공동의 도구를 사용하고 있었다. 서로가 서로의 의중을 짐작하면서도 드러내지 않는 것은 비록 같지는 않지만 각자의 더 큰 목표를 이루기 위함이었다. 이런 난세에서는 그 목표라는 것이 어쩌면 같아질 수도 있었다.

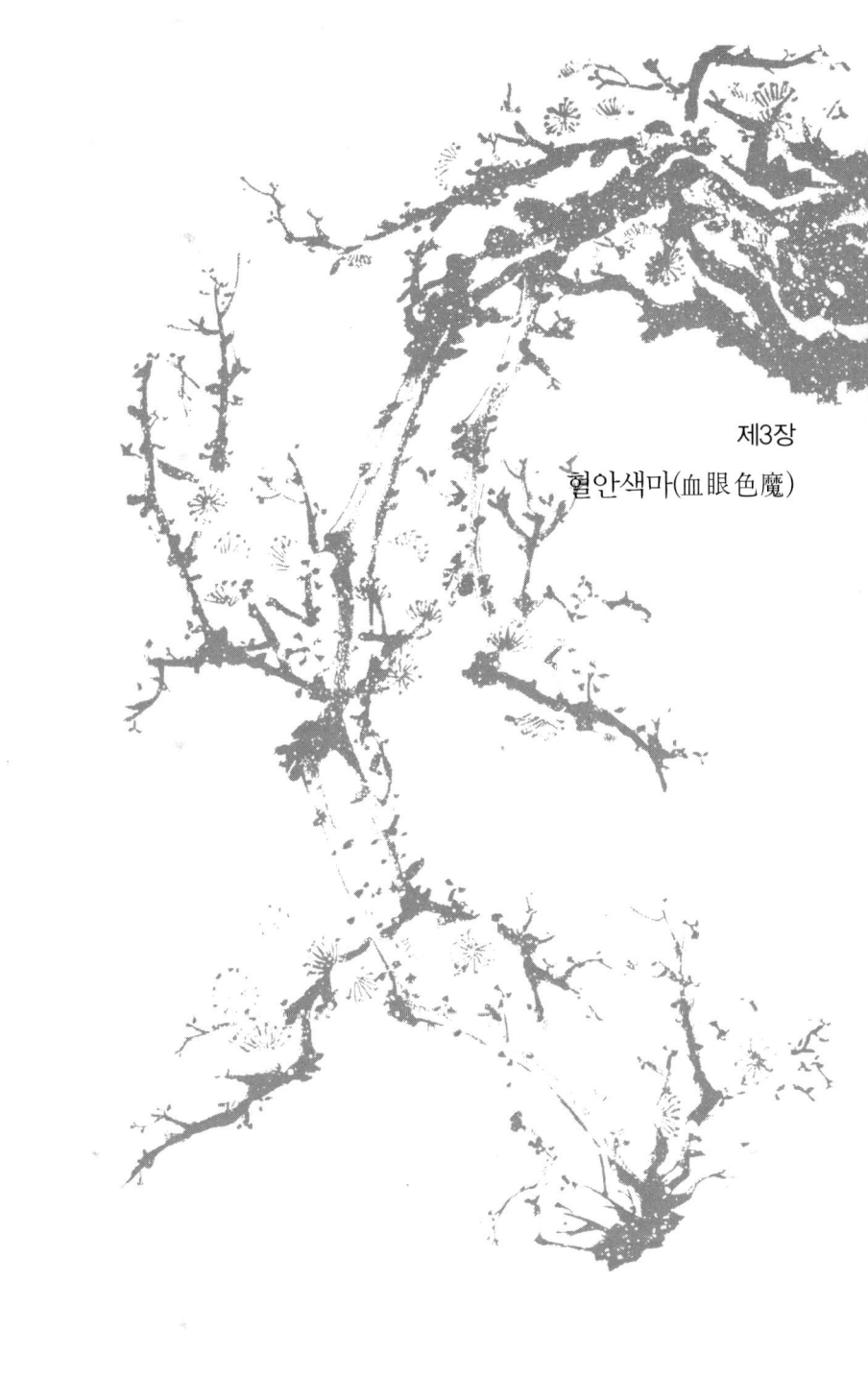

제3장

혈안색마(血眼色魔)

만월(滿月).

소주(蘇州)에서 그리 멀리 떨어지지 않은 이곳 호구산(虎丘山) 일대에도 어김없이 달이 떠올랐다. 구름에 가려 희미한 월광이었지만 그 넉넉함은 어둠에 몸을 숨기려는 이곳 산 곳 곳의 모든 것들에게 빠짐없이 뿌리기에 충분했다.

"헉! 헉! 헉!"

사군은 안색이 벌겋게 달아오른 채 간헐적으로 헐떡거리며 여전히 숲 속에 누워 있었다. 초점을 잃은 듯한 눈동자 주변은 온통 붉게 물들었고 피부마저도 벌겋게 달아올라 있었다.

'정신을 차려야 해, 정신을!'

스러질 것만 같은 미약한 이성에 의지해 몇 번이나 스스로에게 다짐을 했다. 왜 이런 증세가 생겼는지 알지 못했다. 다만 지금 그리운 것은 여체였다. 연청아의 젖가슴이 떠올랐다. 열락에 겨워하는 여체의 신음성이 귓전에 들리는 듯했다. 유화, 묘랑, 취련, 정청화… 뽀오얀 나신들이 차례로 스쳐 갔다.

눈앞에 어른거리는 숱한 빨간 입술들!

사군은 끝내 미쳐 버렸다.

"으아아……!"

어디서 그런 힘이 솟아났는지 몰랐다. 돌연 벌떡 일어선 그는 미친 듯이 소리를 지르며 달려갔다.

소주 일대가 들끓었다.

평소에도 시끄러운 곳이 주루지만 요 며칠 사이 소주 일대의 주루는 물론 저잣거리에도 몇 명만 모일라 치면 야단법석이 따로 없다는 말이 알맞을 정도로 시끄럽게 들끓었다.

"자네 들었는가? 색마(色魔)가 나타났다고 하는데."

"혈안색마(血眼色魔)라고 하더군."

"기이하게도 부잣집 여자들만 노린다고 들었네. 처녀든 유부녀든 가리지 않는다고 하더군."

"색마답게 정력도 대단하다고 하더군. 한번 일을 시작하면 끝을 본다고 들었네. 그러니 색마가 되었겠지만."

"은근히 방문해 주기를 바라는 계집들도 꽤 있을걸. 핫핫핫!"

쉬쉬하며 사람들을 통해 한 입 두 입 건너가던 소문은 이내 사방으로 퍼져 나가 소주 일대의 가장 큰 관심사가 되었다. 색마가 나타났다는 은밀한 소문이 떠돈 지는 열흘밖에 되지 않았지만, 지금은 소주에 살고 있는 사람이든 스쳐 지나가던 사람이든 혈안색마에 관한 소문을 모르는 사람이 없었다. 날만 새면 모두가 입을 열어 '오늘은 어느 집인가' 하며 떠들어대니 당연했다.

이미 당했거나 당할 것이 예상되는 장원들의 상황은 심각했다.

가문에 먹칠을 하는 수치스러운 사건이기에 당한 집에서는 쉬쉬했지만 하인배들의 입을 통해서 흘러나오는 뒷소문까지 막을 수는 없었다. 게다가 주인댁에 감정이 있는 고용인이 있는 경우는 확실한 정황에 약간의 과장까지 섞여 흘러나왔다.

무엇보다도 사람들을 더 섬뜩하게 만드는 것은 시뻘겋게 타오르는 눈에 가졌다는 말도 그렇거니와 여자를 범하고 나서 괴이한 웃음소리와 함께 벌이는 끔찍한 살육연(殺戮宴)이었다. 마치 지옥의 야차(夜叉)를 연상케 하는 괴성에 놀란 집안 사람들이 뛰쳐나오면 가리지 않고 죽여 버린다고 했다.

당할 것이 예상되는 집안에서는 다급히 무림인들을 불러 집 안을 방비하느라 부산을 떨어야 했다. 제법 명망있는 소주 인근의 무인들은 구름같이 소주성으로 몰려들었다.

하룻밤이 새로운 뒤숭숭한 세상이다.

동북의 금국(金國) 오랑캐가 파죽지세(破竹之勢)로 북경을 점령해 온 이래 이미 직례와 산동 일대를 평정했고, 경사(京師:북경)를 점령하고 숭정제를 자결하게 만들었던 이자성은 청병에 쫓겨 달아나기에 바쁘다는 소문이었다.

곧 청병이 회수(淮水) 일대로 남하(南下)할 것이라는 풍문이 파다하게 퍼져 있는 급박한 정국이었지만, 이곳 소주 사람들만은 혈안색마에 관한 이야기에 더 귀를 기울여 오늘 밤은 또 어느 집일까 하며 촉각을 곤두세웠다.

일반 사람들이 다행스럽게 생각하는 점은 혈안색마에게 당한 집들은 하나같이 소주에서도 내로라하는 부호에 속한다는 사실이었다. 그들은 보표(保鑣)들의 수를 더욱 늘렸고 집 안을 철옹성같이 만들었지만 부질없는 짓이었다.

혈안색마에 관한 사건은 소주부(蘇州府) 관아를 골치 아프게 만든 것은 물론, 강남 일대의 무림인들 사이에서도 심심찮은 화젯거리가 되어 버렸다.

혈안색마의 높은 무공 때문으로, 새한장(塞閑莊)에 초빙되었던 소주 제일의 무림문파인 금검문(金劍門)의 부문주 곽철(郭綴)을 비롯한 금검문의 고수 다섯 명이 일을 마치고 안채를 나서며 괴성을 질러대는 혈안색마를 막으셨다가 전원 살해된 사건은 혈안색마의 이름을 무림인들에게 각인시키는 결정적인 계기가 되었다. 곽철이라면 비록 말석(末席) 일지언정 무림 일류고수의 대열에 충분히 낄 수 있을 정도가 아닌가.

밤이 깊었다.

사군은 담을 넘었다.

나무 위에 호위 무사 둘이 지키고 있었지만 잠에 빠졌다는 것도 알고 있었다. 몸은 답답하기만 했다. 뻐근한 하초는 빨리 고통을 해결해 달라고 애원하고 있었다.

'이 냄새야!'

음기를 머금은 여체의 진한 향기가 코를 스쳐 가자 두 눈은 더욱 번들거렸다.

벽이었다.

또다시 높은 담장이 앞을 막아섰다. 내원(內院)으로 통하는 담장.

넘어야 한다.

사군은 서서히 담장 가까이로 다가가며 나무 위를 향해 지풍(指風)을 날렸다. 매복한 호위 무사를 제압한 것이다. 이어 가볍게 안채로 통하는 담장을 넘었다.

작은 정원이 있고…

정원수 사이로 숨어든 사군은 주변에 인기척이 없음을 확인하고는 건물 안으로 스며들었다. 소리없이 문이 여닫히며 그의 모습이 건물 안으로 사라졌다.

두껍게 가려진 창문으로 인해 어둠 속에 엉킨 두 사람은 방 안에서도 겨우 그림자로만 보였다. 여인의 부드러운 나신(裸身)에 엉킨 사군은 한껏 양기를 쏟아냈다.

"흐흥!"

어느 순간 여자는 사내의 등을 세차게 끌어안았다.

지금 사군이 있는 곳은 소주의 비단 부호 중 하나인 황종도(黃宗道)의 장원인 청구원(青九園)으로, 그의 여식 황여섬(黃如纖)의 침실이었다. 사군의 부드러운 손길에 잠에서 깨어난 그녀는 방문을 기다렸다는 듯이 더 적극적으로 육연(肉宴)을 즐기고 있었다.

황여섬이 대담하게도 그럴 수 있는 것은 이제껏 혈안색마는 자신이 범한 여자를 상하게 한 적이 단 한 번도 없었다는 것을 알기 때문이다.

열아홉 나이의 그녀는 아직 혼인을 하지 않고 있었지만, 그동안 운우지락을 나눈 남자가 한둘이 아니었다. 황종도의 둘째 부인의 딸인 그녀는 어머니가 몰래 시주 스님을 불러들여 방사를 치르는 것을 목격한 이래로 자신도 수시로 그 짓을 즐겨왔다. 첫경험은 장원의 내원 청소를 책임지는 젊고 잘생긴 열일곱의 종복이었는데, 침실로 불러들이자 겁에 질려 버린 그를 어르고 달래가며 강제로 일을 치르게 만든 것이 시초였다.

"하아!"

오늘 밤 황여섬은 몸의 솜털까지 곤두서는 흥분을 맛보고 있었다.

혈안색마에 관한 소문을 듣고부터 은근히 자신에게도 찾아와 주기를 원했는데 오늘 밤 그 꿈이 실현된 것이다. 그녀가 꿈꾸어왔던 것은 여인을 지치게 만들 정도로 절륜한 정력을 가진 사내였다. 그간 만난 사내들 중에서는 그녀를 만족시켰던 사람은 단 한 명도 없었다. 그러기에 지금 이 순간 그녀가 거는 기대는 남달랐다.

"아흑!"

오늘 황여섬은 미쳐 버렸다.

혈안색마를 만난 그녀는 뜨거운 광란의 밤을 보내고 있었다.

"하악! 하악! 하악… 아흥……."

색기가 줄줄이 흐르는 얼굴이 더욱더 발갛게 달아올랐다.

입으로는 연신 가쁜 숨을 몰아쉬었고 콧소리는 끊일 사이가 없었다. 듣던 대로 혈안색마의 능력은 과연 색마로 불릴 만할 정도였다. 절정에 이르는 횟수가 거듭될수록 여체는 미쳐 갔다. 마치 그를 증명이라도 하듯 요란한 신음성은 물론이요 발갛게 달아오른 귓불에 눈 밑 주름마저 바르르 떨고 있었다.

"아흐으!"

황여섬은 하늘에서 쏟아져 내리는 무수한 별빛을 보았다. 육체는 무수히 반짝이는 별 무리 속으로 빨려 들어가고 있었다.

영원히 있지 못할 환희의 하늘 공간!

여체는 그 안에서 뼈도 없는 물고기처럼 흐느적대고 있었다.

'또 그 짓이로군!'

가까운 곳에 시비의 거처가 있기는 했지만, 이런 일에 익숙한 시비도 그저 그 소리를 귀로 즐기고 있을 뿐으로 아가씨가 혈안색마와 그짓을 벌이고 있으리라고는 꿈에도 생각지 못했다. 괴로운 것은 그런 소리 때문에 오늘 밤도 잠은 다 잤다는 사실이다. 이 밤이 다 새도록 사타구니 사이에 베개를 끼고 잠을 설쳐야 할 것이다.

두 시진 가깝게 지나서야 사군의 움직임이 잦아들었다. 뜨거웠던 시간만큼이나 나른함에 축 늘어진 몸은 그녀를 한동안 꼼짝도 하지 못하게 만들었고, 그것은 아직까지 여체 위에 몸을 싣고 잠깐의 휴식을 즐기는 사군도 마찬가지였다.

사내의 숨소리가 어느 정도 잦아들자 황여섬은 그간 혈안색마에 대해 들었던 이야기들을 떠올리고는 문득 두려움을 느꼈다.

"공자, 제발 오늘 밤만은 그 괴성을 지르지 말아주세요."

황여섬이 믿는 것은 두 사람만의 뜨거웠던 시간이다.

그녀는 사군의 귀에 입을 대고 뜨거운 입김을 불어 넣어가며 속삭이듯 말했다. 적어도 사내라면 이런 부탁을 거절하지는 못하리라는 생각이었다. 사실 황여섬은 이렇듯 절륜한 능력을 가진 사내인 혈안색마에게 괴성을 지르게 만든 것은 모두 여자들의 책임으로, 그 뒤처리를 잘못한 탓이라고 굳게 믿고 있었다.

얼마나 대단했던지 방사가 끝난 지금 은밀한 그곳에서는 아련한 아픔까지 전해지고 있었다. 짜르르한 쾌감을 동반한 아픔! 단 한 번도 겪지 못했던 일이었다.

"큭! 큭! 큭!"

사군의 입에서 괴이한 웃음소리가 흘러나왔다.

머리는 텅 비어버렸고 몸에서 모든 힘이 몽땅 빠져나가 버린 것만

같았다. 정신을 차려야 했다. 어떻게든 힘을 내야 했다. 단전에 힘을
주어 스러져 가는 힘을 붙잡으려고 사력을 다했지만, 계속 비어만 가는
듯한 허전함의 여백을 메울 수 없었다.

참을 수 없는 상실감!

어쩔 줄 모르던 고개가 끝내 하늘로 들려졌다.

"끄아아아아아……!"

마침내 건물 전체가 크게 들썩거릴 정도의 엄청난 괴성이 사군의 입
에서 터져 나왔다.

"아악!"

황여섬은 가슴이 무너지는 충격에 입을 딱 벌렸다.

'이거였어. 제정신이 아니야!'

뒤가 구리기로 소문난 금표장주(金彪莊主)의 딸 아민(娥珉)이 년 앞
에서도 예의 이 괴성을 질렀다고 들었을 때 뭔가 이상하다는 생각이
들기는 했었다. 서로가 사내에 관한 한 둘째가라면 서러워할 전문가임
을 자처하는 터로, 아민이 년이라면 웬만한 사내는 그 자리에서 후려
버리고 남을 계집인데…

'아……!'

수치심을 감당하지 못한 황여섬은 쓰러져 기절한 체하기로 마음먹
었다. 엎드린 그녀의 머리 속으로 문득 앞으로 제대로 된 가문의 사내
와는 혼인하기가 쉽지 않을 거라는 생각이 스쳐 갔다. 하지만 혈안색
마의 우악스런 남성의 힘은 잊혀지기는커녕 더욱 진하게 육체에 각인
되고 있었다. 기절한 체하며 오늘 밤 있었던 일을 곰곰이 되씹던 황여
섬은 문득 평생 그 힘을 아쉬워하고 그리워하며 살지도 모르겠다는 생
각이 들었다.

'절대 후회하지는 않아!'

기절한 체하며 쓰러져 눈을 감고 있는 황여섬의 내심이었다.

사군은 본능적으로 이곳을 떠나야 함을 알았다.

후련했다.

한껏 괴성을 지른 사군은 몸을 날렸다. 하지만 미처 내원의 담을 넘기도 전에 담장 아래 매복했던 두 명의 호위 무사로부터 공격을 받았다.

"크악!"

"컥!"

공세를 펼쳐 오던 두 명의 무사는 광기가 철철 넘쳐흐르는 검을 감당하지 못해 퉁기듯 날아가 마당에 처박혔다.

'귀찮아!'

장원 사방에서 무사들이 떼를 지어 달려왔지만 사군은 더 이상 상대를 않고 몸을 빼 담장 너머로 사라졌고, 그 뒤를 십여 명은 넘는 무사가 도검을 번쩍이며 뒤쫓았다.

영파상방 소주공소(蘇州公所).

딸이 배에 갇혀 무슨 짓을 당했는지는 묻지 않고도 알 수 있었다. 그럼에도 찢어지는 가슴으로 이것저것 물어야 했다. 천지신명께 딸을 위한 복수를 맹세한 정춘교는 지금 소주에 와 있었다.

"샅샅이 수색해야 한다!"

공소의 내실에서 앞에 앉은 사람들을 향해 살기가 뚝뚝 흐를 것 같은 어조로 하는 말이었다. 상방의 기둥이라 할 수 있는 다섯 개의 달寧波五月을 전부 모았을 정도로 그는 딸에게 벌어진 일을 안 이래 날마다 이를 갈고 있었다.

'감히! 감히 내 금지옥엽을 건드리다니……!'

그는 놈을 찾아 갈가리 찢어놓기 전에는 절대 상방으로 돌아가지 않으리라 굳게 맹세했다. 은자는 마음만 먹으면 얼마든지 모을 수 있지만 가련한 딸은……

모든 과거를 정리하고 새로 출발한 인생이었다.

가슴 깊숙이 묻어둔 숱한 사연들이야 필설로 다하지 못할 만큼 많지만, 그래도 항상 즐거운 마음으로 살 수 있게 해주었던 딸이었다. 날마다 재롱을 피워 그의 주름살을 펴주더니 하루가 다르게 불쑥불쑥 자라나 어느 날부터 절강 최고의 미인이라는 말까지 듣고 있는 단 하나 있는 자식 정청화였다.

금이야 옥이야 호호 불어가며 키운 딸이었다.

며느리를 삼고 싶다며 은근히 뒤로 줄을 댈 의사를 타진해 오는 절강의 명문가 사람들을 보면 흐뭇하다 못해 때로는 가슴이 터질 듯한 희열까지 맛보게 하는 딸이었다. 그런데…….

'반드시 찢어 죽여 버린다!'

정춘교의 노안에 눈물이 글썽였다.

그를 더 절망적으로 만드는 것은 막내딸 나이밖에 되지 않을 삼십 년 연하의 아내 연아의 슬픔을 감당할 수 없다는 사실이었다. 이 사실을 알았다가는 차라리 자결해 버리겠다고 할지도 몰랐다. 정춘교는 그것이 두려웠다.

딸에게 들은 사군이라는 녀석을 혈안색마와 연관 지을 수 있었던 것은 붉게 변하는 눈에 헌칠한 키 때문이었다.

"놈이야!"

소주에 색마가 출현했다는 말을 처음 들었을 때 그의 입에서 터져 나온 일성이었다.

소문을 들은 정춘교 일행이 이곳 소주에 와서 한 일은 날마다 부잣집 담장 부근에 매복해 놈이 나타나기를 기다리는 일이었다.

그간 행적을 분석해 본 결과, 그동안 놈은 담이 높고 건물이 웅장한 부호나 고관들의 장원만 골라 일을 저질렀음을 알 수 있었다. 아무리 중원 부호들이 떼로 몰려 있다는 이곳 소주지만, 놈의 취향을 충족시키는 장원이라면 이십여 곳 남짓했고, 이미 열한 개의 장원을 습격했으니 이제 남은 곳은 그 절반 정도밖에 되지 않았다. 놈과 마주칠 확률은 날마다 높아지고 있다는 사실이 그를 긴장하게 만들었다. 고맙게도 놈은 언제나 삼경(三更:자정 전후) 무렵에 나타났고, 단 한 번도 그 시각을 어긴 적은 없었다.

'삼 할!'

정춘교는 입술을 한일 자로 굳게 다물었다.

혈안색마가 나타날 가능성이 있는 장원을 자신을 포함한 네 명이 나누어 지키기로 했기에 계산대로라면 놈과 마주칠 확률은 삼 할이 넘었다.

사군은 죽은 듯이 누워 있었다.

해가 저물어가자 그가 누워 있는 곳에서 그리 멀지 않은 숲 속으로 호구탑(虎丘塔)의 그림자가 길게 녹음을 헤치며 드리웠다. 지금 이곳은 소주성에서 그리 떨어지지 않은 호구산(虎丘山) 깊은 숲 속으로, 몸은 본능적으로 햇빛이 들지 않을 이런 곳을 골라 이렇듯 누워 있는 것이다.

이윽고 밤이 깊어오자 사군은 눈을 떴다. 한참을 멍하니 그러고 있더니 고개를 돌려 달을 쳐다보았다.

음기(陰氣)!

음습한 밤의 기운이 좋았다.

탈진한 몸에 기운을 불어넣는 음기. 초점을 잃고 있던 두 눈이 점차 빛나기 시작하더니 마침내 시체처럼 누워 있던 사군은 부스스 몸을 일으켰다. 멀뚱한 눈동자로 주변을 두리번거리던 그는 머리를 두 손으로 싸매고 흔들었다.

'무슨 일이 일어났던 거지?

또 그 꿈!

연청아가 날마다 꾼다는 그 악몽이 자신에게 옮겨온 것인지도 몰랐다. 그 꿈을 꾸고 나면 다시 밤이었다. 기억하는 것은 악몽 속에서 양갓집 부녀자들을 겁간(劫姦)하고 정복감과 희열에 젖어 괴물처럼 소리를 지르고, 나타나는 무사들을 죽이고… 꿈은 날마다 똑같았다. 다른 점이라면 매번 그 대상이 바뀐다는 점이다.

"아……!"

두려움에 떨던 그 눈빛들을 아직도 잊지 못했다.

'왜 그런 꿈을 꾸게 되는 거지?

처음 정신을 차렸을 때는 그 꿈이 사실일까 두려워 한동안 괴로워했었다. 하지만 하루하루가 지나며 그것이 날마다 꾸는 악몽인 것을 알고는 안도했다. 시간은 흐르는 것 같은데 날마다 깨어나면 밤중이었다.

'아! 제발…….'

오늘 밤만은 그 꿈을 꾸지 않기를 빌었다.

그게 사실이라면 다시는 씻어내지 못할 큰 죄를 범한 죄인이 된 것이다. 문득 하늘을 올려다보았다. 교교히 밤을 밝히던 달빛은 오늘따라 더욱 맹렬히 그 기운을 뿜는 듯했다.

"아……!"

거대한 유혹덩어리!

사군은 눈부시게 하얀 달에서 눈을 떼지 못했다. 월광을 마주하면 알지 못할 생명력을 얻는 기분이 뼛속까지 스며들었다.

달빛 아래의 시간이 흘렀다.

알 수 없는 끈끈한 유혹에 달에서 떼지 못하던 눈이 차츰 붉어지더니 이내 은은한 붉은 광망(光芒)이 뻗어 나가기 시작했다.

"따따따딱……!"

사군은 그 유혹에 이빨을 맞부딪치며 떨어야 했다. 덩달아 손발이 움찔거리며 떨려오기 시작했다. 붉은 광망은 이내 안구(眼球) 전체를 벌겋게 달구었다.

달이었다.

유혹이었다.

눈을 감고 싶었지만 충만한 생명의 힘을 느끼게 하는 월광을 끝내 외면하지 못했다. 머리 속은 텅 비어갔지만 몸은 날아갈 듯 가벼웠다. 하초가 뻐근했다. 하초를 타고 올라와 전신으로 퍼져 나가는 진한 욕망을 느꼈다.

참을 수 없는 욕구!

"안 돼!"

마지막 발악이었다.

사군은 외면할 수 없는 그 열망을 쫓았다. 날마다 찾아오는 지독한 꿈을 거부하려는 마음속 의지를 담은 소리였다. 그토록 힘겹게 뽑아낸 소리였건만, 달빛 아래 한 개 작은 점에도 미치지 못하는 덧없는 존재의 허망한 몸짓에 불과했다.

턱이 부들거리며 위로 솟구쳤고 눈동자가 번들거렸다.

하초가 불끈거렸다.

"쿵! 쿵!"

코를 벌름거렸다.

냄새!

그를 미치게 하는 지독한 음기를 가득 품은 여체의 향!

멀리 망루에 불을 밝힌 성안에서 퍼져 나오고 있었다. 사군은 벌겋게 달아오른 눈을 희번덕였다.

"끄아아아악······!"

누가 들었다면 전율을 불러일으킬 만한 괴기스러운 비명 소리가 달빛에 흠씬 젖은 산중의 공기를 통째로 찢어버렸다.

휘이익!

둥실 바람을 탔다.

달의 음기를 가득 머금은 바람!

장원의 사위(四圍)는 적막에 잠겨 있었다. 곳곳에 만들어진 크고 작은 정원에서 밤을 즐기는 풀벌레 소리만 가득한 장원. 주변에 장막을 치듯 빽빽이 열을 지어 들어서 있는 울창한 단풍나무들은 두터운 숲을 이루었다.

풍정원.

이곳 사람들도 소주성 안을 뒤흔드는 혈안색마에 관한 소문을 듣고는 있었지만, 그런 색마가 감히 황실의 경비에 못지않다는 풍정원을 노릴 것이라고는 아무도 생각지 않았다.

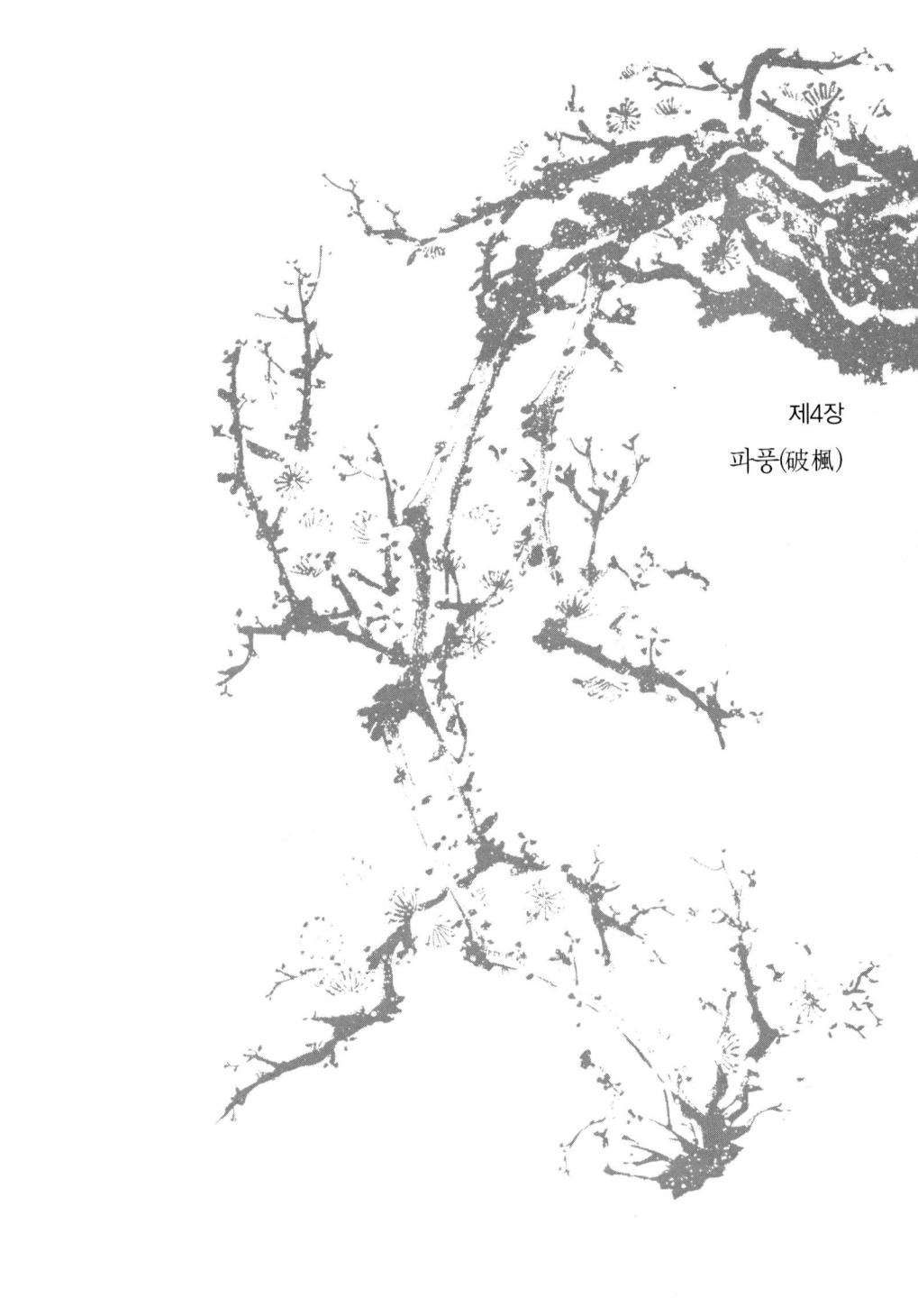

제4장

파풍(破楓)

풍정원(楓靜園).

이름 그대로 장원 전체를 덮은 푸른 단풍잎들이 오늘따라 더욱 생명력이 넘쳐 보였다.

엄생은 내실 창문을 통해 밖을 내다보며 찻잔을 들었다. 그윽한 차 향이 코를 스쳤다.

은침백호(銀針白毫).

불로장생의 효과를 기대할 수 있다는 귀한 차(茶)로, 지대가 높은 험지에서만 어렵게 만들어진 차이기에 황제가 아니면 마실 수 없다고도 한다. 엄생이 이 차를 무척이나 좋아하는 것도 바로 그런 이유다.

지금 엄생은 기신과 마주 앉아 한가로이 다향(茶香)을 즐기고 있었다. 하지만 엄생은 이런 류의 풍취를 부질없이 세월만 보내는 것으로 여기는 사람이라 알려져 있기도 했다.

"내가 자네를 구한 것은 가진 재간을 아꼈기 때문일세. 자네도 알다시피 세상일이란 그리 간단치 않아. 총행두는 너무 늙었어. 그분의 뜻이 쓰러진 명조의 부흥에 있다는 것을 아는 순간 나는 절망했네."

기신은 감히 엄생의 눈길을 맞받지 못하고 눈을 내리깔았다.

'거인이야!'

말투 하나하나에서 태산 같은 무게가 느껴지며 전신을 짓눌렀다. 비록 같은 휘주상방 소속의 상인들이기는 하지만 대고(大賈:큰 상인)라 불리는 엄생과 단순한 관사(管事:경영자)에 불과한 자신은 격이 다르다. 엄 대고의 한마디는 중원 상계에 두루 영향을 주지만 자신의 말은 아무리 길게 하더라도 당포 내에 국한될 뿐이라는 차이다. 게다가 광휘 당포마저 망해 버린 지금에야······.

당포를 망하게 한 원흉이 바로 엄생이라는 기막힌 사실을 알고도 화가 나지 않는 것은 그런 큰 손해조차 엄청난 사건에 철없이 뛰어들어 휘말려 버린 자신의 잘못이라 여기게 만드는 엄 대고라는 이름의 무게 때문인지 몰랐다.

굳이 문일지십(聞一知十)의 지혜가 없더라도 엄생의 방금 전 한마디는 상방의 틀을 새로 짜겠다는 뜻이라는 것은 되물을 필요조차도 없었다. 기신은 자신에게 선택의 기회가 주어진 것을 알고는 감사했다. 아니, 이조차도 사실은 요식 행위에 불과할 것이다. 텃밭을 잃은 지금의 기신에게는 선택의 여지도 없었기 때문이다. 상대는 다만 이쪽의 체면을 세워주려는 것이다.

"엄 대고의 뜻에 따르겠습니다."

기신은 탁자 위로 머리를 조아려 가며 대답했다. 어차피 숙일 바에야 확실하게 보이는 것이 필요했다.

"소흥으로 가게. 광휘당포를 다시 열고 예전처럼 영업을 하게. 추후 지시를 내리겠네."

"총방에서 말이 있지 않겠습니까?"

걱정스러운 어조였다.

"자네는 내게 구원을 받아 이곳에 머물고 있었다고 해두었네. 오래전 일이지. 다만 중상을 당해 요양하는 중이라고 했었지. 다시 돌아가서 관사 자리를 계속 맡는 것은 전혀 문제가 없네. 내가 뒤에서 강력히 미는 것을 알고는 더 이상 말이 없더군."

엄생의 말에 기신은 내심 혀를 내둘렀다.

그랬을 것이다. 아무리 총행두라고는 하나 재산이 휘주상방 전체의 삼 할에 이를 것이라는 추측이 있고, 해마다 막대한 회비를 내는 엄생의 말이라면 총행두는 물론 원로단에서도 입을 닫았을 것이다. 그런데…

그 엄생이 뒤를 봐주겠다고 했다.

기신의 몸에서 자신감이 넘쳐흘렀다. 그리고 생각이 없지 않았기에 지난번 청 황실의 패륵이 왔을 때에도 마지막 기회로 알고 온 힘을 다해 언변을 뽐냈었다.

"내 사람이 되어주게!"

그간 서로 간에 말은 없었어도 그런 암묵의 언질은 확신하고 있었다.

휘주상방의 총행두 자리를 노리는 엄생이었다. 이미 충성을 맹세했으니 이제는 뭔가 보여주는 일만 남았다. 세상을 살아가는 법인 것이다.

기신이 물러가자 잠시 후 용진우가 들어왔다.

그사이 엄생은 사람들의 소속과 이름이 잔뜩 써 있는 목록을 펼쳐 살피고 있었다.

"이것이 제갈세가의 뜻에 동조하기로 한 자들의 명단인가?"

"아직 결정된 것은 없습니다만, 제갈가에서 계속 접촉을 하고 있는 자들입니다."

용진우의 표정에서 확신이 엿보였다.

"쾌각으로 가서 서관이라는 자를 만나라. 그들이 사군과 무슨 관계 인지, 그리고 우리가 나설 길이 있는지도 알아보거라."

엄생의 눈이 그 깊이를 더했다.

벽이었다.

'또 담장이야!'

사군은 작은 언덕 너머로 우뚝 솟은 커다란 장원을 질끈 노려보았 다.

높다란 담장 위로 넘실대는 푸른 단풍나무 잎들과 그 위로 가끔씩 담장을 뚫고 솟은 고루거각(高樓巨閣). 눈에 익은 풍경이다. 내면 깊은 곳에서 둥둥거리며 울려대는 끊임없는 유혹.

흥분한 여체에서 뿜어져 나온 훅훅거리는 뜨거운 입김이 몸에 와 닿 는 듯했다.

'넘어야 해!'

한껏 달아오른 눈알을 번들거렸다.

높고 두터운 벽이었지만 찾는 것은 그 안에 있었기에 저 벽을 넘어 안으로 들어가야 했다.

착각일까?

월광을 받은 눈이 벌건 화염덩어리처럼 이글거리며 타올랐다.

'반드시 넘어야 해!'

예향을 가져가 버린 담장!

성벽처럼 길게 늘어서 앞을 가로막는 담장만 보면 참을 수 없이 적개심이 이글거리며 타올랐다.

언덕을 내려왔다.

구름 한 점 없는 깔끔한 밤하늘이다. 거칠 것 없는 달빛은 높다란 담장에 길게 이어지는 은은한 그림자를 품게 만들었다.

'위험!'

사군은 풍정원 담장 밖 십여 장 거리의 맞은편 골목에서 반 시진 가까이 꼼짝도 않고 있었다.

장원 전체를 짓누르는 진득한 살기!

동물적인 감각은 담장 안쪽에서 풍겨 나오는 예리한 살기를 감지했다. 천이통(天耳通)을 전개했고, 마침내 살기가 가장 약한 곳을 찾아냈다. 후원 쪽으로 보이는 곳이었다. 매복을 피해 빙 돌아서 가야 한다는 것을 느꼈기에 장원을 뒤로하고 골목길로 숨어들었다.

마침내 가장 적당하다고 생각되는 곳이 나타나자 맞은편 높은 담장을 향해 서서히 몸을 움직였다. 눈에 쉽게 띌 것만 같은 한없이 느릿느릿한 동작이었지만, 그를 발견한 사람은 아무도 없었다.

느릿느릿 담을 타넘었다.

아니, 기어서 넘었다는 표현이 적절할 것이다.

청룡지주공(靑龍蜘蛛功)!

아무리 높은 절벽이라도 거미처럼 몸을 붙여 타고 내리는 신법. 속도를 더 낼 수도 있는 신공이었지만 반 시진이나 걸려서야 겨우 담장을 넘을 수 있었다. 그 이상 속도를 낸다면 위험할 것이라는 본능적인 판단이 있었다.

풀잎 위에 납작 엎드린 그는 코를 벌름거렸다. 사실은 엎드렸다기보다 가는 풀잎 몇 개에 의해 몸을 실었다는 말이 옳았다. 많은 공력을 소모하는 방법이지만, 천라지망(天羅地網)처럼 깔린 호장 무사(護莊武士)들의 촉수를 피하는 방법은 그뿐이다. 본능이다.

'쿵! 쿵!'

코끝으로 지독한 음기를 머금은 사향(麝香)이 스쳐 갔다. 그리 멀지 않은 곳에 우뚝 솟아 앞을 가로막는 또 하나의 담장 뒤편에서 나는 향기였다.

사군의 얼굴이 일그러졌다.

'크으으……'

부풀어 오른 하초는 끊임없이 해결을 요구하고 있었다. 이제는 엄청난 고통으로 찾아와 끝내 인내의 한계점을 오가게 만들었다. 빨간 눈이 더욱 번들거렸다.

월광 아래서는 눈빛도 조심해야 한다.

가늘게 실눈을 뜨고 주변을 살피던 그는 인공 호수에서 연결되어 냇물처럼 길게 이어진 물길을 발견했다. 폭은 반 장에 이를 정도로 좁았지만 물길이 주변 지형보다 한 자가량 아래로 들어가 있었다.

'저거야!'

물길은 사군이 지나가기를 원하는 담장 안쪽으로 이어져 있었다.

다시 바람을 기다렸다.

태호(太湖)와 인접한 소주에는 여름을 식혀주는 호수 바람이 심심찮게 불어온다. 지금 이곳까지 올 수 있게 한 것도 바람이었다. 반 각이 채 지나지 않아 쏴아 하는 소리와 함께 장원 담장을 따라 빽빽이 늘어선 단풍나무를 덮은 잎들이 떼를 지어 몸을 부대끼며 소란을 떨어댔다.

이번에도 바람 소리를 탔다.

미끄러지듯 수풀 위를 스쳐 작은 호수 안으로 몸을 담갔다. 다행히도 호수는 생각보다 깊었고, 사군은 야안(夜眼)에 의지해 건물로 이어진 물길을 찾아 수중으로 이동했다. 너무나 느린 움직임이었기에 주변의 물고기조차 달아날 생각을 않고 잠을 즐길 정도였다. 꼬불꼬불 이어진 물길은 그리 깊지 않아 겨우 정강이가 잠길 정도였다.

사군은 바람이 불 때를 제외하고는 물 위를 떠다니는 나뭇잎 같은 속도로 전진했다. 물길을 따라 조경(造景)을 위해 놓여진 크고 작은 바위들이 물 위를 떠가는 사군의 흐름을 감추어주었다. 구멍이 숭숭 뚫어져 있는 울퉁불퉁한 태호석은 달빛 아래서 괴기스럽게조차 보였다.

물 위에 떠가는 사군의 눈 위로 건물 내원(內院)으로 통하는 담장이 나타났다.

마지막 관문.

경험으로 보아 담장 안쪽은 오히려 경비 무사가 없는 안전지대일 것이다. 특별한 경우가 아니라면 직계 식구들의 사생활 보장을 위해 내원에는 경비 무사들을 세우지 않는 것이 보통이다. 다행히 담장 아래로 뚫린 물길은 물 위에 누운 사군이 통과하기에 적당했다.

'흐흐흐……'

물 위에 누운 채 담장 안쪽에서 다시 얼굴을 드러내는 사군의 입가에 징그러운 미소가 번졌다. 뿌듯함이 담긴 미소.

'해냈어!'

며칠 전부터 노렸던 장원이었다.

장원 전체를 덮고 있는 무거운 살기만 아니라면 진작 넘었을 담장이었다. 한참을 노렸다가 번번이 포기하고 다른 곳을 찾아 발길을 돌렸었다. 하지만… 몸 전체로 솟구치는 충만한 힘을 참지 못했다. 이곳에서 발산되는 음기의 유혹은 너무나 엄청났다.

오늘 그가 음기의 진원지를 찾아 안으로 들어가기 위해 기울이는 정성은 다른 날과 비견할 수 없을 정도로 대단했다. 이제껏 찾았던 모든 장원들을 다 합친다 해도 오늘 소모한 그의 심기나 시간에는 절대 미치지 못할 정도였다. 물길 위를 누워서 전진하던 사군은 마침내 원하던 건물의 바로 뒤에 이를 수 있었다. 지독한 향기가 코로 스몄다.

'으으으……!'

몸서리치게 하는 강한 음기!

그 지독한 음기에 눈썹까지 떨어야 했다. 물길에 이어진 작은 연못에 이른 사군이 서서히 물 밖으로 몸을 내밀었을 때 맡았던 냄새였다.

스스스스.

연못 밖으로 노출된 몸에서 희미한 연기가 피어났다. 젖은 옷의 수분을 은근한 양기로 말려 증발시키는 것이다. 냄새가 퍼지지 않도록 바람이 불지 않는 시간을 택한 것은 그의 동물적 본능이 요구하는 지시에 따른 행동이다. 연못 가장자리에 조경을 위해 놓인 돌무더기 사이에 몸을 붙인 사군은 한동안 꿈쩍도 하지 않았다.

이 시각의 매복자들은 눈을 감고 귀에 의지해 경계를 선다. 오랜 시간 한자리를 지켜야 하기에 가수면(假睡眠)을 취하는 것이다.

사군도 그것을 알고 있다.

유가무상보의 뛰어난 점은 바람을 타듯 움직이는 신법이기에 여간해서 종적을 알아차리기 어렵다는 것이다. 예상대로 매복은 느껴지지 않았다. 여인들이 거처하는 구중심처(九重深處)로 그네들의 사생활이 철저히 보호되어야 하는 공간이다.

휘이잉……!

다시 바람을 탔다.

마치 걷는 듯한 느린 움직임. 누가 보았다면 쉽게 들킬 법도 하건만 건물 기둥에 찰싹 붙을 때까지 그를 알아챈 사람은 아무도 없었다.

침실.

침상 위에는 아직 스물도 되지 않았을 젊은 여인이 삼면이 은은한 연분홍의 휘장으로 둘러진 침상에서 엷은 비단 이불을 덮고 깊은 잠에 빠져 있었다.

엄생의 둘째 딸인 열일곱의 엄영(嚴瑛)이다.

굳이 미모를 말하자면 정청화에 비해 조금 덜 미친다고 할 수밖에 없겠지만, 오밀조밀한 이목구비(耳目口鼻)와 얼굴 가득 배어나는 활달함이 앵두같이 붉은 입술과 어우러져 항시 누구를 곯리고 싶어하는 개구쟁이와 같은 인상을 풍기는 귀여운 얼굴이었다.

전에는 운동 삼아 무공이라도 조금 배웠지만, 요즘 들어서는 하루종일 난(蘭)을 치고 글공부를 하는 것이 일과로, 그런 일에 취미가 별로 없는 그녀는 수시로 잠에 빠지기 일쑤였다. 예전에는 엄했던 독선생도 엄영이 혼인할 나이가 가까워 오자 그저 적당히 가르치다가 말려는지 그런 방종을 크게 나무라지 않는 것은 물론이요, 처녀가 자는 모습을 차마 지켜볼 수 없어 자리까지 비켜주는 형편이었다. 오늘은 모처럼 독선생의 허락을 얻어 실컷 검술을 수련했기에 피곤에 지친 엄영은 자신에게 닥칠 일도 모른 채 그저 잠에 빠져 있었다.

사군이 그녀의 침상 앞에 선 것은 축시(丑時:새벽 2시 전후)의 마지막 즈음이었다.

'흐흐흐!'

사군은 코를 벌름거렸다.

드디어 침상에 누운 채 비단 이불 위로 백옥같이 하얀 팔뚝을 드러내고 잠에 빠져 있는 여인을 마주한 것이다. 이곳까지 오는 데에 꼬박 한 시진이 넘게 걸렸기에 무척이나 고된 여정이라 할 수 있었다. 마침내 목표물 앞에 서는 데 성공했기에 그는 지금 진한 쾌감과 뿌듯한 성취감 모두를 마음껏 즐기고 있었다.

'냄새가 좋아!'

건물에서 여인의 침상에 이르는 동안 그가 통과해야 했던 문은 모두 세 개나 되었고, 더욱더 강렬해진 음기의 유혹은 하초의 고통을 배가시켰었다. 이를 악물고 참아가며 끝까지 침착을 잃지 않았기에 침실로 들어설 수 있었다.

뿌듯한 성취감!

살짝 벌어진 여인의 빨간 입술이 사군을 더욱 자극했다.

'꿀꺽!'

조용히 침을 삼킨 후에 여체를 가리고 있는 엷은 비단 이불을 천천히 젖혀갔다. 눈부시게 하얀 종아리가 늘씬한 곡선을 자랑하며 그대로 드러났다. 서서히 더워지는 날씨 탓인지 속바지만 간단히 걸치고 잠에 빠진 모습이다. 속옷 허리춤에 아름답게 수실이 놓인 사향 주머니가 매어져 있다.

대설사향(大雪麝香).

사군을 부른 것은 바로 그 사향이었다.

같은 여자라도 대갓집의 숱한 시비들을 빼고 유독 안방마님이나 처녀들만 변을 당한 것은, 그들이 서방님이나 남정네를 유혹하기 위해 허리춤에 매달고 다니는 사향 때문이었다. 마치 필수품처럼 대갓집 아녀자들이라면 누구나 품고 다니는 사향은 그 값이 만만치 않았기에 일반인들이나 시비들은 감히 차고 다닐 형편이 되지 못한다. 양기를 유혹하는 사향이 여인의 음기와 뒤섞여 공기 중에 퍼져 나가 사군을 유혹했던 것이다.

엄영이 차고 있는 사향은 대설산(大雪山)에서만 나는 것으로 천금을 주어도 구하기도 어렵다는 대설사향이다. 황실이나 왕후장상들의 여인네들만이 가질 수 있는 진귀한 최상품의 사향이기도 했다. 그 깊고 강렬한 향이 사군을 위험을 뚫고 이곳까지 들어오게 만들었다.

"아……!"

옅은 신음성과 함께 두 개의 새빨간 눈이 침상 위에 드러난 여체를 찬찬히 훑어갔다.

"흐읍!"

숨이 막혔다.

발그스레 홍조를 띤 얼굴 아래로 가녀린 목이 조각품처럼 이어졌고, 숨을 쉴 때마다 불룩거리는 젖가슴은 사군을 미치도록 자극했다. 윗옷을 젖힌 후에 목 선을 따라 조심스럽게 내려가던 사군의 손이 마침내 젖가리개를 풀었다. 팽팽히 솟아오른 육봉이 고른 숨결에 따라 일정한 속도로 불룩거렸고, 그 위에서 함께 움직이는 젖꼭지는 사군을 진저리치게 만들었다.

서둘지 않았다.

겹겹이 둘러싼 귀중한 선물을 열어보듯, 차례로 옷을 벗겨가는 손길은 마침내 여물대로 여문 여인의 순백한 나신을 그대로 드러내게 만들었다.

"후우……."

입에서 더운 숨결이 흘러나왔다.

엄영은 몸이 점차 시원해지는 것을 느꼈다. 낮에도 수시로 졸다 보니 하릴없는 밤이 되어도 깊은 잠에 빠지지 못하는 것이 그녀의 사소한 괴로움이기도 했다. 하지만 오늘만은 무척이나 피곤했던 엄영은 잠결에 젖가슴 위에서 스멀거리는 귀찮은 무엇을 쳐내려고 손을 저었다.

탁.

손끝에 사군의 손등이 닿았다. 하지만 잠결의 엄영은 이물질의 존재를 알아차리지 못했다. 약간 몸을 틀고 돌아눕는 그녀를 좇아 사군의 몸이 비스듬히 기울었다. 간절히 원했던 일이다.

짙은 분홍색의 작은 딸기 한 쌍!

숙여진 얼굴에서 꽃뱀의 그것처럼 날름거리는 혀가 내밀어져 수밀도 구석구석을 감고 돌았다.

"으응……."

잠에 빠져 있던 엄영은 가슴 언저리에 뭔가 계속 스치는 듯한 느낌이 들었다. 하지만 귀찮게 여겨지기만 했기에 잠자코 더 깊은 잠을 청했다. 공연한 일로 한밤중에 잠에서 깨어나 하릴없이 멀뚱거린다는 것이 얼마나 힘든 일이라는 것을 무의식 속에서도 잘 알고 있기 때문이다.

꿈을 꾸었다.

"얼굴이 발그레한 것을 보니 너도 사내깨나 밝힐 팔자야!"

혼인을 하기 전부터 짓궂은 말을 일삼던 언니는 꿈속에서조차 자신을 놀리고 있었다. 두 자매 모두 평소에도 발그스레 열기마저 느끼는 뺨을 가졌기에 그를 두고 하는 말이었다. 언니의 말대로 아직 사내와 접해본 적은 없지만 엄영은 밤마다 사내와 함께하는 꿈을 꾸고 있었다. 아침에 일어나면 말로는 표현할 수 없는 아쉬움이 몸에 가득했었다.

'아!'

열아홉에 시집갔던 언니가 잠시 처가에 다니러 왔을 때 몰래 보여주었던 춘궁화(春宮畵)가 또 펼쳐졌다. 너도 알아두어야 한다며 남몰래 보여주었던 그림이다. 남녀가 해괴한 자세로 엉켜 교접을 하고 있는 그 그림을 보고 그저 얼굴만 붉혔었다. 그 춘궁화 속의 장면들이 생각나 야릇한 설렘에 밤마다 잠을 이루지 못하는 그녀였다.

얼마가 지났을까.

"으음!"

엄영의 코에서 얕은 비음이 흘러나왔다.

젖가슴에서 느껴지는 야릇하고 은밀한 느낌에 몸이 절로 반응한 것이다. 콧소리에 자극받은 듯 사군의 손은 더한층 부드럽게 움직였다. 마침내 참지 못한 그는 마침내 여인의 젖가슴에 얼굴을 파묻었다.

"으흥!"

꿈이었다.

몸을 뜨겁게 데우는 꿈, 한여름 밤의 꿈!

엄영의 입이 살짝 벌어지더니 콧소리를 동반한 나지막한 신음성이 흘러나왔다.

너무나 기분 좋은 꿈!

몸이 둥실 떠갈 것만 같은, 한 번도 느껴보지 못한 말 못할 쾌감이 거미줄처럼 이어진 신경 줄기를 타고 전신으로 빠르게 번져 갔다. 작고 뽀오얀 손이 스르르 움직이더니 사군의 등을 감싸 안았다.

"하아!"

숨을 제대로 쉴 수 없었다.

아득한 기분에 컥컥 막혀오는 호흡을 가다듬던 그녀는 문득 이것이 꿈이 아닐지도 모른다는 생각을 했다. 순간, 은밀한 곳을 더듬어오는 손길이 느껴졌다. 짜르르한 전율마저 일게 하는 촉감.

'꿈이야.'

그렇게 믿기로 했다.

엄영은 그 꿈이 깨어질까 차마 몸을 움직이지 못했다. 은밀한 심처(深處)는 알지 못할 뭔가를 애타게 갈구하고 있었다. 눈을 떠야 했지만 말로 형용할 수 없는 황홀한 이 순간이 신기루처럼 사라져 버리는 것을 원치 않았다. 춘궁화를 본 이래 가끔씩 꾸곤 했던 꿈이었다.

"으음……."

작은 손은 마치 춘궁화 속의 여인처럼 사내의 등을 부드럽게 더듬었다. 젖가슴에 쩌릿쩌릿 느껴지는 아련한 쾌감에 비처마저 촉촉이 젖어왔다.

"아아……!"

하늘마저도 멀어지는 아득한 순간!

돌연 숨을 막히게 할 것 같은 무거운 물체가 몸 위에 얹히는 느낌에 엄영은 자신도 모르게 눈을 번쩍 떴다.

"헉!"

크게 숨을 들이켰다.

처음에는 자신이 처한 상황을 이해하지 못했다.

일부분만 눈에 들어오는 몸 위의 거대한 물체를 제대로 인식하기까지 약간의 시간이 필요했다.

'어, 어떻게……!'

지금 자신의 몸을 무겁게 짓누르고 있는 것은 육중한 사내의 몸이었다. 그랬다. 자신은 음적에게 겁간을 당하고 있었다. 결코 춘궁화를 떠올리며 꾸었던 그런 민망한 꿈이 아니었다.

말이 나오지 않았다.

'이, 이런, 이런 일이……!'

한껏 달구어졌던 엄영의 몸이 싸늘하게 식어갔다. 도무지 이런 상황을 이해할 수도, 받아들일 수도 없었다.

'내, 내가!'

더 놀라운 것은 얄궂게도 사내의 겨드랑이 밑을 지난 자신의 두 팔이 사내의 등을 꼬옥 끌어안고 있다는 사실이었다. 어떻게 행동해야 하나 순간적으로 망설이는 사이에도 사내의 집요한 손길은 쉼없이 자신을 탐닉해 오고 있었다.

'아!'

미처 정신을 차리지 못한 사이 엄영의 몸은 다시 그 열기 속에 녹아들기 시작했다. 한없이 연약한 젖가슴은 사내의 손길을 맞아 파들거렸고, 훅훅거리는 뜨거운 열기가 귓전에 그대로 전해지는 순간 엄청난 쾌감에 부르르 몸을 떨어야 했다. 이 모든 것이 현실이라는 사실이 몸을 힌껏 흥분히게 만들었는지도 몰랐다.

"악!"

한순간 엄영의 입에서 짧은 비명이 터져 나왔다.

생살을 찢는 듯한 강한 아픔!

한 번도 열리지 않았던 은밀한 곳이었다. 엄영은 그 아픔이 무엇을 의미하는지 알았다. 하지만 마지막 남은 이성은 그녀로 하여금 비명마저도 크게 지르지 못하게 했다. 유일한 방어 무기라 할 수 있는 하얀 두 팔은 그저 이리저리 허공만 휘저을 뿐이었다.

'아아!'

두려움이 엄습했다.

지금 이 순간은 처녀의 모든 것을 잃어버리는 바로 그때인 것이다. 아무 생각도 나지 않았고 머리 속은 그저 멍하기만 했다.

하지만 순간일 뿐, 만개한 꽃잎은 뜨겁게 달아오른 불기둥을 옥죄고 풀기를 끊임없이 반복했다. 어느 틈에 허공에서 내려온 두 손은 사내의 등을 죽어라 끌어당겨 안고 있었다.

폭포수처럼 쏟아져 내리는 희열과 전율!

엄영은 그 기쁨에 몸을 파들거렸다.

모질게 짓이겨지는 꽃잎만큼이나 크나큰 환희였다.

"아……!"

마침내 여체는 끊임없이 이어지는 무한의 쾌감에 몸을 내던졌다.

정원으로 향한 둥그런 창문의 창호지에 여과된 희미한 달빛이 방 안을 비추고 있었다. 사내의 뜨거운 입김을 감당할 수 없어 옆으로 고개를 돌린 엄영의 눈에 익숙한 방 안 경물이 그대로 들어왔다. 그제야 자신이 꿈을 꾸고 있지 않음을 확실하게 실감했다.

'안 되는데…….'

밀쳐야 한다.

허락도 없이 젖가슴을 주무르고 꽃잎을 짓이기는 사내.

음적을 밀쳐 내고 크게 소리쳐 도적의 침입을 알려야 하는데…….

하지만 그 이후에 찾아올 상황이 두려웠다. 사람들이 몰려오고, 침상 위에서 벌거벗은 채 사내 밑에 깔린 모습을 시비들이며 호장 무사들에게 드러내야 할지도 몰랐다. 짧은 순간 수만 가지의 생각이 머리를 스쳤고 그러는 중에도 사내의 능란한 손길은 끊임없이 신경을 자극해 오고 있었다.

"흐응……."

온몸을 전율에 떨게 만드는 쾌감에 엄영의 목이 절로 뒤로 젖혀졌다. 달구어진 육체는 이성의 마지막 호소마저 철저히 배제해 버렸다. 더 이상 생각하고 싶지 않았다.

짓이겨진 꽃잎이 토해내는 환희의 절정!

'몰라!'

엄영은 살을 파들거리게 만드는 섬세한 그 손길에 모든 것을 내맡겼다. 몸은 둥둥 떠가는 구름 위에 있었다. 겹겹의 무지개가 끝도 없이 겹치고 이어진 환상의 하늘 아래였다.

"으흥!"

잠깐이나마 이 사내가 누굴까 하는 궁금증이 들었지만, 구석구석을 헤집어오는 집요한 몸 동작은 더 이상의 생각이 이어지지 않게 만들었다. 한없이 고요한 연못에 던져진 작은 돌덩이에 의해 죽죽 퍼져 가는 파문(波紋)처럼, 짜르르 온몸으로 퍼져 나가는 엄청난 쾌감을 더 이상 감당할 수 없다.

"아! 아!"

엄영은 완전히 몸을 맡겼다.

붉게 타오르는 사내의 두 눈을 보았다면 그런 황홀한 쾌감은커녕 지독한 공포심만을 느꼈을지도 몰랐다. 하지만 사군의 어깨에 파묻힌 그녀는 눈을 마주칠 겨를도 없이, 처음 맞는 그 지독한 쾌락에 몸을 맡긴 채 바르르 떨고 있을 뿐이었다. 비처가 짓이겨지는 강도에 비례해 엄영의 가녀린 두 팔은 사군의 등을 더욱 억세게 조여갔다.

"아… 아… 아흐!"

불기둥을 감싸 안은 동굴에서 밀려오는 진저리쳐지는 쾌락은 마침내 여인의 입에서 끊이지 않는 교성이 되어 흘러나왔다. 하늘 가득 무지개가 난무했고 때로는 총총한 별비가 쏟아져 내렸다. 끊이지 않는 파도가 되어 연이어 찾아오는 절정의 순간들을 모두 받아내기에는 엄영의 몸은 너무 나약했다.

"아흐윽!"

달빛처럼 하얀 나신이 바르르 떨렸다.

수백 개의 환한 달덩이들이 한꺼번에 폭발하는 순간, 여인은 하늘과 땅이 한데 뒤섞여 돌아가는 혼돈 속의 쾌락을 맛보았다.

풍정원 내원 한구석에 위치한 엄영의 방에서 피어난 뜨거운 열기는 좀체 식을 줄 몰랐다.

사군은 오랜 갈증에 타 들어가던 목을 축이는 사막의 나그네처럼 엄영의 마르지 않는 샘을 즐기고 또 즐겼다.

"아! 하악!"

어느 순간부터 엄영은 고통과 희열이 번갈아 찾아오는 그런 시간을 보내고 있었다. 부드러운 몸은 한 시진 가까이 이어지는 사내의 남성을 감내하지 못했다. 비명이 나올 법한 고통이 찾아드는가 싶으면, 이어 전신으로 짜르르 퍼져 나가는 진한 쾌감이 찾아들었다. 어느덧 엄영의 몸은 서서히 지쳐 가고 있었다.

"그, 그만!"

견디지 못한 엄영은 마침내 상대의 등을 밀어냈다.

아직 사군은 넘치는 양기를 다 풀어내지 못했다. 하지만 순간적으로 반항하는 엄영을 보자 더 이상 버티지 않고 순순히 물러났다. 눈에 서렸던 붉은 광망은 이제 옅은 분홍으로 변했을 정도로 희미해졌기에 창호지가 걸러준 흐릿한 달빛에만 의지하는 엄영은 그것을 볼 수 없었다.

"헉! 헉!"

이미 어느 정도 양기를 해소했건만 사군은 계속 가쁜 숨을 몰아쉬었다. 지금 함께 보낸 시간은 다른 여인과 비교해 비교적 짧았다. 그럼에도 불구하고 순순히 물러섰던 것은 텅 빈 머리 속임에도 불구하고 무의식 속을 차츰 지배해 오는 한줄기의 미약한 자제력 때문이었다.

'아!'

초점을 잃고 있던 엄영의 눈이 비단 이불보에 남긴 선명한 흔적을 응시했다. 붉은 피가 흩뿌려져 있었다. 그제야 자신이 무슨 일을 당했는지를 알 수 있었다. 희미한 달빛 아래서도 침구 위에 선명한 파과(破瓜)의 증거와 하체의 은밀한 부위에서 살을 찌르는 듯한 은은한 아픔이 방금 전 있었던 일이 현실임을 말해 주었다.

이제 파과(破果)가 되어버린 것이다.

이상했다.

단지 정신만 멍할 따름으로, 이상하게도 사내에 대해 어떤 증오심이나 슬픈 마음도 들지 않았다.

현실 같지 않은 현실.

'누구지?'

우습게도 그게 궁금했다.

비단 이불을 들어 앞가슴을 가린 엄영은 슬며시 고개를 들어 자신을 범한 사내의 얼굴을 올려다보았다. 헌칠한 키에 짙은 눈썹의 이목구비가 정연한 젊은 사내라는 것만 알 수 있을 뿐, 다행히 자신이 아는 사람이 아니었다. 혹시라도 몰래 자신을 노렸던 호장 무사나 하인배들 중 하나이면 어떡하나 하는 한심한 걱정을 하기도 했었다.

너무도 장시간 사내에게 시달렸음인지 눈물도 나오지 않았다. 이제야 사내란 존재가 무엇인지 알 것 같았다. 그저 허탈할 뿐 원망도 없었다. 어찌 보면 자신도 사내의 등을 끌어안고 즐겼으니 그 죄에 공모를 한 셈이라는 자책감까지 들었다.

'그때 소리를 질렀어야 했어!'

하지만 이내 마음속으로 고개를 저었다. 그랬다면 더 큰일이 일어날 수도 있었다. 상대를 의식한 순간 와락 두려움이 밀려들었다. 감당하기 힘들었다.

"흑!"

그제야 눈물이 쏟아졌다.

하지만 그것도 잠시였다.

'그럼!'

문득 그녀의 머리 속에 자신의 시비 겸 친구 노릇까지 해주는 진진(眞眞)이 남들의 눈을 피해 속삭이듯 들려주었던 어떤 이름이 떠올랐다. 힐끔 돌아보는 엄영의 눈에 사내의 그늘진 분홍의 안광이 들어왔다.

'헉!'

순간 가슴이 콱 막히는 충격을 맛보았다.

'혈안색마(血眼色魔)야!'

최근 소주성 안의 바닥 흙을 뒤집어놓으리만치 떠들썩하게 만들어놓은 색마의 이름. 거기까지 생각이 미친 엄영의 안색이 핼쑥하게 바뀌었다. 사내는 혈안색마라는 유명한 채화음적(採花淫賊)이었다.

진진이 덧붙였던 말이 떠올랐다.

귀신같은 재간으로 겹겹의 담장을 넘어와 몹쓸 짓을 마친 후에 크게 고함을 질러 자신이 한 행동을 소문 내고, 그 소리에 놀라 달려오는 집 안 사람들은 가차없이 죽여 버린다고 했던가! 그러고 보니 장검을 차고 있었다. 혈안색마의 칼질에 죽어가는 아버님과 낯익은 호장 무사들의 얼굴이 선연하게 떠올랐다.

'안 돼!'

엄영은 속으로 크게 비명을 질렀다.

이미 벌어진 일! 희생은 혼자로 족했다. 사내가 소리를 지르고 사람들이 몰려들고 칼부림 끝에 사람이 죽어 자빠지고… 너무도 끔찍했다. 몰래 눈치를 보니 사내는 제정신이 아닌 듯 보이기도 했다.

그런데…

그런 걱정을 하는 엄영의 혼을 쏙 빠지게 만드는 무서운 상황이 벌어지고 있었다.

"끄윽! 끄윽!"

돌연 사내는 눈을 까뒤집을 듯해가며 미약하나마 괴이한 신음성을 흘리기 시작하고 있었다.

'미쳤어!'

겁에 질린 엄영은 다급해졌다. 아버님과 호장 무사들의 불행이 눈앞에 선연해진 그녀는 이것저것 가릴 여유도 없었다.

"부, 부탁이에요. 제발! 제발 소리를 지르지 말아주세요!"

엄영은 벌떡 일어나 침상 위에 무릎을 꿇고 두 손을 빌어가며 애원했다. 손이 번갈아 움직일 때마다 젖가슴이 교대로 덜렁거렸지만 알지 못했다.

혈안색마!

진진에게 듣기로, 혈안색마의 무공은 적수가 없을 정도로 높아 아무리 호장 무사들이 많이 있어도 소용이 없다고 했다. 그저께 변을 당했다던 새한장(塞閑莊)에서는 호장 무사는 물론이고 특별히 초빙되었던 금검문 부문주를 비롯한 다섯 명의 고수가 속절없이 명을 달리했다던가. 시체마저도 귀신에게 발기발기 찢긴 듯 처참했다고 들었다.

너무나 두려웠다.

'그러고도 남을 자야!'

사내가 마음만 먹는다면 황실의 공주마마라도 쉽게 눕혀 버릴 수 있을 것으로 믿었다. 황실 경호를 무색케 한다는 겹겹의 호장 무사들을 따돌리고 내원까지 들어와 자신을 농락한 사내였다.

엄영이 언뜻 생각해 낸 유일한 방법은 그저 손이 발이 되도록 빌고 또 비는 것이었다. 엄영은 앞을 가리고 있던 이불을 와락 떨쳐 내고 사군에게 매달렸다.

"제발 부탁해요. 저를 가졌으니 되었잖아요. 아무 소리도 지르지 않을 터이니 그저 조용히만 물러가 주세요. 흑……."

정신없이 빌던 엄영은 문득 몸을 내주고도 이렇듯 빌어야 하는 자신을 생각하니 그저 서럽기만 해 눈물마저 흘러나왔다.

사군은 계속 부들거렸다.

'저 눈빛. 어디서 보았더라……?'

마음 깊숙이 심어져 있는 서러운 눈빛! 가슴을 저미게 만드는 눈빛!

"으……."

돌연 머리가 터져 나갈 듯 아파오기 시작했고, 그 고통에 더욱 몸이 떨렸지만 여인의 처연한 눈빛을 피하지는 않았다.

'너무 애처롭게 보여. 그런데… 저 여자는 왜 울고 있지?'

더욱 부들거렸다. 방금 전 일이 떠올랐다.

'그랬어! 내가 또 그랬어! 또 그 꿈이야!'

악몽!

사군은 눈을 부릅떴다.

그렇게 믿으려면 어서 이곳에서 달아나야 했다. 이게 현실이 되지 않게 하는 유일한 방법이었다.

그런 변화에 엄영은 혼이 달아날 지경이었다.

"제, 제발!"

눈동자가 붉어지더니 이내 온몸까지 부들거리는 것을 본 엄영은 더욱 겁에 질려 사내의 옷깃을 부여잡고 빌었다. 더 이상 입도 떨어지지 않았다.

"흑! 흑!"

못된 장난을 쳤다가 부모에게 크게 혼찌검을 당하고 우는 아이의 얼굴이 이러할까. 엄영은 그저 빌고 또 빌었다.

'아니야! 아니야!'

눈을 부릅뜬 사군은 맹렬하게 고개를 저었다. 뭔가 잘못되어 있었다. 하지만 그게 뭔지 도통 알 수가 없었다. 견디지 못한 그는 마침내 문을 박차고 나갔다. 후련하게 소리라도 질러 버리지 않으면 미칠 것만 같았다. 길게 소리를 뽑으려다가 문득 제발 소리만은 지르지 말아 달라는 여인의 방금 전 부탁을 떠올렸다.

애처로운 눈빛.

그 시선은 가슴에 강렬하게 박혀 있었다.

'끄아!'

단전에서 시작해 목구멍까지 올라온 괴성은 마지막 순간 다시 입 안 깊숙이 삼켜졌다.

'가야 해!'

사군은 차례로 문을 통과해 밖으로 나왔다. 멀리 호구산이 보였다. 또 다른 충족감과 편안함을 주는 곳.

휘익!

바람을 탔다.

파팟! 파파파팟!

막 내원과 외원의 경계인 담장을 넘어서는 순간 두 개의 신형이 맹렬한 속도로 그를 쫓았다. 곳곳에 매복한 호장 무사들이 그의 움직임을 발견한 것이다.

사군도 누군가가 자신을 추격해 오고 있다는 것을 알았다. 하지만 그는 조금도 개의치 않고 풍정원 외곽 담장을 향해 전력을 다해 몸을 날렸다. 완숙의 경지에 오른 유가무상보는 곳곳에서 공격해 오는 호장 무사들의 공격을 어렵지 않게 피할 수 있게 했다.

홀로 남은 엄영은 그제야 모든 설움을 쏟아냈다.

"흑! 흑!"

"아니!"

흐느낌 소리에 달려온 진진은 그제야 모든 상황을 파악하고 엄영의 침상 앞에 엎드려 고개를 파묻고 흐느꼈다. 곁에서 수발을 들어야 하는 그녀는 내실 복도 맞은편이 귀퉁이 방이 거처였기에 잠결에 애써 소리를 죽이는 여인의 흐느낌을 듣고는 습관처럼 퍼뜩 일어나 있었다. 비록 사내를 접하지 못한 처녀의 몸이지만, 그 소리가 방사의 쾌락을 참지 못한 여인의 입에서 나오는 소리라는 것을 알고 크게 놀라 사내가 떠나갈 때까지 침상 위에서 벌벌 떨어가며 몸을 웅크리고 있었다.

처음에는 엄영이 자신 몰래 사내를 불러들인 줄로만 알았다. 하지만 자신이 아는 한 아가씨는 그런 방종한 여자가 아니었기에 그저 의구심만 가졌는데, 만일 음적이라면 충분히 소리 지를 수 있는 상황 같았는데도 교성만 들렸던 터라 감히 다가올 생각도 못했었다.

사내가 떠난 직후에 터져 나온 나직한 울음소리에 퍼뜩 놀라 달려왔고, 지금 엄영의 태도로 모든 상황을 짐작했던 것이다.

"아가씨! 흐흐흑……."

바보였다. 어서 달려왔어야 했다.

비록 주인과 종의 관계였지만 평소 친자매같이 지내던 두 사람이었기에 이내 서로 부둥켜 안고 눈물을 펑펑 쏟아냈다. 진진의 귓전에 엄영의 나직한 한마디가 천둥치듯 들려왔다.

"혈안색마였어! 흑흑흑!"

"아!"

진진은 그 한마디로 모든 상황을 이해했다. 그제야 아가씨마저도 감히 소리 지르지 못했던 이유를 알 수 있었다. 몸이 벌벌 떨렸지만 침착을 되찾으려고 애썼다. 어쩔 줄 몰라 하는 머리 속에 퍼뜩 떠오른 생각은 단 하나였다.

'아가씨를 보호해야 해!'

떨리는 마음을 애써 다잡으며 머리를 굴리던 진진은 무득 혈안색마가 일을 벌인 표식이나 다름없는 괴성이 없었음을 기억했다.

'맞아! 그랬어!'

진진은 혼이 나간 사람처럼 움직였다. 아니, 사실 반쯤은 나가 있었다. 후닥닥 달려나가 걸레를 준비해 엄영의 침상으로 되돌아온 그녀는 미친년처럼 정신없이 침상을 오르락거리며 파과의 흔적을 말끔히 지웠다. 금침을 걷어내니 침상은 이내 아무 일 없었던 것처럼 깨끗이 정리되었다. 이어 정신이 나간 여자처럼 멍하니 몸을 맡기는 엄영을 이끌고 욕탕으로 데려가 더러운 흔적을 말끔히 씻어주었다.

"아가씨, 아무 일도 없었던 거예요. 다행히 그 나쁜 놈이 괴성은 지르지 않았잖아요. 제가 듣기로 놈은 일을 저지른 후에 반드시 소리를 질러 자신이 한 짓을 알린다고 했어요. 그저 나쁜 꿈을 꾸었거니 하고 생각하세요."

옷을 갈아 입히던 진진이 속삭이듯 말했다. 자신도 떨리기는 마찬가지로 심장도 정신없이 벌렁거렸지만, 머리 속에 오직 아가씨를 위한다는 생각만 가득했기에 가능한 일이었다.

"흑흑!"

엄영은 그저 울기만 했다.

혹시 자결을 하겠다는 둥 하면 어쩌나, 그런 생각은 아예 떠올리지도 않도록 용기를 북돋아주어야 했다.

"상대가 혈안색마라서 그렇지 다른 여자들도 마찬가지예요. 흥! 난풍장의 아가씨도 지부 어른의 둘째 아들과 그렇고 그런 사이라는 건 소주에 살고 있는 사람이라면 다 아는 사실이고, 신사원의 둘째 마님도 총관과 은밀한 관계였다는 소문에다 하씨 건포점의 아가씨도 남자 서넛은 겪었을 거라는 말이 소주성 안에 짜아한데……."

주위들은 소문을 정신없이 떠벌렸다.

"그만!"

엄영은 빽 소리쳤다.

더 이상 들을 수 없었다. 딴에는 자신을 위로한답시고 해주는 말이라는 것은 잘 알지만, 그런 너저분한 여자들과 비교당하는 처지가 되고만 것이 더 더욱 견딜 수 없었다.

진진은 얼른 입을 닫았다.

하지만 충격받았을 것이 뻔한 아가씨를 이대로 보고만 있을 수 없었기에 마음속 갈등은 잠시였다. 한동안 옆에서 엄영을 몰래 곁눈질하며 지켜보던 그녀는 마침내 참지 못하고 조심스레 입을 열었다.

"아가씨께서 원해서 일어난 일이 아니에요. 그저 지난 상처로 알고 사는 것이……."

"그만 하라고 하지 않느냐!"

다시 호통을 친 엄영은 한동안 표정을 잃고 망연히 앉아 있더니 조용한 어조로 입을 열었다.

"나, 화장을 시켜줘. 아주 진하게!"

"아가씨……."

진진은 그 마음을 이해했다. 그랬다. 여자란 아무리 맺힌 것이 많아도 이렇게 풀 수밖에 없는 것이다.

'그래요. 제가 잔뜩 분을 칠해 나쁜 상처는 모두 가려 드릴게요.'

눈물이 펑펑 쏟아질 것 같았지만 엄영의 처지를 생각하며 애써 눌렀다. 엄영을 부축해 화장대 앞에 앉히고, 거울 속으로 그녀를 쳐다보며 억지 미소를 띠어주었다.

'나쁜 놈! 차라리 나를 범할 것이지… 귀하디귀한 우리 아가씨를…….'

눈이 계속 시큰거렸다. 하지만 창졸간에 상상도 못할 엄청난 상처를 입은 아가씨를 생각하면 참아야 했다.

엄영도 거울 속에 비친 자신의 모습을 유심히 쳐다보았다.

'그래, 네 말이 맞아. 씻어내는 거야! 가리면 돼!'

잊고 싶었다.

그저 추악한 한편의 꿈이리라.

진진도 그녀의 마음을 아는지라 가장 예뻐 보이는 옷으로 갈아 입히고 머릿결도 정성껏 빗질해 주었다.

진주분(珍珠粉)에 연지(臙脂)를 섞어 평소에도 붉은 홍조가 도는 얼굴을 더욱 붉게 만들었다. 머리에는 호박(琥珀)으로 된 한 쌍의 호접(胡蝶)을 달았고, 동그란 귓불에 어울리는 예쁜 제비 모양의 작은 옥결(玉玦)도 끼워주었다. 눈썹도 석대(石黛)를 듬뿍 물에 타 새카맣게 칠했고, 입술 연지는 마치 불이 타오를 듯 새빨갛게 반짝이게 만들었다. 해남의 깊은 바다 속에서 건져 올렸다는 열여덟 개의 굵은 진주로 된 목걸이를 걸어주었고, 허리춤에는 다시는 몹쓸 일을 겪지 말라는 뜻으로 거앙제흉(去殃除凶)이라는 글이 새겨져 있는 옥으로 된 벽사패(辟邪牌)를 달아주었다.

'이제 됐어!'

진진은 홍옥으로 된 팔찌며 비취 반지까지 주렁주렁 끼워주는 것으로 모든 치장을 끝냈다.

치장을 마친 그녀는 엄영의 귓전에 대고 나직이 속삭였다.

"아가씨 앞에서는 양귀비(楊貴妃)나 서시(西施)도 감히 얼굴을 내밀지 못할 거예요."

엄영은 거울 속에서 진진의 안타까운 눈을 보았다.

'그래, 네가 있어서 다행이야!'

눈물이 쏟아지려고 했지만 화장이 지워질까 억지로 참았다. 돌연 실컷 웃고 싶어졌다.

"호호호호! 깔깔깔깔……!"

엄영은 빨간 입을 벌리고 한껏 웃어 젖혔다. 갑작스런 그녀의 웃음을 멍하니 지켜보던 진진도 이내 따라서 웃기 시작했다.

"깔깔깔깔! 호호호호!"

두 여자의 웃음은 합창이 되어 이제 막 환하게 밝아오는 내실 담장 밖에까지 울려 퍼졌다. 새벽을 깨뜨리는 웃음소리에 놀란 정원 연못이 부르르 몸을 떨며 파문을 일으켰다. 사군을 싣고 왔던 그 물결이었다.

소주성 안에서 때아닌 추격전이 벌어졌다.

풍정원을 지키는 무사들은 일반 장원의 호장 무사들과는 격이 달랐다. 사군도 그들을 쉽게 떨쳐 내지 못했기에 한동안 지붕과 지붕 사이를 건너뛰는 쫓고 쫓기는 추격전이었다.

추격자들의 손에서 벗어난 것은 소주성의 성벽을 막 넘었을 즈음이었다. 그것은 사실 호장 무사들이 추격을 포기한 때문이기도 했다. 가끔은 조호이산(調虎離山)의 계를 쓰는 침입자들도 있기에 지켜야 할 장소를 멀리 벗어나지 않는 것 또한 중요한 경계 수칙 중 하나였다.

추격을 뿌리친 사군은 잠깐 만에 호구산에 도착했다.

산중 숲 속에 들어간 그는 나무가 우거진 응달의 사이에 서서 멍하니 달빛을 응시했다. 부족한 음기를 흡수하려는 본능적인 행동으로, 다시 이글거리던 붉은 눈이 차츰 진정되어 가는 기미를 보였다. 하지만 이미 그의 몸은 탈진 상태가 되어가고 있었다.

얼마의 시간이 흘렀을까.

다리를 휘청하더니 무성하게 자란 거친 풀밭 위로 쓰러졌다.

쿵!

요란한 소리와 함께 자리에 쓰러진 사군은 눈을 감은 채 미동도 않고 잠에 빠져들었다. 잠깐의 적막이 있었고… 사람의 출현에 한동안 숨을 죽였던 숲 속의 풀벌레들은 더 이상 움직임이 없는 것을 확인하고 다시 울음을 계속했다.

멀리서 그런 숲의 동정을 조심스레 살피던 사람이 있었다.

'음! 그놈이 확실하군!'

묵월(墨月).

정춘교 휘하의 영파오월 중 일 인인 그는 사군을 뒤쫓아온 길이었다. 풍정원이 넓기도 했거니와 사군의 움직임이 워낙 은밀했기에 그가 풍정원에 잠입한 사실도 알지 못했다. 묵월이 발견한 것은 한 떼의 쫓고 쫓기는 긴박한 추격전이었는데, 은밀히 뒤를 쫓아왔던 그는 뜻밖에도 사군을 발견했던 것이다. 성벽을 넘은 이후로 놈의 신법이 현저하게 속도를 잃은 탓에 뒤를 따라잡는 행운도 있었다.

묵월은 잠시 망설였다.

그의 고민은 혼자 제압을 하느냐 아니면 총행두를 비롯한 다른 동료를 부르느냐 하는 것이다. 애초 목격했던 사군의 신법으로 보아 놈이 달아나기로 작정을 한다면 자신의 무공 수위로는 도저히 감당할 수 없어 보였기 때문이다.

'음!'

이내 마음을 결정했다. 묵월은 사군이 있는 구릉으로 천천히 다가갔다.

인적을 알아챈 풀벌레들이 다시 숨을 죽였다.

주변에 접근해서도 한참 동안 상대를 살피며 망설이던 묵월은 상대가 확실히 정신을 잃은 것을 확인하고는 조심스레 다가가 비호같이 혈도를 제압했다. 사군은 아무런 반항도 하지 못하고 몸을 늘어뜨렸다.

놈의 몸에 뭔가 이상이 생긴 것이 틀림없었다.

한 덩어리가 된 두 사람의 신형은 이내 어둠 속으로 사라졌다. 어느 덧 오경(五更:새벽 4시 전후)의 한가운데쯤이 되었기에 희미한 여명이 산자락을 따라 길게 기지개를 켜고 있었다.

풍정원.

"정춘교에게 납치된 것이 틀림없습니다. 혈안색마가 더 이상 소주 일대에 나타나지 않았고 눈이 벌게 성안을 뒤졌던 영파상방의 본진은 그 전날 철수한 것으로 보아 거의 확실한 추론입니다."

"흠! 알 수 없는 일이야."

용진우의 말에 엄생은 은은한 미소를 지으며 덧붙였다.

둘이 있을 때는 좀체 보기 힘든 웃음이었다. 며칠 전 괴한이 풍정원에 침입했던 사실은 알고 있었지만, 둘째 딸 엄영이 그 희생자가 된 것은 알지 못했다.

"여러 가지 정황으로 보아 혈안색마는 사군일 가능성이 높습니다."

"일이 잘못되었을 경우 뒤집어써 줄 사람이 필요하던 차였는데……기신보다는 훨씬 비중이 있으니 차라리 정춘교를 도모해라. 기꺼이 응할 자야. 그리고 혈안색마가 사군이라면 놈을 움직일 수 있는 방법도 마련해 두고. 갈의현과 함께 가도록. 그러지 않아도 불만이 많아 보이더군. 내일을 모르는 난세야. 모든 일은 그자에게 맡기고 단지 지켜보기만 하게. 얼굴을 비치지 말라는 말이야."

"알겠습니다."

용진우는 엄생의 말을 이해했다. 하지만 대답을 하는 얼굴에 부담스런 기색이 완연했다.

남도북검. 같이 간다면 처음으로 어깨를 마주하는 것이다. 무림사에 기록될 사건일지도 몰랐다. 아무튼 께름칙하기는 했다.

창안포(昌安鋪) 청홍장(靑紅莊).

석호인은 후원 별채로 갔다.

그곳에는 혈도가 점혈된 채 꼼짝도 못하고 침상에 누워 있는 연청아가 있었다. 아버지 석경령은 중원표국이 장보도 사건에 개입하는 것을 절대 반대했기에, 이번 일은 그와 부국주 도행오가 비밀리에 정예 표사를 이끌고 가서 이룬 쾌거였다. 아비 몰래 그녀를 이곳에 데려다 놓고 장보도의 행방을 추궁하다가 이미 몇 차례 연청아를 강제로 범하기까지 했었다.

"흐흐흐……."

석호인의 입에서 괴소가 터져 나왔다.

"흑사낭 연청아! 어느 것이 진짜냐?"

석호인은 세 장의 장보도를 펼쳐 보이며 물었다. 연청아는 말할 수 없다는 듯 고개를 살래살래 저었다.

"좋아. 잠시 후에 묻기로 하지."

석호인이 익숙한 손길로 자신의 옷을 벗기기 시작하자 연청아는 눈을 꼭 감았다. 처음 당하는 일도 아니었다. 아이를 가졌다고 말하자 더욱 침을 질질 흘리며 덤벼들었던 놈이다.

"그리고 보니 열 살 먹은 계집부터 육십 대 노파까지 숱한 계집을 안아보았지만 임부(妊婦)는 처음이로구나."

연청아는 마치 횡재라도 한 듯 덤벼들던 색귀(色鬼) 같은 그 얼굴을 잊지 못했다. 하지만 그럼에도 불구하고 머리를 묶은 끈 사이에 감추어둔 진짜 장보도의 행방을 불지 않은 것은 어차피 같은 결과가 나리라는 것을 잘 알기 때문이었다. 아니, 그걸 알려주고 나면 놈이 자신을 죽여 버릴 것이다.

절대 그럴 수는 없었다.

지금 뱃속에는 이런 추악한 놈이 있는 세상을 모르는 아기가 있었다.

'아무 죄 없는 내 아기!'

연청아는 이를 악물었다.

"아흑!"

죽은 듯 눈을 감고 누운 연청아는 사군을 상상하며 석호인을 받아들였다.

어차피 일어나고 있는 피할 수 없는 일! 언제까지 이런 고통을 당해야 할는지 모르지만 차라리 지금 이 사내를 사군으로 여기고 기쁘게 맞아들이자. 네가 나를 범하는 것이 아니라 내가 사군을 안는 것이다. 연청아는 그렇게 체념했다.

그런 마음가짐을 가진 이후로는 몰라보게 달라진 연청아의 적극적인 태도에 석호인이 오히려 어리둥절해했고, 이후로는 수시로 들락거리며 장보도를 핑계로 연청아의 몸을 탐닉했다. 그가 특별히 이곳을 자주 찾는 이유는 한동안 힘을 잃고 죽어가던 양물이 그녀만 안으면 되살아난다는 이유도 단단히 한몫했다. 하지만 연청아는 숲 속의 가을볕 아래서 자신을 쓰러뜨렸던 사군을 상상했다. 그날 단풍잎 사이로 쏟아져 내렸던 햇빛이 그리웠다.

살아남고 싶었다.

지금 누가 그녀에게 소원을 묻는다면 세 가지가 있다고 말할 것이다. 첫째는 무사히 아기를 낳는 것, 둘째는 사군을 만나는 것, 마지막은 장보도의 보물을 찾는 것이다.

그러기 위해서는 살아남아야 했다.

수치와 모멸 속에서도 사내의 손길에 익숙해진 여체는 격렬하게 반응하며 석호인을 받아들였다. 이 사내를 사군이라고 생각하기로 마음먹은 것도 사내를 그리워하는 육체의 민망함을 덮어보려는 양심의 변명인지도 몰랐다.

'어차피 인생은 한 번뿐이야. 순간도 아깝지. 어차피 피할 수 없는 일이라면……'

요조숙녀의 탈을 쓰고 숱한 음행을 벌이는 대갓집 처녀들이나 안방마님들에 관한 쉬쉬하는 소문은 그녀도 들은 적이 많다. 강제로 당하는 일이니 적어도 그런 여자들보다는 자신은 할 말이 있을 것이다. 도망칠 곳이 없다면 차라리 즐겁게 맞자!

'미안해, 아가!'

연청아는 눈을 감았다.

"하악!"

사군을 참지 못하게 했던, 빨갛게 달아오른 그 입술이 살짝 벌어졌다. 만개한 무지갯빛 꽃잎들이 하늘하늘 허공을 날아 연청아의 하늘을 가득 메웠다. 혈도를 제압당해 마음껏 움직일 수 없는 몸 상태가 이토록 황홀한 절정에 치닫게 했는지도 몰랐다.

천국이다!

여인은 색색의 현란한 꽃물이 뿌려진 가운데 한 떼의 봉황이 노니는 하늘의 한가운데 있었다. 꽃물들이 어지러이 얽히고설키었다. 끝없는 쾌락이 꼬리를 물었고 참지 못한 여체는 파들파들 몸을 떨었다.

하늘에서 반짝이던 무수한 별들이 연청아를 축복하듯 우수수 떨어져 내렸다. 마침내 지극의 쾌락이 절정을 치달았다.

"아흑!"

점혈당한 여체는 그 절정을 어쩔 줄 몰라 하며 떨기만 했다.

"휴우……."

긴 한숨 소리와 함께 몸을 일으킨 석호인은 바지춤을 올렸다.

감히 흑사낭 연청아를 품게 되리라고는 상상도 하지 못했기에 그녀의 몸은 이름 값만으로도 평범한 계집들에게 지친 그의 양물을 흥분에 이르게 했다. 게다가 뱃속에 아이까지 배고 있다는 것을 알고 난 이후로는 더욱 묘한 호기심이 그를 절정으로 인도했다. 숱한 계집들을 안 아보았지만 죽은 듯 누워 몸을 떠는 흑사낭 연청아를 안은 감동만큼은 얻지 못했었다.

'최고였어!'

그를 더욱 기쁘게 하는 것은 어제부터 몸을 움직여 적극적으로 반응하는 연청아의 태도였다. 물론 중요 부위의 혈도를 제압해 두었기에 반응에 한계가 있었지만 그것만으로도 충분했다. 한동안 계집들의 몸뚱이에 지쳐 힘을 잃기까지 해 몹시 불안하게 만들었던 양물이었다. 그에게 오늘 같은 절정감을 맛보게 했던 계집은 전에도 없었다.

눈을 감고 환희에 겨워 모든 것을 잊은 듯한 연청아의 얼굴을 보며 석호인은 만족스런 미소를 지었다.

'또 해냈어!'

굳게 닫혀 있던 천하가 자신을 위해 활짝 열리는 것만 같았다. 연청아를 데려온 이후로는 만사가 술술 풀리고 있었다.

영파상방 총행두 정춘교가 은밀히 사람을 보내 그에게 정청화에 대한 생각을 물어왔기 때문이다. 혼담을 시작하자는 의사가 아니겠는가. 양물에 생기를 불어넣고, 게다가 장보도에 정청화까지… 정말 복덩이였다. 연청아의 나신을 내려다보는 표정에서 자신감이 배어났다. 석호인은 돌연 바지춤을 다시 내렸다. 또 양물이 껄떡거렸기 때문이다.

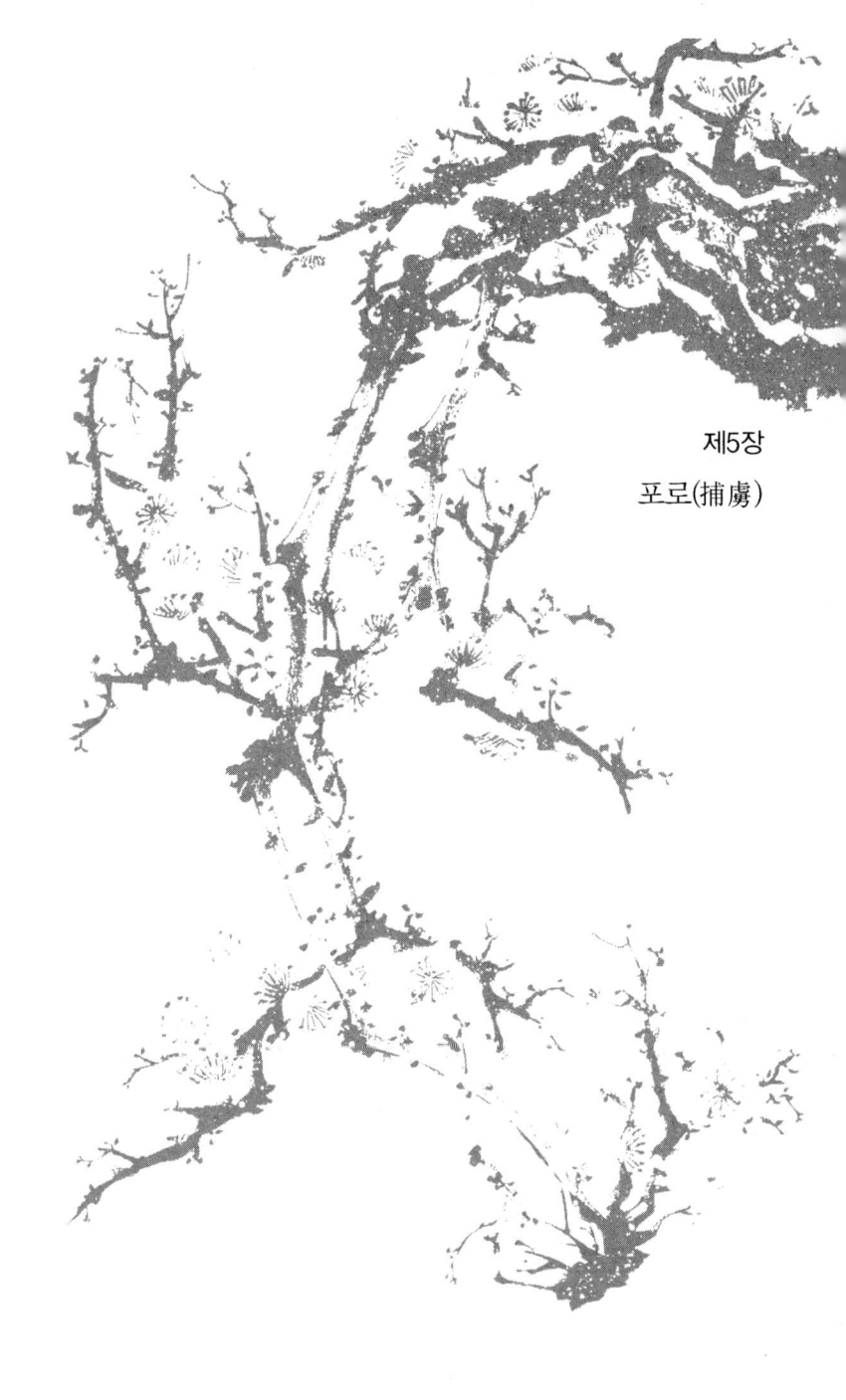

제5장

포로(捕虜)

"이놈들이! 내가 누군지 모른다는 말이냐?"

오랜만에 청홍장을 찾은 조춘은 후원 별채를 지키고 있는 무사들을 발견하고는 안에 누가 있는지 물었지만 선뜻 대답을 않자 화가 치밀어 소리쳤다. 사실을 말하자면 이 장원은 석호인과 조춘 두 사람의 공동 소유였다. 은밀히 풍류를 즐길 곳이 필요하다는 데에 서로 뜻이 맞아 비용을 절반씩 부담해 소유한 장원인 것이다.

"그, 그것이… 소국주 어른의 지시가 계신지라……."

조춘을 아는 무사들은 당황한 표정을 지으며 더듬거렸다. 사실 그들도 안에 여자가 있을 것이라는 짐작만 하지 누구인지도 모르고 있었다. 석호인은 지키는 무사들에게도 안에 있는 사람이 연청이라는 것을 밝히지 않았던 것으로, 그저 절대 문을 들고나는 자가 없도록 하라는 지시가 고작이었다. 그것이 조춘을 더욱 화나게 했다.

"비켓!"

그는 두 명의 표국 무사를 와락 밀어내고는 안으로 들어가 버렸다. 누구도 들여보내서는 안 된다는 석호인의 명령을 받고 있던 무사들이었지만 그런 그를 어쩌지는 못했다. 상대는 소흥에서 무소불위(無所不爲)의 힘을 자랑하는 지부의 아들이 아닌가. 자칫 명령을 지킨답시고 막아섰다가는 곧장 관아로 끌려가 호되게 경을 칠 터였다.

방 안으로 들어선 조춘은 침상 위에 죽은 듯이 누워 있는 연청아를 발견했다.

"아니! 석호인 이놈이 이런 미인을 숨겨두고 혼자서……."

조춘은 석호인이 자신 몰래 여인을 데려다 즐기려는 것으로 짐작했다. 그제야 표국 무사들이 막아선 이유가 짐작되었다.

'나쁜 놈, 이런 계집을 혼자서 즐기려고 하다니…….'

연청아를 찬찬히 살핀 그는 이내 그녀의 미모에 입맛을 다셨다. 탄탄하게 균형 잡힌 연청아의 몸매는 사내라면 누구라도 탐낼 만했다.

'흠. 공연히 시간 끌 필요는 없지.'

지금 염려하는 것은 갑자기 석호인이 들이닥쳐 입장이 난처해지는 상황이었다. 그가 먼저 찍은 여자라면 서로 아는 처지에 굳이 자신도 뭘 해보겠다고 나설 수는 없기 때문이다. 조춘은 득달같이 달려들어 연청아의 옷을 벗겼다.

'이, 이런 개자식!'

연청아는 혼비백산했다.

어쩔 수 없이 석호인에게 몸을 내주기는 했지만, 그렇다고 대추나무에 연 걸리듯 이놈저놈 오가는 놈마다 몸을 거쳐 가게 만들 수는 없는 노릇이었다. 위기를 모면할 방법이 없을까 생각해 보았지만 중요 혈도가 제압된 상태에서는 방법이 없어, 그저 이만 악물고 있어야 하는 것이 고작이었다.

조춘은 익숙한 솜씨로 연청아의 옷을 벗겨갔다.

문득 연청아의 몸 상태가 이상한 것을 알고는 혈도가 제압된 것을 알았다. 그도 눈치는 있었다. 잠시 생각을 하다 석호인이 이렇듯 제압해 두었을 때는 그만한 이유가 있을 것이라 여겼기에 약간의 불편을 감수하기로 했다. 숱한 기녀들과 부녀자들을 상대로 익혔던 그의 현란한 솜씨는 연청아의 몸을 이내 달구었다.

"흐흥!"

여체는 이내 뜨겁게 반응했지만 혈도가 제압된 상태라 적극적인 표현은 하지 못하고 있었다.

조춘은 불만이 많았다. 계집이란 뱀처럼 감겨와 사내의 자세에 적극적으로 호응해야 제맛이 나는 법인데… 그 또한 연청아의 몸 상태를 그대로 느끼고 있었다.

'아무래도!'

그간의 경험으로 볼 때 이런 상태에서는 여자도 흥분에 겨워 맥을 쓰지 못할 것이라는 생각에 설마 하는 심정으로 연청아의 혈도를 풀어주기로 했다.

연청아는 갑작스런 행운에 눈을 동그랗게 떴다.

'됐어!'

놈은 흥분에 못 이겨 혈도를 풀어주고 있었다. 팔과 다리 등 몇 군데 혈도가 풀리기는 했지만 이미 오랜 시간이 경과해 상당히 굳어버린 상태인지라 약간의 시간이 필요했기에 계속 몸을 내맡기고 있는 도리밖에 없었다.

사내의 손길은 집요했다.

어느새 연청아는 평범한 여인의 몸으로 돌아가 모공이 벌어지고 솜털이 곤두서는 희열을 즐기고 있었다.

그런 자신을 드러내지 않으려고 몇 번이나 이를 악물었지만 전율하는 여체는 마침내 희열의 탄성을 입 밖으로 내뱉었다.

"아흐흑!"

그런 소리는 사내를 자극하기에 충분했다.

조춘의 예상대로 혈도를 풀어주자 여체는 이내 뜨거운 반응을 보여주고 있었다. 늘씬한 팔다리가 사내를 휘어 감기 시작한 것이다.

'물건이야!'

숱한 계집을 겪어보았지만 지금같이 사내를 즐겁게 할 줄 아는 여자는 많지 않았다. 조춘은 혈도를 풀어준 것을 잘했다고 여기며 더욱 적극적으로 사랑에 몰입했다.

연청아는 몇 번이나 기회를 노렸지만 오랫동안 몸이 제압되어 있었던 관계로 팔의 움직임이 부자연스러웠다. 그도 그럴 것이, 그녀를 지키는 무사들은 하루 몇 번의 필요한 경우를 제외하고는 혈도를 풀어주는 경우가 없었기 때문이다. 굳은 몸을 풀려고 애를 쓰는 중에 조춘의 집요한 공격을 받고 보니 데워졌던 몸은 자연 더욱 뜨겁게 달구어지며 사내의 요구에 반응해 버렸다.

"아흐! 아……!"

"허엉!"

두 사람의 뜨거운 시간은 짐승들이 교미할 때처럼 기묘한 신음성을 마지막으로 막을 내렸다. 연청아는 내심 이를 악물었다.

기회는 한 번뿐!

다음 순간 사내의 등을 부드럽게 어루만졌던 손가락이 조춘의 양팔 곡지혈(曲池穴)을 동시에 파고들었다.

"엇!"

갑작스런 공격에 조춘이 경악하자 이번에는 태양혈(太陽穴)을 점해 버렸다. 놀란 눈으로 쓰러지려는 조춘의 몸뚱이를 밀쳐 낸 연청아는 재빨리 침상 옆으로 굴러 몸을 일으켰다. 재빨리 옷을 걸친 연청아는 조춘의 옷을 뒤져 은자를 꺼내 품속에 넣고는 밖을 살폈다. 두 명의 무사가 약간 떨어진 곳에 서 있는 것을 알 수 있었다. 무사들도 조춘의 방사를 위해 자리를 비켜주었던 것이다. 저 정도면 가볍게 달아날 수 있을 것 같았다.

연청아는 조춘이 가져왔던 검을 뽑아 들었다.

조춘을 죽여 버리고 싶었지만, 조금이라도 바깥에 있는 무사들을 자극하고 싶지 않았다. 지금은 지옥 같은 이곳에서 탈출하는 것이 무엇보다 우선인 것이다. 흑백의 판관필을 찾아가야 한다는 것에 생각이 미쳤지만 모험을 하고 싶지는 않았다. 길게 숨을 들이킨 그녀는 힘껏 문을 박차고 나가며 검을 휘둘렀다.

쾅!

"억!"

"으헛!"

문짝이 부서지는 소리에 놀란 두 명의 무사는 미처 검을 뽑기도 전에 연청아의 일검에 쓰러져야 했다. 다음 순간 연청아는 경공을 펼쳐 담장을 너머로 힘껏 몸을 날렸다.

갑작스런 소동에 노인 하나가 건물을 박차고 뛰쳐나왔다.

녹월이었다.

문제가 생기면 밤일 것이라고 예상했기에, 낮에는 자고 주로 밤에만 경계를 늦추지 않았던 그였기에 이제야 나왔던 것이다. 가끔씩 찾아와 사랑 놀음이나 하고 가는 석호인 녀석의 낯짝이 보기 싫었던 까닭도 있었다. 하지만 너무 늦어 그는 연청아가 사라진 방향도 알지 못했다.

청홍장(靑紅莊) 내실.

정춘교는 석호인을 마주하고 있었다.

"자네… 아직도 가업을 이어받지 못하고 있구만. 자네 부친께서 엄한 면이 있다는 것은 사람들이 다 알지만……."

정춘교는 슬쩍 치켜뜬 눈으로 석호인을 올려다보며 말했다.

"덕분에 저는 죽어나고 있습니다. 이거 사람이 꼼짝을 할 수가 있어야지요. 밤낮 인의(仁義)니 상도의(商道義)니 하시며 정공법만을 고집하시니……."

불만이 가득한 상대의 말에 정춘교는 내심 회심의 미소를 지었다. 예상대로였다. 지난번 도행오가 정춘교를 도와 병력을 출동시킨 것도 석경령은 알지 못하는 일로, 정청화의 친구 석자회가 나선 데다 은근히 정청화를 연모해 왔던 석호인이 적극 밀어주었기 때문이기도 했다. 그 일을 계기로 석호인과 정춘교 사이는 급속히 가까워졌다. 물론 이렇게 된 배경에는 정춘교의 뜻이 크게 작용하기도 했다. 노리는 것이 있었다.

'석경령!'

중원에 있는 모든 표국의 상징과 같은 존재이면서도 상계에서는 항상 한 걸음 뒤로 처져 양보하는 사려 깊음을 가진 사내.

정춘교는 욕심이 많았다.

어찌하다 보니 영파상방을 인수하게 되어 그동안 죽 키워왔지만 양에 차지 않았다. 중원표국이 탐나기는 했지만 석경령의 벽을 넘으려는 것은 너무도 큰 모험이었기에 감히 움직이지 못했었다.

"청출어람(靑出於藍)이라는 말이 있는데, 너무 옛 원칙만 고집하시니… 쯧쯧쯧! 과거에는 그분의 경영 방법이 통했을지 몰라도 지금은 난세일세. 동북의 청국, 섬서의 대순왕, 사천의 대서왕에 동남의 복왕. 어느 편에 붙어야 살아남을 수 있는지는 아직 누구도 모르네. 자네 아버님께서 어떤 생각을 가지고 계신지는 모르지만 아무런 행동을 취하지 않으시니… 한창 바쁘게 움직여도 모자랄 숨 가쁜 세월이야. 중용이 중요하기는 하지만 이럴 때일수록 자칫 실기(失期)를 하면 후일 크게 후회하는 법이지. 사업이란 곧 승부네."

정춘교는 은근히 내심을 비추었다. 이제 시작인 것이다.

"하지만 아버님께서는 이런 위기에는 자중(自重)하는 것이 필요하다고 하시니… 세상이 어떻게 돌아가는지도 모르시고."

정춘교는 자신을 이해해 주고 있었다. 석호인은 평소 속에 쌓여 있던 불만을 그대로 내뱉었다.

"쯧쯧쯧. 젊은 사람이 이렇듯 답답해서야. 대강의 뒷물결은 누가 시키지도 않건만 알아서 앞 물결을 밀어내며 간다네. 자네도 나이가 한둘이 아닌데 누가 밀어주기만을 기다릴 셈인가?"

마침내 정춘교는 심중에 숨겨놓았던 말을 뱉었다. 오늘 그가 석호인을 찾은 목적이기도 했다.

"으음!"

석호인의 안색이 변했다. 아버지를 자리에서 밀어내고 중원표국 국주의 자리에 앉으라는 말이 아닌가.

하지만 정춘교는 석호인의 시선을 의식하지 않고 준비한 보따리를 계속 풀었다. 바짝 조여야 한다. 흥분에 숨이 턱턱 막히도록.

"알다시피 난 딸 하나뿐이네. 마땅한 사윗감이 있다면 지금이라도 빨리 성혼을 시켜 상방을 맡기고 싶지만 요즘 젊은이들은 죄다 나약하기만 하니……. 쯧쯧쯧!"

"넷?"

석호인은 정춘교의 눈을 똑바로 쳐다보았다. 지금 그 말은 준비된 젊은이가 있다면 딸을 주고 상방의 운영도 맡기겠다는 것이다. 자신과 독대한 자리에서 나온 말이라면!

'그럼 나와 정청화를……!'

갑자기 가슴이 떨려왔다.

석호인 자신도 정청화가 탐나 아버지 석경령에게 매파를 넣어 중매를 부탁했었지만, 네 주제를 알라는 아비의 말에 입을 닫았었다. 동생 석자희와 친구 사이인 정청화가 장원을 찾아올 때마다 남몰래 애를 태웠지만, 상대도 자신의 방탕한 생활에 대해 잘 알기에 감히 면전에는 말도 꺼내지 못했었다.

정춘교와 석호인의 눈이 허공에서 맞부딪쳤다. 두 사람 모두 굳은 눈빛에 조금의 흔들림도 없었다.

"한번 자신을 돌아보게. 미안한 말이지만 자네가 그 나이에 이루어 놓은 것이 무엇이 있는가? 자네도 탐나는 사윗감이기는 하지만 내 성에 차지는 않네. 하지만 젊은이란 무언가? 이루고자 하면 못 이룰 것이 없는 나이지."

이미 사윗감으로 석호인을 가정하고 하는 말이다.

석호인은 숨을 삼켰다.

정춘교는 잠시 한 호흡 골랐다. 이제 마지막 일침인 것이다.

"대의멸친(大義滅親)이라는 말뜻을 아는가? 대장부가 일을 도모하는 데에 있어서는 조금의 망설임도 없어야 한다는 말일세."

'대의멸친!'

퍼뜩 놀란 석호인의 고개가 뒤로 젖혀졌다.

무슨 소린가. 이 노인네는 딸을 미끼로 내게 살부(殺父)의 불효를 저지르라는 말인가. 떨리는 손은 자신도 모르게 찻잔을 잡아갔다. 하지만 일단 잔을 잡는 순간 덜덜거리는 손끝에 찻물이 튀자 얼른 다시 내려놓았다.

그것을 본 정춘교의 얼굴에서 흐릿한 미소가 피어났다.

"오해하지 말게. 나이가 드신 윗분의 자리를 편한 뒷전으로 물려 드려 노후를 편히 즐기시도록 하는 것 역시 큰 효도일세. 나도 빨리 사위를 봐야 상방을 맡길 터인데……."

말끝을 흐렸다. 하지만 그 여운은 강하게 남아 석호인의 심중을 들쑤셨다. 정춘교도 그걸 노리고 한 말이었다.

아무리 계집밖에 모르는 멍청한 놈이라지만 이만하면 알아들었을 것이다. 다른 사람에게 이런 말을 했다면 그 자리에서 뺨을 맞거나 즉시 내쳐졌을 것이지만, 평소 석호인이 하고 다니는 짓거리를 잘 알기에 과감하게 입을 연 것이다.

"이!"

그제야 석호인은 굳었던 얼굴을 풀었다.

'후후후. 솔깃하겠지. 이쯤에서…….'

정춘교는 자리에서 일어났다. 석호인이 약간 멍청하긴 하지만 입에 떠 넣어줘야 할 정도의 바보는 아닌 것이다.

석호인은 마치 장인을 배웅하는 사위처럼 벌떡 일어나 조심스런 태도로 그를 따랐다. 정춘교는 장원 안에까지 타고 왔던 마차에 다시 올랐다.

"때를 놓치지 않는 축시(逐時)란 말은 큰일을 하는 사람들이 절대 잊으면 안 되는 중요한 덕목일세. 준비를 마쳤을 때 나를 찾게."

"알겠습니다. 조만간 찾아뵙도록 하겠습니다."

정춘교가 떠나겠다는 신호로 고개를 돌려 정면을 바라보자 석호인은 시종처럼 얼른 마차 문을 닫아주었다. 정춘교는 미소를 지어주는 것으로 그의 호의에 대한 답례를 대신했다.

'멍청한 녀석!'

연청아를 놓치다니! 입에 들어간 떡도 삼키지 못하는 위인이다. 아직도 그 일을 생각하면 속이 끓었다. 하지만 그러기에 선택했다. 알맞게 멍청하기에!

중원표국은 석경령의 대를 마지막으로 무너질 것이다. 호부(虎父)에 견자(犬子)가 없다는 말도 중원표국에서만은 예외다. 석호인이 아비의 발끝에도 미치지 못한다는 세간의 말에는 추호의 가감이 없다. 어차피 저놈은 그릇이 아니니 석경령의 사후의 중원표국에는 희망이 없다. 주인 없는 물건은 먼저 보고 줍는 사람이 임자인 것이다. 하지만 더 빠르고 확실한 방법은 떨어질 때를 기다리는 것이 아니라 아예 직접 따버리는 것이다. 과거 영파상방이란 열매 또한 그렇게 따서 삼켰었다.

"살펴가십시오."

석호인은 마차가 장원 문밖으로 나갈 때까지 뒤를 따르며 전송했다.

'제기랄. 조춘, 그놈만 아니었으면 내 인생에 끝없는 봄날만 이어졌을 터인데……'

그는 연청아를 놓친 것이 못내 아쉬웠다.

조춘 놈이 잘못 건드리다가 달아나게 만들었다는 사실을 알고는 치밀어 오르는 화를 삭이느라 며칠 동안 밤잠을 설쳤었다. 다른 놈 같았으면 모가지를 비틀어 버렸겠지만, 지부(知府)를 아비로 둔 놈인데다 오랫동안 같이 풍류를 즐겼던 친구라 크게 나무라지도 못하고 그저 얼굴만 붉혔었다. 그를 더욱 화나게 했던 것은 조춘은 달아난 여자가 그저 자신이 어디서 납치해 온 평범한 계집으로 알고 있다는 사실이었다.

그 일로 한동안 풀이 죽어 있었지만 오늘 정춘교를 만나면서 그는 다시 힘을 얻었다.

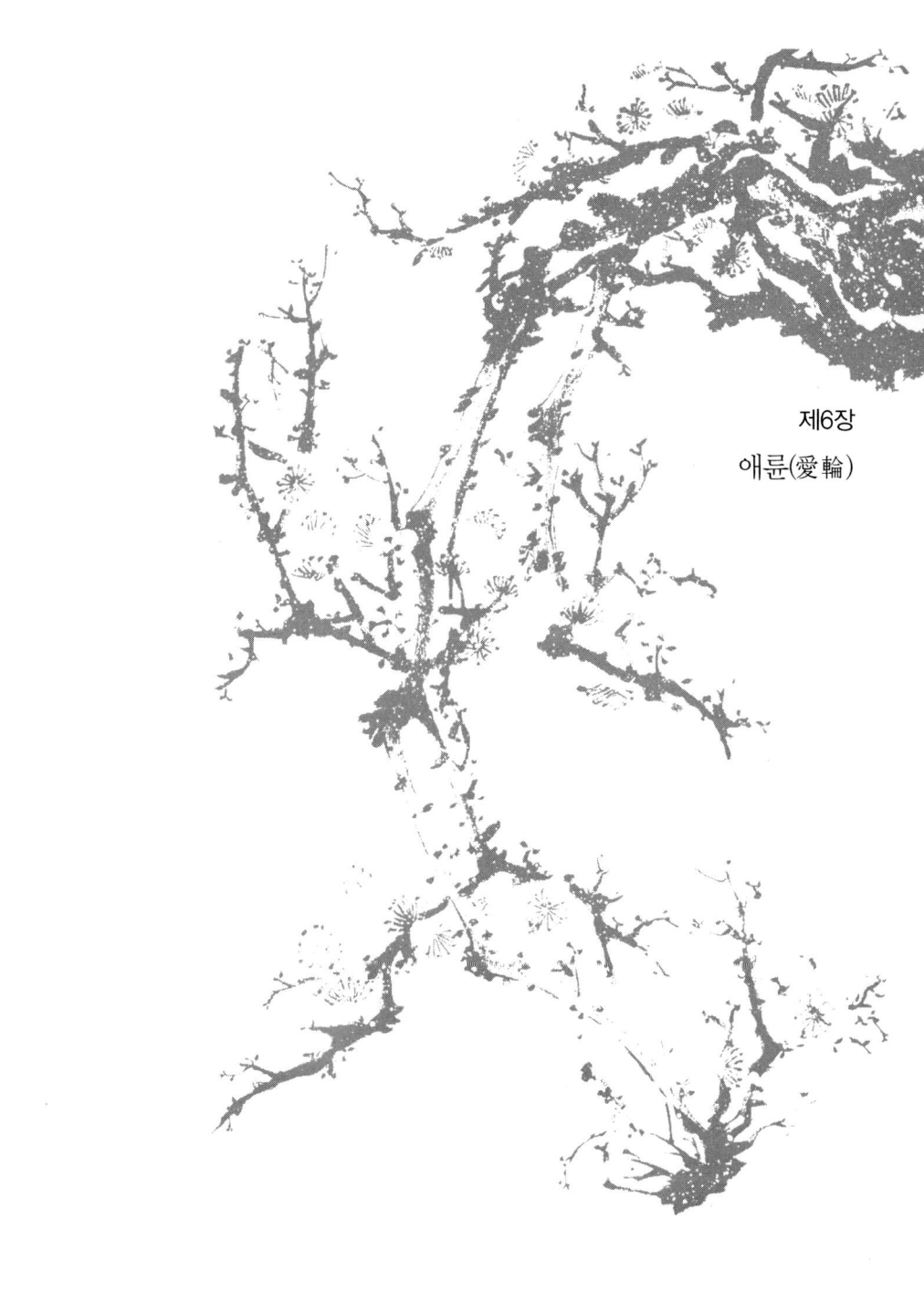

제6장

애륜(愛輪)

영파상방 총방.

쫘악!

정청화는 눈물을 줄줄 흘려가며 채찍을 휘둘렀다.

사군은 천장에서 늘어뜨려진 얇은 사슬에 묶인 두 손과 바닥에 심어진 쇠고리에 의해 발이 벌려진 상태에서 큰대 자로 묶여 있는 형국이었다. 많이 지쳤는지 몸이 앞으로 반쯤 수그러져 있었는데, 상의가 벗겨진 등짝에는 수십 줄기의 긴 채찍 자국이 가로로 길게 그어져 있었다. 그를 묶고 있는 가는 쇠줄은 만년한철(萬年寒鐵)로, 살을 파고들어 가 뼈까지 건드려 가며 깊은 상처를 남기고 있었다. 채찍 자국이 남긴 상흔 곳곳에서 살점이 튀어 올라 차마 눈 뜨고 보지 못할 정도였다.

칙칙한 분위기의 석실 안에 어우러져 있는 것은 알싸한 여인의 향내였다.

"나쁜 놈!"

정청화의 앙칼진 목소리가 채찍 소리를 뒤따랐다.

꼭 녀석이 미워서 그러는 것만이 아니라 그렇게라도 하지 않으면 천한 것들에게 당해 쌓인 마음속 울분을 퍼내지 못할 것을 알기 때문이었다.

차라리 그때 취련이 없었다면 이렇게까지는 하지 않았을지도 몰랐다.

자존심이었다.

비록 강제로 몸을 취한 놈이기는 했지만 한때 잠깐이나마 괜찮은 사내라는 생각을 가졌던 적도 있었다. 하지만 취련 따위와 자신을 비교하고, 끝내는 난잡한 행위마저 당해야 하는 순간 모든 정나미가 떨어졌다. 녀석은 그저 파렴치범일 뿐이었다. 정청화는 아버지 정춘교가 건네주고 간 채찍에 그 모든 한을 담아 내려치고 있었다.

"죽엇!"

뾰족한 고함 소리와 함께 쫘악 하고 내려친 채찍이 길게 자국을 남겼다.

사군은 고개를 들어 정청화를 쳐다보았다. 해혈신공(解穴神功)을 운용해 제압된 혈도를 풀기 위한 노력할 수도 있었지만, 굳이 그렇게 하지 않는 것은 이렇게 맞는 것이 조금이라도 죗값을 치르는 것이라 믿고 있었기 때문이다.

몸이 이상했다.

전신이 활활 타오를 것만 같은 느낌이 들었고, 모진 채찍질이 그저 피부에 뜨끔 하는 가벼운 충격으로만 와 닿는 현상을 전혀 이해할 수 없었다. 하룻밤에 지나지 않았지만 목줄기에 남아 있는 자상(刺傷)에서도 크게 통증을 느낄 수 없었다. 가끔은 시원한 느낌마저 드는 채찍질이라 이렇듯 감내하며 정청화의 화가 풀리기를 기다리는 것인지도 몰랐다.

"헉! 헉!"

채찍질에 지친 정청화는 가쁜 숨을 몰아쉬었다.

날마다 모진 채찍질을 하여 생명이 야금야금 줄어드는 것을 보고 싶었다. 반드시 봐야 했다. 사흘을 계속한 매질에도 놈은 끄떡없어 보였고 오히려 자신이 먼저 지치고 있었다. 하지만 매에는 장사가 없다는 말을 굳게 믿고 있는 그녀였다.

'언젠가는 네놈이 무릎을 꿇겠지!'

지친 정청화를 눈을 내리깔고 입술을 질끈 깨물었다.

어느 날 꼬챙이처럼 마른 몸으로 자신의 바지가랑이를 잡고 매달리는 비참한 그 모습을 꼭 보고 싶었다.

잠시 후 정청화가 나가고 이번에는 정춘교가 안으로 들어왔다. 그는 딸이 마음껏 분풀이를 하도록 자리를 비켜주고 있었다.

"연청아는 중원표국에 잡혀 있다. 네놈을 찾아 배로 왔다가 그리된 모양이더구나. 흐흐흐. 그런대로 쓸 만한 계집이라고 하니, 모르기는 해도 풍류객을 자처하는 석호인 놈이 그냥 버려두지 않을걸."

당시 소금 배에는 정청화를 지켜주기 위해 백월이 남아 있었기에 정춘교도 연청아가 도행오의 손에 잡힌 것을 알고 있었다. 물론 그 이후로 연청아가 있는 곳에 녹월을 배치해 두었고, 석호인으로부터 장보도를 찾아내 절반으로 나누자는 제안을 받기는 했었다. 결국 놓쳐 버렸기에 모두 헛소리가 되어버리기는 했지만 녀석의 마음에 상처를 주기 위해 그녀가 달아나 버린 사실은 일부러 말하지 않았다.

"나쁜 놈!"

"네놈이 내게 저지른 일에 비하면 아무것도 아니지. 난 빚이 생기면 항상 열 배 백 배로 돌려주는 습관이 있거든. 남들이 나를 두려워하는 이유이기도 하지."

"정청화를 내가 책임지면 될 것 아니오?"

순간 사군의 말이 끝나기 무섭게 화끈한 충격을 동반한 정춘교의 정권이 단전에 작렬했다.

"흡!"

단전에 엄청난 충격이 전해지며 몸에서 힘이 빠져나가는 듯한 기분이 느껴졌다. 통증이 너무나 컸기에, 사군은 '이게 바로 말로만 듣던 단전 파괴라는 거구나. 그걸 내가 당했구나' 하는 생각을 했다.

"천박한 촌놈 주제에 감히 내 딸을 넘봐? 이게 내 답이다! 앞으로 다시는 내력을 끌어올릴 수 없을 것이다. 이제부터는 우리 상방의 음식 찌꺼기를 먹이로 하는 비천한 개보다도 더 못한 인생을 살게 해주지."

사군은 대답하지 않았다.

숨이 막히기도 했거니와 너무도 갑작스런 상황에 충격을 받아들일 수 없었던 까닭이다. 정조? 그게 그리도 대단한가? 그래서 나를 납치해 단전을 파괴하고… 자신이 잘했다는 생각은 조금도 없었고 당연히 벌을 받아야 한다는 생각을 했지만… 십수년을 넘게 쌓아온 모든 것들이 일순간에 무너졌다고 생각하니 와락 분노가 치밀어 열기가 얼굴을 치고 올라왔다. 이를 악문 상태에서 고개를 축 늘어뜨린 사군은 지그시 입술을 깨물었다.

하지만…

가슴속에서 지울 수 없었던 죄의식은 지금 일어나는 분노의 한가운

데에도 숨어 있었다. 일이 벌이고 나면 남몰래 조용한 가슴앓이를 했던……

자신의 업보다.

깊은 상처를 입었을 정청화나 취련의 순결도 이십여 년 지켜온 것들이었고, 소주 장원 내실 곳곳에 뿌려진 앵화의 흔적들…

그런 생각을 하자 일시에 몸에서 기운이 쭉 빠져나가는 것을 느낀 사군은 고개를 절레절레 흔들었다.

"찢어 죽여도 시원치 않을 놈!"

정춘교는 아직도 분에 못 이기는 듯 석실이 떠나가라 일갈하고는 세차게 철문을 닫고 나가 버렸다.

쾅!

온몸에 힘이 없었다.

어머니가 떠올랐고 이어 청초한 예향의 모습이 생각났다. 슬프게도 예향의 모습은 이제 흐릿한 기억 속에만 남아 있었다. 도하촌 들녘을 뒤덮었던 사월의 유채꽃 향기가 몹시도 그리웠다.

'살아남을 거야! 난 살아남아! 반드시!'

사군은 굳은 결심을 했다. 정청화나 정춘교가 어떤 고난을 주더라도, 어떤 모멸감을 주더라도 살아남아 예향을 볼 그날까지……

불안했다.

살아날 수나 있을까. 아니, 운 좋게 이곳에서 살아 나갈 수 있다 하더라도 만약 기다려 주지 않는다면… 자신이 그 악명 높은 음적 혈안 색마라는 것을 알게 된다면 여전히 기다릴까?

후회가 파도처럼 몰아쳐 왔다.

사군은 다시 몸을 떨었다.

순간의 욕정을 참지 못한 것이 자신의 모든 것들을 일시에 무너뜨리고 있었다. 더욱 견디기 힘든 것은 지금의 이런 불행들은 앞으로의 더 큰 불행을 알리는 작은 서곡에 불과함을 알고 있는 것이었다.

사군의 눈에서 주르르 눈물이 흘러내려 석실 바닥을 적셨다.

정청화는 묘한 버릇이 생겼다.

하루라도 뇌옥으로 내려와 사군을 괴롭히지 않으면 할 일을 하지 않은 듯한 허전한 느낌이 들었다. 오늘도 십여 차례 채찍질을 한 그녀는 손수건으로 이마를 타고 내리는 땀을 닦아냈다.

"헛!"

표독스런 눈매로 다시 사군을 내려다보던 그녀는 소스라치게 놀라 몸을 움찔하며 헛바람을 들이켰다. 고개를 든 사군이 자신의 얼굴을 쳐다보고 있었다. 자세히 보니 녀석의 초점이 향하는 곳은 바로 입술이었다. 화끈거리는 감촉에 입술을 움찔했다.

'음......'

정청화는 속으로 마른침을 삼켰다. 이미 수십 차례 그에게 몸을 허락해야 했기에 그게 무슨 뜻인지 잘 알고 있는 그녀였다. 갑자기 몸이 스멀거렸다. 채찍을 휘두를 때마다 무게를 느끼게 하던 젖가슴이 지금은 몹시도 허전했다.

툭!

한순간 손에서 힘이 빠져나가는 것을 느끼며 채찍을 떨어뜨렸다.

'아......!'

어느새 번들거리는 사군의 눈길은 자신의 목줄기를 지나 가슴으로 향하고 있었고, 그걸 아는 순간 사내의 혀가 날름거리며 젖가슴을 더듬어오는 듯한 착각에 빠져들고 있었다.

바르르 손이 떨렸다.

목이 말랐다.

갑작스레 찾아온 지독한 갈증이었다.

갑자기 선실 안에서 보냈던 숱한 시간들이 차례로 스쳐 갔고… 가슴 한구석에서 묘한 흥분이 일었다. 지금 뇌옥에는 밖을 지키는 경비 무사 외에는 아무도 없다는 사실에 생각이 미쳤다.

녀석의 욕구를 확인해 보고 싶었다.

정청화는 사군에게 다가가 와락 양물(陽物)을 움켜쥐었다.

"으악!"

사군의 입에서 지독한 아픔임을 알리는 비명이 터져 나왔다. 그동안 모진 고문을 받으면서도 한 번도 소리를 낸 적은 없었다.

하지만 정작 더 놀란 것은 정청화였다.

"아니!"

마치 쇠뭉치처럼 단단한 덩어리를 느끼는 순간 정청화는 가슴이 철렁 내려앉는 충격과 함께 급격히 젖어드는 여인의 그곳을 느꼈다. 손안에 가득 쥐어진 양물은 잔뜩 성을 내며 고개를 빳빳이 쳐들고 있었다. 그간 바지 위로 늘어진 윗옷 자락에 가려 제대로 보지 못했는데… 놀란 그녀는 황급히 손을 놓았다.

'이런 모진 고문을 받으면서……!'

채찍으로 내려치는 동안에도 녀석은 묘한 상상을 하고 있었을 것이 틀림없었다. 그런데… 기분이 묘했다.

아직도 손바닥에 남아 있는 꽉 찬 듯한 느낌!

얼마 전에 느꼈던 그 뜨거운 열기가 그대로 살아 있는 듯했다. 선실에서 폭풍처럼 몰아쳐 왔던 사군의 남성이 떠올랐다.

몸은 급속도로 달구어지고 있었다.

입 안에 침이 고였고 몸을 데운 열기는 이내 더운 콧김까지 내뿜게 만들었고, 어느새 은밀한 곳마저 축축해져 오고 있음이 느껴졌다. 가리개로 단단히 동여맨 탄탄한 젖가슴이건만… 너무나 허전했다.

"꿀꺽!"

마침내 정청화는 갈증을 참지 못했다.

한데 다시 사군의 뜨거운 눈길과 마주치는 순간 갑자기 부끄러움과 수치감이 밀려들며 벼락같은 열화가 버럭 치밀어 올랐다.

"뽀드득!"

정청화는 이를 갈았다.

'나쁜 놈! 이런 순간에도 그런 눈길로 나를 올려다보다니……!'

몸이 싸늘하게 식어왔고 분노는 행동으로 이어져 손을 처들게 했다. 돌연 머리통을 박살 내려던 손이 허공에서 멈칫했다. 생각 같아서는 당장 쳐 죽이고 싶었지만 그랬다가는 두고두고 후회할 것 같았다. 이대로 끝낼 수는 없었다. 끊임없는 모진 고통을 안겨 놈이 차근차근 망가지는 것을 보고 싶었다.

하지만 그런 생각만 있는 것은 아니었다.

정청화는 사군의 양물을 움켜쥐던 순간 손가락을 타고 전신으로 번져 가던 그 섬뜩함의 정체를 아직 밝혀내지 못하고 있었다. 어쩌면 그것은 자신의 처녀를 앗아간 사내에 대한 한 가닥 가는 미련일지도 몰랐다. 아니, 어쩌면 몸 안에 숨어 있던 사내를 그리는 탕부의 기질을 일깨우는 솔직한 느낌일 수도 있었다. 그건 아니라고 부인하고 싶었지만 꼭 그렇지만은 않다는 것은 스스로도 알고 있었다.

다시 고개를 숙여 사군을 보자 문득 연민이 치밀어 올랐다.

흔히들 하는 말처럼 자신과 여러 차례 몸을 섞었던 사내!

번듯한 명문대가의 자손이라면, 그리고 혈안색마만 아니라면 지금이라도 녀석의 집안에 정식으로 혼담을 건네 가정을 꾸밀 수도 있었다. 그게 아니기에 이렇듯 분노만 표출하고 있는지도 몰랐다. 하긴 그랬다면 아버지 정춘교도 이런 식으로 일 처리를 하지는 않았을 것이다.

혼란스러웠다.

이런저런 생각이 넘쳐 났지만 그저 그런 허접한 것들일 뿐이었다.

잠시나마 석실 안에는 어색한 침묵만이 흘렀다.

사군의 처리 문제로 한동안 갈피를 잡지 못하던 정청화는 마침내 지금의 상황을 이어갈 수 있는 적당한 핑계를 만들어냈다. 문득 떠오른 기막힌 생각이었다.

'그래, 가까이 두고 날마다 괴롭히는 거야!'

"허, 참!"

정춘교는 고민에 싸였다.

상처 입고 괴로워하는 딸의 부탁을 외면할 수 없었기 때문이다. 하지만 녀석이 자칫 딸에게 덤벼들기라도 한다면 큰일이었다. 단전을 제어해 놓기는 했지만 안심이 되지 않았다. 엄청난 상처를 받았기에 무슨 짓을 벌이기라도 할까 조바심을 내며 지켜보는 딸아이였다. 단둘이 있는 자리에서는 차라리 죽어버리겠다는 말까지 서슴지 않는 딸을 설득하느라 무척이나 고심했었다. 그런데 돌연 말도 되지 않는 요구를 해오다니!

언제나 그랬듯이 사실 그의 머리 속에는 사군의 처리에 대한 조치가 이미 끝나 있었다. 쌓인 분노로 말하자면 놈이 제발 죽여달라고 할 때까지 실컷 고문한 다음 더러운 몸뚱이를 오마분시(五馬分屍)로 갈기갈기 찢어 그 살가죽은 물론 뼈까지 잘게 부수어 비 온 진창의 저잣거리에 뿌려도 모자랐다.

하지만 그는 감정을 내세우다가 손해를 보는 부류의 인간이 아니었다. 정춘교에게는 아직 딸에게조차도 내비치지 않은 복안이 있었다. 그 일을 위해서 놈은 꼭 필요한 존재였고, 그러기 위해서는 딸의 협조가 필요했다.

다시 설득하려고 딸의 거처를 찾은 그를 유모가 나타나 막아섰다. 여간해서는 얼굴도 내비치지 않던 그녀였다.

"어제 들었습니다. 이걸 놈의 뇌호혈(腦戶穴)에 박아주시면 됩니다. 이지를 흐리게 만들어 한동안만 주의해 단련을 시키면 절대 복종할 것입니다."

정춘교의 눈이 번쩍 떠졌다. 짧은 그 한마디에 머리 전체가 상쾌해지고 있었다. 유모가 내미는 것은 새끼손톱보다도 작은 은침이었다.

"미혼침이라 불리는 것으로 특수한 재질의 귀한 물건입니다. 저도 자세한 것은 알지 못합니다만, 효과는 확실합니다."

미혼침(迷魂針).

사람을 조종하는 사술(邪術)이 아니라 단순히 신지를 흐리게 만드는 침이다. 정신을 흐리게 만들어 주위의 멸시를 받게 해, 마침내 모든 것을 잃은 상실감에 견디지 못하고 자포자기하게 만드는 것이다.

유모는 은침을 건네고는 몸을 돌려 가버렸다. 일견 무례한 행동이라 할 수 있었지만, 정춘교는 물론 유모와 그의 관계를 아는 장원의 누구도 그런 생각은 하지 않을 터였다.

문득 고민에 빠져 있던 중 뇌리를 번뜩 스치는 생각이 있었다. 그는 황급히 자신의 집무실로 되돌아갔다.

그가 다시 뇌옥을 찾은 것은 그로부터 이틀이 지난 후였다.

"나가고 싶으냐?"

조금의 감정도 실리지 않은 건조한 목소리.

사군은 몸을 움찔거렸다. 그랬다. 내심의 절반은 죗값을 치른다 생각했고, 다른 절반은 이런 고통을 벗어나고 싶어했다.

'흐흐흐…….'

내려다보는 정춘교의 눈에서 광기가 번뜩였다.

그가 노리는 것은 절대 쉽지 않았다. 그것은 자신이 직접 할 수는 없는 일로, 누군가 대신 그 무거운 짐을 떠맡아줄 사람이 필요했다. 겹겹이 둘러싼 호위들의 눈을 따돌리고 은밀히 담을 넘어 들어가 목적을 달성할 수 있는 사람!

상승의 무공에 시킨 대로 열심히 해줄 수 있는 자!

'바로 이놈이지!'

정춘교의 눈이 번뜩였다.

"끌어내라!"

밖에 있던 수하 둘이 나는 듯이 석실 안으로 달려들어 와 사군을 묶었던 철사을 풀고 질질 끌고 나가자 정춘교가 그 뒤를 따랐다.

밖으로 끌려 나온 사군은 눈을 찌를 듯한 강렬한 햇빛에 한동안 눈을 뜨지 못했다. 잠시 후 겨우 적응한 그는 주변을 살펴보다가 깜짝 놀랐다.

널찍한 마당에는 좌대(座臺)가 마련되어 있었고 정춘교의 수족들로 보이는 십여 명의 사내가 좌대 아래에 두 줄을 맞추어 엄숙한 얼굴로

도열해 있었는데 자신이 끌려온 자리는 좌대 바로 아래였다.

정춘교는 느릿하고 신중한 걸음으로 뒤따라와 붉은 비단이 깔려진 좌대 위에 앉더니 사군을 향해 입을 열었다.

"애초 생각에는 네놈을 한동안 죽지도 살지도 못하게 철저히 괴롭힌 후에 그 고통이 하늘에 달해 네놈 스스로가 제발 죽여달라고 할 때 죽여 버리려고 했다. 하지만……."

말을 하던 그는 돌연 엄숙한 표정을 지으며 사군을 똑바로 쳐다보았다. 사군도 그 기세를 느끼고는 고개를 쳐들었다.

'내 죄에 대해 당당하게 맞서겠소. 얼마든지 나를 괴롭히시오.'

비록 오랫동안 감금과 고초를 당해 초췌해진 몰골이지만 아직도 기를 잃지 않은 눈빛은 그렇게 말하고 있었다.

'괘씸한!'

그가 마주 보자 기분이 나빠진 정춘교는 더욱 눈을 부릅떠 그 기세를 꺾으려 했지만 사군도 지지 않고 그에 맞섰다.

눈싸움. 정춘교와 사군 사이에 벌어지는 묘한 싸움에 도열해 있던 수하들도 바짝 긴장을 느꼈는지 마당에는 일순간 싸늘한 냉기가 감돌았다.

잠시 시간이 흘렀을까. 돌연 정춘교의 눈빛이 부드럽게 바뀌어져 갔다. 사실 그는 마음속으로 사군의 반항을 즐기고 있었다.

'쓸 만하군!'

그가 지금 사군에게 요구하려는 것은 저런 눈빛과 기세를 가진 자만이 수행할 수 있는 일이기에 지금의 가벼운 눈싸움은 자신이 사람을 제대로 고른 것을 확인하는 절차로 보고 있었다. 문득 녀석이 한창의 청년인 것을 보고 아깝다는 생각마저 들었다. 번듯한 명문가의 출신이었다면 지금 당장에라도 금지옥엽 정청화의 배필로 맞아도 조금도 손색이 없을 그런 아까운 녀석이었다. 하지만 이미 아닌 것은 앞으로도 아닌 것이다.

정춘교는 가볍게 고개를 끄덕였다.

'진실만이 통할 수 있는 세상이 있다면 그건 바로 극락이겠지.'

아쉬움의 시간은 길지 않았다.

"네놈은 관심도 없겠지만 지금 천하는 풍전등화의 위기에 놓여 있다. 동북의 금국이 세를 키워 감히 황제를 참칭하더니 기어코는 천하를 넘보아, 이미 경사가 그들의 손에 함락된 것은 물론 황제 폐하조차도 스스로 자진을 하시고 말아 우리 백성들로 하여금 천붕의 고통을 겪게 만들었다. 지금 내가 일개 색마에 불과한 네놈에게 이런 말을 하는 것은 네놈에게 새로 태어날 기회를 주려는 것이다. 굳이 너같이 머리 빈 색마가 아니더라도 이 일을 수행할 사람들은 많이 있지만 굳이 네놈에게 제안을 하려는 것은 다른 의협지사들이 맡아 하다가 실패했을 경우 그것은 곧 나라의 커다란 손실이 되겠지만, 네놈이 실패해 죽음을 맞는다면 천하에 손해가 될 것이 조금도 없기 때문이다."

정춘교는 잠시 숨을 고르며 상대의 반응을 주시했다.

'으음!'

사군은 그가 하려는 말을 도통 짐작하지 못했다. 내심 적당히 고통을 당해 죗값을 치른 후에는 이곳에서 달아날 생각이었다. 하지만 지금 근엄한 표정까지 지어가며 마치 천하와 나라의 짐을 한 몸에 진 듯한 정춘교의 태도는 그로 하여금 도무지 감을 잡을 수 없게 만들었다. 하지만 상대의 태도로 보아 뭔가 중대한 제안을 하려 한다는 짐작은 했다.

사군도 긴장한 눈으로 그를 주시했다.

정춘교의 눈이 더욱 엄숙해졌다.

"지금 폐하의 유일한 일점혈육으로 알려진 장평 공주께서 목숨을 건 태감의 도움을 받아 이곳 강남에 와 계시다. 공주마마께서는 변란 중에 심한 부상을 당해서 거동이 불편하신 것은 물론 고통도 큰 중에 계시지만 이곳에서도 나라와 황실의 장래를 걱정하는 마음만은 흔들리지 않으시어 황공하옵게도 미천한 본인에게 밀지를 내리셨다."

돌연 자리에서 벌떡 일어난 그는 조심스러운 손길로 품속에서 붉은 비단으로 말린 천을 꺼내 자세를 바로 하고 옆으로 펼쳐 들었다.

"충신 정춘교에게 명하노니 이곳 강남에서 청국에 매수되어 간세 노릇을 하는 자들이 적지 않다고 들었다. 비록 여자의 몸이라고는 하나 황실의 적자로서 그런 패악한 무리들을 직접 찾아내 벌하는 것이 옳으나 심한 부상을 당한 상태라 앞에 나설 수 없기에 그대에게 명하노니 부디 그자들을 일망타진해 대명의 사직을 바로 세우는 대업에 앞장설 것을 명하노라."

정춘교가 밀지를 꺼내 펼쳐 들자 장평 공주가 내린 것이라는 말에 사군도 몸을 곧추세우고 엄숙한 표정을 지어가며 듣고 있었다.

밀지(密旨)라고 했다.

쇠사슬에 묶인 채 고문을 당해오다가 갑작스레 충신 운운하는 상황에 맞부딪친 것이 당황스러운 것은 물론, 돌연 근엄함을 표하는 정춘교의 모습조차도 일견 우스꽝스럽기까지 했지만, 밀지라는 말이 그를 자못 긴장하게 만든 것이다.

정춘교는 조심스레 밀지를 말아 품속에 넣고는 더욱 목소리를 높였다.

"잘 들었느냐?"

사군의 눈빛이 크게 흔들렸다. 아직 그가 자신에게 하고자 하는 말을 확신할 수는 없지만 그런 간세를 없애는 일이 자신의 일이 되지 않을까 하는 짐작은 할 수 있었다.

"무엄하구나! 감히 밀지를 대하고도 그런 자세를 취하다니!"

이제껏 어정쩡한 사군의 태도에 아무런 이의를 제기하지 않다가 돌연 호통치는 그의 진의를 생각해 볼 겨를도 없이 사군은 황급히 정춘교의 발 아래 무릎을 꿇고 고개를 숙였다.

'후후후후……'

모든 일은 한 치의 오차도 없이 뜻대로 움직이고 있었다.

정춘교는 사군에게 천천히 다가가 돌연 뇌호혈에 작은 은침 하나를 박았다.

'헉!'

뭔가 아픔이 있었던 것 같은 찌르르한 느낌!

사군은 작은 움직임마저 멈추었다.

알 수 없는 이물질이 머리 속으로 들어왔다는 느낌은 있었지만 그게 전부였다. 짧은 통증은 이내 아무 일 없었다는 듯 사라져 버렸다.

"나는 그 일을 네놈에게 맡기고자 한다. 이제껏 색마라는 더러운 오명을 쓰고 살아왔지만, 공주마마께서는 미천한 본인에게 구국(救國)의 중책을 내리신 것처럼 나 또한 네놈에게 그 일을 맡기려고 한다."

정춘교는 잠시 말을 끊고 슬쩍 고개를 들어 하늘을 응시했다.

하얀 새털 같은 구름 조각들이 겹겹이 뭉쳐져 하늘에 박혀 있었다. 지켜보는 인간에게 순간적으로 모든 것이 허무하게조차 느끼게 만드는 가벼움이 있었다. 이미 하얗게 날리는 백발에 덮인 자신을 알고 있기에 세상사 모든 것들이 허무하게 느껴질 때가 많았고 지금 이 순간도 그랬다.

하지만 정춘교는 놈을 곁에 두고 죽을 때까지 괴롭힐 수 있게 해달라는 딸 정청화의 부탁을 거절하지 못했다. 일견 노망기 있다고 해도 좋을 오늘 일은 놈을 확실히 복종시키기 위한 하나의 절차였다.

정춘교는 뿌듯했다.

죽음이 멀지 않은 그에게 남은 것이 있다면 딸의 행복하고 당당한 미래였다. 남들은 아들이 없는 자신을 안됐다고 생각하겠지만 정작 정춘교는 그런 생각을 가져 본 적이 단 한 번도 없었다. 측천무후뿐이 아니라 천하를 여자가 다스린 적도 적지 않은데 그보다 못한 중원제일상이 되는 것이 뭐가 문제라는 말인가.

반드시 그렇게 만들 작정이었다.

힘은 근력에서 나오는 것이 아니라 머리와 돈주머니에서 나온다.

백발의 정춘교가 터득한 인생 철학.

한시도 곁에서 떼어놓고 싶지 않은 정청화를 보타산에 보내 보타 신니의 제자가 되게 한 것도, 그리고 상방의 소금 배에 동승시켰던 것도 모두 그런 과정을 위한 절차였다. 비록 소금 배 사건이 잘못되어 딸이 크게 상처를 받았고 자신의 가슴에도 비수가 꽂히는 아픔을 맛보고 있기는 하지만 그 역시 대업을 이루기 위한 시련 정도로 치부하기로 하니 마음이 한결 가벼워지기는 했다.

이번 일만 잘 처리하면 영파상방은 강남에서 더욱 입지를 굳일 수 있기에 앞으로 자신이 죽더라도 딸은 중원의 거상, 중원 최고의 여걸로 대접받을 수 있는 기틀은 마련될 것이다.

그간 놈을 철저히 분석해 본 결과에 따라 행한 일이었다. 아비 없이 자랐어도 무공은 물론 학문까지 제대로 익힌 놈이기에 황실을 위한다는 대의명분은 뇌호혈의 은침에 이은 또 하나의 구속 절차였다.

놈이 하는 일에 염증을 느끼거나 혹은 다른 이유로 딸을 배신할 여러 경우의 수를 염두에 두고 행하는, 하지만 자신이 생각해도 어처구니없는 짓거리였다. 지금 앞에 두 줄로 도열해 어쩔 수 없이 근엄한 표정을 지으며 자신의 희한한 행사에 자리를 지켜주는 수하들도 어쩌면 내심 비웃음을 날리고 있을지 몰랐다.

하지만 이런 짓이나마 딸에게 작은 방패가 되어준다면 열 번이라도 더 행할 준비가 되어 있었다. 아니, 그보다는 죽을 날이 얼마 남지 않은 지금까지도 버리지 못한 자신의 욕심 때문임을 자신도 알고 있었다.

천하제일상(天下第一商).

평생 이인자로 지내다가 어찌어찌 겨우 자신만의 작은 기틀을 마련해 키워왔기에 욕심이 더 나는 것인지도 몰랐다.

물론 밀지 따위는 애초에 없었다.

영웅이 난세에 난다면 거상(巨商) 또한 그러리라.

그가 청국 간세로 암약하는 상인들을 척결하는 일을 맡은 것은 제갈가외의 은밀한 거래가 있었기 때문이다. 영파오월과 자신이 직접 나서려고 했는데 적임자가 나타났던 것이다.

"후우……."

정춘교는 긴 한숨을 내쉬었다.

이것으로 건곤일척(乾坤一擲)의 첫 발은 뗀 셈이다. 놈의 전중혈에 심한 충격을 준 상태라 몇 달간 힘을 쓰지 못할 터이니, 그동안 미혼침의 힘으로 놈의 이지(理智)를 제어할 시간은 충분했다. 형식은 딸에게 말하지 않아도 나머지는 알아서 진행이 될 터였다.

서호(西湖).

항주의 얼굴이라 일컬어지는 서호는 한때 무림수(武林水), 전당호(錢塘湖), 금우호(金牛湖)… 일일이 열거하기에도 힘들 정도로 여러 이름으로 불려졌다가, 당대(唐代)에 와서 사람들이 모여 사는 시가지 서쪽에 있다 하여 서호라 일컬어진 호수다.

월의 미인 서시(西施)에 빗대어 '아침에도 좋고, 저녁에도 좋으며, 비가 올 때도 좋고, 날이 개였을 때도 좋다'고 한 서호의 절경.

서호십경(西湖十景)이란 말을 만들어 거론하지 않아도 그 아름다운 경치를 시비할 자는 없으련만 굳이 그런 것을 정하고, 평호추월(平湖秋月)을 십경의 두 번째 비경(秘景)에 넣은 것은 가을 저녁 매끄러운 거울을 연상케 하는 호수 위를 떠다니는 달을 보는 감동이 너무도 특별하기 때문일 것이다.

소제(蘇提:소동파가 쌓았다는 서호 속의 제방)를 따라 수면 위로 드리운 버드나무와 복숭아나무, 부용(芙蓉)의 그림자들이 둥실거리며 야밤의 호수를 떠가는 은은한 달과 어우러져, 시원하게 불어오는 바람에 흔들흔들 물결을 타는 초가을의 이른 밤이었다.

방학정(放鶴亭).

서호 안의 인공 섬 고산(孤山) 북쪽에 세워진 정자에 적지 않은 사람들이 모였다.

주변에는 평호추월의 절경과는 도저히 어울릴 것 같지 않은 살기가 풀풀 넘쳐 나는 무인들이 천라지망(天羅地網)을 연상케 하듯 사방에 흩어져 엄중한 경계를 펴고 있었다. 각양각색의 복장을 한 무인들이 정자에서 밀담을 나누는 사람들의 신분이 다양함과 범상치 않음을 대변해 주었다.

"우리가 동북을 맡겠소."

남궁세가의 가주 남궁철상이 무거운 어조로 말했다. 그가 남경 응천부의 서북이라 할 수 있는 여주부(廬州府)에 위치하기에 그쪽을 맡겠다고 나선 것은 당연했다.

"저희는 진강(鎭江)을 책임지겠습니다."

뒤이어 장강수로채 진강채주(鎭江寨主) 왕린(王燐)이 말을 받았고,

"저희는 마안산(馬鞍山)을 막겠습니다."

하는 마안채주(馬鞍寨主) 마풍(馬豊)의 말에 화염회주 황문(黃紊)은,

"서안문(西安門) 일대는 저희가 나서겠습니다."

하며 마무리를 지었다.

장강 일대 무림인들이 나서서 청병의 남하에 대항해 남경을 둘러싸는 방어선을 구축한 것이다.

언뜻 보기에 우국충정(憂國衷情)이 절절 넘쳐흐르는 자리로, 나라를 지키는 일에는 고하(高下)와 귀천(貴賤)이 없다는 말이 현실에 그대로 나타난 광경이었다.

의외로 오늘 모임의 상석에 앉은 사람은 얼굴에 병색이 완연한 젊은 여자였다. 곁에는 태감 복장의 장년인이 고개를 숙이고 서 있었고, 그의 맞은편에는 제갈홍이 서 있었다.

장평 공주(長平公主)!

자리에 앉자 군웅들의 오가는 말을 듣고 있던 얼굴에는 미소가 피어

났고, 사람들은 그 미소를 보며 가슴 뿌듯이 채워오는 진지한 충정을 느끼고 있었다.

"으음!"

제갈세가의 노가주 제갈홍은 감격을 이기지 못해 목을 가다듬었다. 눈물이 나올 것만 같았다. 잠시 마음을 수습한 그는 백발을 쓰다듬으며 고개를 끄덕였다.

"이것으로 진강까지의 방어망은 완성되었소. 진강 동쪽의 정강(靖江), 숭명(崇明)을 따라 동해에 이르는 방어선은 흑룡단과 월왕회, 중원표국, 산동마방, 영파상방, 그리고 우리 제갈세가에서 맡기로 했으니 이로써 일차 방어선은 완성된 것입니다. 복건상방과 광동상방에서도 원군을 보내기로 했는데, 그들은 방어선의 허약한 부분을 메우는 별동대로서의 역할을 하게 될 것입니다. 그리고 곧 창설될 소주무인(蘇州武人)들은 양주까지 나가 저지선을 형성하기로 합의가 되어 있습니다."

목소리에서는 노익장의 열기가 넘쳐 났다.

소주무인들이란 풍정원의 엄생이 주동이 되어 명군(明軍)을 지원하기로 한 무인들을 가리켰다. 막강한 그의 재력이라면 돈에 팔려 다니는 매검수(賣劍手)들 수천은 족히 모을 수 있을 터였다. 장평 공주를 대하는 모두의 얼굴에 화색이 돌았다.

공주가 나서서 한마디 하지 않는 것은 상처가 엄중했기 때문이다. 대명의 황제였던 아비 유검이 남긴 상처는 절대 가볍지 않았기에, 사실 지금의 몸 상태로는 이 자리에 참석하는 것 자체도 무리였다. 항상 수심에 잠겨 있던 제갈홍이지만 오늘만큼은 밝은 얼굴이었다.

'됐어!'

그동안 이리저리 사람들을 보내 의견을 모으고 자리를 만드는 일은 결코 쉽지 않았다. 그를 특히 고생시켰던 사람은 남궁철상이었다. 아랫사람들로는 도저히 대화가 이루어지지 않아 결국 자신이 직접 찾아가 설득을 했었다.

"나를 어찌 보는 것이오!"

말을 시작하기도 전에 만면에 노기를 잔뜩 머금은 남궁철상의 불 같은 한마디였다.

제갈홍은 그 마음을 이해했다.

무림제일의 명문가 가주로서 건달 패거리들의 집단인 화염회나 흑룡단, 월왕회 같은 타항(打行)의 수괴(首魁)들과 동석을 한다는 것은 한마디로 그의 체면을 크게 구기는 일이었다. 그를 나무랄 수는 없었다. 하지만 여주부 일대의 방어를 맡을 다른 세력을 찾을 수 없기에 무릎을 꿇다시피 해가며 설득해 마련한 자리였다. 남궁철상을 합석시키는 일이 중요한 것은 다른 상방이나 타항들의 주인들에게 남궁세가 가주도 함께한다는 말을 전했을 때 얻을 수 있는 파급 효과였다.

그가 참석에 동의한 것은 장평 공주도 함께하는 자리임을 밝혔을 때였다. 남궁철상은 이 모든 일이 장평 공주가 주축이 된 것이라는 말에 마지못해 허락했던 것이다. 남하는 청병에 맞서는 명군이 맞부딪쳐 곧 전란에 휩싸일 여주부 일대이기에 남궁철상도 청병의 남하가 두렵기는 마찬가지였다.

"좋소. 하지만 이번이 처음이자 마지막일 것이오."

그의 한마디를 들었을 때 제갈홍은 체면도 잊고 눈물을 줄줄 흘렸었다. 모든 근심이 날아가고 일은 일사천리로 해결될 것이라는 기대감을 억누를 수 없었기 때문이다. 과연 그의 예상대로 남궁철상의 회의 참석 소식은 그가 필요로 했던 다른 단체들의 도움을 손쉽게 받을 수 있게 해주었다. 남궁세가의 눈치를 봐야 하는 인근 상방들은 말할 것도 없고, 일대 타항들의 수괴들도 남궁철상과 동석하는 자리라는 것에 큰 관심을 나타내 적극 참여 의사를 표했다.

그 결과가 바로 오늘 이 자리에서 무림인이 주축이 된 방어선 형성이라는 형태로 나타난 것이다. 일당백의 실력을 가진 무림인들은 물론 각종 권모술수에 능한 하류잡배들까지 참여해 준다면 전력은 배가될 것이었다. 게다가 중요한 자금 줄이 되어줄 상방들, 그리고 병참을 확실하게 날라줄 마방과 표국이 합세했으니 더 이상 바랄 것이 없었다. 게다가 관병들이 무림인들의 동참 소식을 안다면 사기백배해 청병과 맞싸울 터였다.

그에게는 또 하나의 복안이 있었다.

'이들과 그 힘을 합치면!'

믿고 있는 제갈옥에게 맡긴 일이었다.

장보도(藏寶圖)!

일반 무림인들을 장보도로 유인해 전장으로 내몰아야 한다는 것이 마음에 걸리는 하지만 구국의 충신이 되는 길이니 비록 그 과정이 깨끗지 못하다 하여 지탄받을 일은 아닌 것이다. 설사 후일 욕을 먹는다 하여도 할 수 없기에 지금은 그저 그 일을 맡은 딸 제갈옥이 잘해주기를 바랄 뿐이었다.

제갈옥은 하늘을 쳐다보았다.

창천(蒼天)을 불어가는 강한 바람에 떠밀렸는지 여러 조각의 작은 구름들이 비바람에 찢겨진 목련꽃 잎처럼 갈가리 찢겨져 빠르게 지나고 있었다.

　가슴이 쓰렸다.

　눈물이 났다.

　얼굴을 근심으로 가득 채운 천장파파가 주변을 얼쩡댔다가 제갈옥의 신경질적인 반응에 멀찍이 떨어져 지금은 그저 눈치만 살피고 있었다.

　사군!

　녀석이 자신을 놀리고 있다는 것은 의심의 여지가 없었다.

　이대로 가는가. 그럴 수는 없다. 사군을 포기하고 새로운 방향으로 일을 추진하려고 했는데… 놈이 먼저 움직이는 바람에 그마저도 모두 글러 버렸던 것이다.

　'나쁜 놈! 차라리 선실에 처박혀 그 여자들의 젖가슴이나 주무르고 있을 일이지!'

　답답한 마음에 가슴이 터질 것 같았다.

　"손님이 찾아왔습니다."

　천장파파의 말이 끝나기 무섭게 고개를 들이미는 사람은 화산파의 오경동이었다. 그는 지금 그녀에게 있어 유일하게 남은 우군이라 할 수 있었다.

　"어찌해야 좋겠습니까?"

　"무슨 말씀이지요?"

　"이런 비밀을 외인에게 전하기는 뭣하지만… 본산에서는 제게 농민군을 도와 움직이라는 밀지를 보냈습니다."

　"옛?"

　경악도 잠시뿐 제갈옥의 얼굴에 커다란 실망감이 드러났다.

"죄송합니다."

오경동은 얼굴을 붉게 물들이며 고개를 떨구었다.

삼십 중반을 넘어 처음 찾아온 사랑. 장문인의 지시로 그녀를 처음 만난 이래 하루도 잊어본 날이 없었다. 한 마리 고고한 백학과 같은 품격과 아름다움을 내면 깊숙이 간직한 여자. 처음 마주친 순간 나이도 잊고 뜨거운 눈길을 보내고 있는 자신을 발견했다. 면사로 가린 얼굴을 대해야 하는 것은 그 안타까움을 더욱 크게 만들었다.

듣기는 했었다. 어릴 때 앓은 병의 후유증으로 얼굴 반쯤에 거무스름한 반점이 생겼다던가. 하지만 미추가 무슨 상관이랴. 백학의 얼굴에 반점이 있다고 홍학이 되겠으며, 그 고고한 향기가 악취로 변하겠는가.

오경동에게 대화 중 수시로 고개를 숙이는 새로운 버릇까지 생기게 만든 여자. 내심의 사랑을 내비치는 것조차 부담스럽고 창피했기에 감히 고개를 들고 마주 보기가 힘들어 생긴 버릇이었다.

'십 년만 젊었어도!'

제갈옥이 만들어준 또 하나의 버릇. 늘 마음속으로 이런 말을 되씹으며 다니게 만들었다는 것이다.

"도와주세요."

제갈옥은 어거지를 썼다. 화산파의 제자인 그에게 이런 말을 한다는 것은 장문인의 지시를 거역하라는 말과 다름 아니다. 그럼에도 이렇게 부탁하는 것은 그만큼 절박했기 때문이다.

'무엇을 줄 셈이오?'

하마터면 입 밖으로 나올 뻔했던 말이다. 제갈옥이라고 도와달라는 그 말의 의미를 모르지는 않을 터인데… 그러기에 묻고 싶었던 것이다.

'그럼 내게 무엇을 해주겠소? 내가 바라는 것을 줄 수 있소?'

그저 마음속의 말일 뿐이다.

사실 제갈옥은 오경동의 그동안의 협조에도 감사해야 했다. 소림과 종남, 화산 등의 제자들이 강호에서 모습을 감춘 것은 이자성의 농민군이 서안(西安)에 이어 낙양(洛陽)과 정주(鄭州)를 잇따라 함락시켰을 무렵이었다. 잠시 버티던 개봉(開封)도 얼마 지나지 않아 농민군의 수중에 떨어졌고 개방조차도 남경에 임시 총단을 차린 마당이었다.

총단을 옮기는 것이 모든 문파들에게 가능한 일은 아니다.

거지들이야 거적 몇 장만 등에 지고 타구봉을 지팡이 대신해 유랑 삼아 떠나면 그뿐이겠지만, 건물을 이고 지고 갈 수 없었던 소림파나 화산파, 종남파 등은 농민군의 수중에 남아야 했고 그저 그들의 눈치나 보며 숨을 죽이고 있어야 했다. 그런 판국이니 어느 문파의 제자가 본산의 위기를 뒤로하고 강호사(江湖事)에 나서서 부산을 떨겠는가.

오경동이 농민군을 도우라는 지시를 받았다 함은 화산파가 그들의 압력에 못 이겨 협력을 약속했다는 것을 의미했다. 제갈옥은 지금 그런 그에게 자신을 도우라고 말하고 있었다.

"제발……."

그 말에도 오경동은 여전히 고개를 들지 못했다. 면사 안에 있을 그 애처로운 눈길을 마주할 자신이 없었다.

어쩌란 말인가. 자신은 이미 이곳 농민군의 대표 격인 접선 상대까지도 지시받고 있는 처지가 아닌가. 농민군들이 청병들에게 황도를 내주고 밀리는 추세이기는 하나 여전히 수십만의 군세를 자랑하고 있어 무림 일개 문파인 본산으로서는 그들의 강요에 어쩔 수 없었을 것이다.

'설마 사문을 배신하고 파문이라도 당하기를 원하는가.'

갈등!

제갈옥은 면사 안에서 오경동을 주시했다.

불쌍한 남자!

자신을 향하는 사내의 뜨거운 눈길을 모를 멍청한 여자는 없다. 설사 곁눈질일지라도.

처음 본 순간부터 알고 있었다. 하지만 마음속에는 그를 받아들일 자리는 없었다. 나이가 많다거나 재력이 부족하다거나 혹은 상대가 마음에 들지 않는다거나 하는 통속적인 이유가 아니라, 자신에게는 오랑캐로부터 중원을 지켜낼 막중한 의무가 있다. 그 임무를 다할 수만 있다면 스스로는 물론 세가의 모든 전력조차도, 작은 바람에도 우수수 스러지는 봄날의 벚꽃 잎처럼 떨어져 버려도 한 점 후회가 없을 터였다.

'제발… 당신만이라도 저를 도와주세요.'

제갈옥은 내심 그렇게 간절히 기도했다.

"부탁드려요! 그렇게만 해주신다면… 바라는 것을 모두 드리지요."

쿵!

오경동은 몸을 휘청했다.

모두라 함은 몸은 물론 마음까지도 주겠다는 것인가? 당연할 것이다. 명문세가의 금지옥엽이 마음에도 없는 사내에게 이런 말을 할 까닭이 없다. 자신에 대한 간접적인 사랑 표현일 것이다.

그렇게 믿었다.

갈등은 봄눈 녹듯 사라졌다.

"알겠습니다. 본산의 전서(傳書)는 받지 못한 것으로 하겠습니다."

말소리는 빠르게 나왔고 떨리기까지 했다.

사문(師門)은 멀리 있고 제갈옥은 곁에 있다. 오경동은 결국 그녀를 외면하지 못했다.

일이 이리된 이상 본산에서 온 전서구는 오늘 저녁 식사로 삼아야 했다. '연락을 받지 못했습니다. 도중에 전서구가 매한테 잡아먹힌 것이 아닐까요?' 하는 어설픈 변명을 뒷받침하려면 자신이 독수리가 되던지 매가 되던지 하는 수밖에 없다.

'제기랄!'

설마 이토록 힘든 결정을 내리는 자리가 되리라고는 생각지 못했다. 혼자 있을 때 전서구를 받았고, 그 내용을 읽자마자 허겁지겁 이리 달려온 것이 그나마 다행이었다.

"사군을 찾아주세요."

제갈옥의 면사가 흔들렸다.

녀석을 떠올리면 이상하게도 가슴이 덜컹거렸다. 마주한 순간마다 그 눈길이 자신의 옷을 홀딱 벗기고 있는 느낌이었다. 백부과로 촉발된, 타오르는 욕정으로 가득한 녀석의 불그스레한 눈은 항상 입술에서 시작했다. 뜨거운 열기로 입술을 탐하고 목선을 길게 따라 내려가 젖가슴을 교대로 희롱했다. 이윽고 그 눈길이 가슴 아래로 내려갈 즈음이면 더 이상 견디지 못하고 자리에서 일어서야 했다.

'아!'

그리웠다.

처음에는 그 눈길이 싫었다. 마치 벌레가 기어가는 듯한 징그러움을 느끼게 만드는 눈길이었다. 하지만 첫 대면을 끝내고 배를 벗어나면서 아쉬워했던 것 역시 그 눈길임을 안 지는 그리 오래되지 않았다. 다시 마주한 자리에서 능글거리는 어린놈의 면상에 뜨거운 찻물을 부어주고 싶었을 만큼 평정을 잃고 있었던 것 역시, 그런 내면의 수치스러움을 감추기 위한 과장된 행동이었을 터였다.

하지만 잊어야 했다. 대명의 명줄을 지키기 위해, 오랑캐에게 짓밟히려는 강산을 몸으로 막기 위해서는 사소한 사랑 따위는 잊어야 했다.

그런데…

장보도를 가지고 있다는 연청아가 창안포에 나타났었다는 소식을 이미 접하고도 사군에 집착하는 것은 무슨 까닭인가. 이번에는 사군의 행방이 묘연해지고 연청아가 꼬리를 드러냈기에 당연이 그녀의 뒤를 쫓아야 했다.

'결국……'

면사 속의 빨간 입술은 지금 찾는 자가 사군이라고 말해 버렸다.

'사군?'

예상치 못했던 부탁에 오경동은 흠칫했다.

하지만 적어도 제갈세가의 재녀를 자처하는 제갈옥이라면 범인들과는 다른 무엇이 있을 것이라는 생각에 더 이상 이유는 캐묻지 않았다. 혹시라도 자신이 미처 생각지 못한 부분을 드러내 망신살을 자초하기는 싫었다. 적어도 제갈옥 앞에서는.

영파상방.

정청화는 사군을 내실 정원과 뒷마당을 청소하는 일꾼으로 쓰고 있었다. 항상 곁에 두고 괴롭힌다는 속셈이었다.

퍽!

"어이쿠!"

매서운 발길질이 등짝을 후리자 휘청하던 사군은 끝내 바닥에 나뒹굴었다. 무공으로 단련된 정청화의 매운 발이나 주먹을 감당해야 하는 것은 비록 하루밖에 지나지 않았지만 그의 중요한 일과가 되었다. 그 정도는 참을 만했지만 가끔씩 준비해 둔 채찍까지 동원해 후려칠 때면 단전이 파괴되어 무공을 잃은 그로서는 정말 견디기 힘들었다. 차라리 이렇듯 발길질에 나뒹굴 때가 마음이 편했다.

고통과 모멸의 시간은 몇 날이 가도 계속 이어졌다.

정춘교도 딸의 그런 분풀이를 묵인했고, 덧붙여 그로 인해 나쁜 소문이 새 나갈까 내원에는 어릴 때부터 그녀를 키워왔던 유모와 진강에서 크게 다쳐 함께 이송되어 누워 있는 시비만 머물게 했다. 유모는 몇 년 전 높은 고열에 시달리는 괴질을 앓은 이후로 말이 어눌해졌고 귀까지 어둡다고 알려진 노파였다.

사군은 후회했다.

이런 고통을 받느니 '차라리 그때 뇌옥에서 혀를 깨물고 죽어버리거나 대항을 했어야 하는 건데' 했다.

자신이 무슨 대장부라고… 어차피 그런 놈은 아니었는데…….

한동안 후회했고 분노했다.

하지만 밤이 지나고 날이 밝고 다시 며칠이 지나자 사군은 점차 현실에 적응하기 시작했다. 어느 순간부터인가는 자신의 불행에 대한 자책이나 연청아에 대한 분노도 사그라들었고, 후회했던 사실마저도 잊혀져 갔다. 하루에도 십수 차례씩 계속되는 매질과 구타를 겪으며, 잠시나마 중원에 엄청난 소동을 일으켰던 그는 평범한 촌마을 청년 사군으로 돌아가고 있었다.

그랬다. 지금의 그는 바로 그 옛날 도하촌의 사군이다.

그리 길지도 않은 요 며칠 사이에 벌어진 일들은 그의 시간을 돌려

놓았다. 세상 사람 모두에게 시간은 앞으로 갔지만 사군에게 있어서만은 거꾸로 흘렀다. 한때 생사판관 범우를 죽이고 장강의 수적들을 물리쳤던 일은 모두 과거의 꿈속에 묻혀 버렸다. 가끔 생각이 나기도 했지만 그저 아득한 과거의 일로 느껴졌고, 그 사군은 점차 다른 사람으로 남았다.

지금의 사군은 성안에서 유씨 면포점의 일을 처음 시작했던, 사람들의 말 한마디에 놀라 퍼뜩거리는 그때 그 시절의 촌놈일 뿐이다.

'죄송해요! 저 때문에!'

언제부터인가 정청화는 감히 쳐다볼 수조차 없는 대갓집의 고귀한 아가씨로 보이기 시작했다. 자신이 겪는 모든 고통을 그동안 저질렀던 만행에 대한 당연한 대가로 알고 인내했다. 기억은 거기까지였다.

그렇게 만들어간 것은 미처 느끼지 못하는 사이 뇌호혈을 파고든 작은 은침 하나였다.

'젖값이야!'

그렇게 믿었다. 가끔씩 매질과 함께 죄과를 깨우쳐 주는 정청화가 아니더라도 이 모든 시련은 소주부 아녀자들을 겁간했던 흉악한 색마에게 주는 하늘의 형벌이라고 생각했다. 오늘도 문을 나서던 정청화는 돌연 허리를 굽혀 신발을 대령하는 사군의 등을 밟았다.

픽!

"억!"

비명과 함께 사군은 힘없이 디딤돌 위로 무너졌다. 걸핏하면 하루에 한두 끼만 먹게 되니 힘이 떨어진 것이다. 그런데 힘겹게 몸을 일으키려던 그의 눈에 정청화의 빨간 입술이 보였다. 사군의 얼굴에 미소가 번졌다.

'정말 빨개!'

갑자기 뜨거운 기운이 단전에서 들끓는 듯하더니 서서히 아래로 내려가는 것이 느껴졌다. 이어 하초가 꿈틀하더니 이내 발끈 성질을 부렸다.

'이런! 개자식!'

귀한 아가씨를 상대로 음심을 품다니! 사군은 스스로에게 욕을 퍼부어가며 몸을 일으켰다. 빨리 일어나지 않으면 계속 밟아버린다는 것을 알고 있기 때문이다.

"호호호! 맛이 어떠냐?"

그의 고통스런 표정에 마음속까지 후련해진 정청화가 큰 소리로 웃음을 터뜨리며 물었다.

'헉!'

기분 좋은 웃음을 날리던 그녀의 눈에 바지를 들어 올리며 불쑥 솟아오른 양물이 보였다. 언뜻 보기에 마치 허리춤 아래 작은 천막을 친 듯한 형상. 정청화는 입을 닫았다. 한참을 멍하니 바라보다가 문득 선실에서의 일을 떠올라 얼굴을 붉혔다. 수치심과 괘씸한 마음을 참지 못한 그녀는 사군의 뺨을 후렸다.

짝!

미치 주먹으로 치는 듯한 강한 충격과 함께 사군은 다시 땅 위로 뒹굴었다. 입 안에서 끈끈한 액체가 느껴졌지만 불만 따위는 없었다.

"흥!"

정청화는 코웃음을 날리고는 안으로 들어와 버렸다.

쿵! 쿵! 쿵!

가슴이 뛰었다. 서둘러 침실로 들어와 버린 것도 그런 속내를 들킬 것이 겁났기 때문이었다. 선실에서의 낯뜨거운 일들이 차례로 떠올랐다. 입술이 바르르 떨렸다.

'내가 지금 무슨 생각을!'

진저리쳐 가며 고개를 혼들었다.

뼈를 갈아 마셔도 시원치 않을 놈을 두고 이런 망측한 상상을 떠올리는 자신을 용서할 수 없다. 아직도 그녀의 가슴속에 한처럼 맺혀 있는 일이다. 그날 자신의 모습을 본 석자회도 무슨 일이 벌어졌는지 눈치를 챘을 것이다. 뻔질나게 오가던 그녀가 갑자기 발길을 뚝 끊은 것만 보아도 알 수 있다. 이미 일대에 정청화가 사군이라는 청년과 그렇고 그런 사이였을 거라는 은밀한 소문이 돌고 있다는 것도 듣고 있었다.

수치스런 일들을 알고 있는 목격자들을 떠올렸다.

오가는 모든 말은 물론 쾌락에 들뜬 자신의 신음성까지 들었을 부상 입은 시비는 정청화가 머무는 건물의 구석방에 놓여져 치료도 받지 못하고 누워 있었다. 하루에 한 번씩 살펴보고는 있는데, 워낙 중상을 입은 데다 치료를 해주지 않으니 상세가 악화되어 곧 죽을 것이다.

문제는 행방이 묘연해진 의녀 취련과 친구 석자회였다. 취련이야 행방을 모르니 어쩔 수 없다고 치더라도, 석자회가 걱정되는 것은 어쩔 수 없었다. 절강쌍미로 불리며 한데 어울려 다녔던 친한 친구인데다 그런 일을 당하는 장면을 직접 보지 못했으니 떠벌리고 다니지야 않겠지만, 아직까지 마음 한구석에 무거운 짐으로 남아 있었다. 이런저런 고민에 머리를 지끈거리던 그녀에게 사군의 어눌한 목소리가 들려왔다.

"손님이 찾아오셨습니다. 중원표국의 석 소저입니다."

'헉!'

정청화는 내심 화들짝 놀랐다.

그러지 않아도 석자희 때문에 근심하고 있던 차였다. 거실로 나서보니 석자희의 굳은 얼굴이 보였고, 그 뒤로 사군 녀석이 벌게진 얼굴로 양물 부위를 가리고 서서 어쩔 줄 몰라 하는 것이 눈에 띄었다. 자세히 보니 눈동자 주변도 은은한 홍색이 어려 있었다. 정청화는 그게 무슨 뜻이라는 것을 잘 알고 있었다.

'미친놈! 병이야!'

아버지에 의해 단전의 진기까지 제어된 놈이니 정상적인 상태라면 도저히 저럴 수는 없는 것이다.

"오랜만이야."

정청화는 사군에게 자꾸 향하려는 시선을 억지로 붙들어가며 석자희를 향해 어색한 표정으로 인사했다.

"몸은 괜찮아졌나 보려고."

예전이었다면 다정하게 들렸겠지만 처지가 같지 않은 지금은 그저 공허하게만 들렸다. 정청화는 유모를 찾아 차를 준비시켰다. 지금 그녀의 거처에는 그런 사소한 것조차 시중들어 줄 시비도 없었다. 사군도 서로 인사를 나누는 것을 확인하고는 밖으로 나가 버렸던 것이다.

'허전해.'

석자희는 자주 들렀던 곳이었지만 왠지 어색한 느낌이 드는 실내를 둘러보았다. 어딘가 손이 덜 간 듯한 어수선한 분위기였다. 친구 정청화가 맞닥뜨린 우연한 불행은 이곳 거처에까지 와서도 그 흔적을 남기고 있었다. 차를 내온 유모는 석자희를 향해 가볍게 고개를 숙여 인사하고는 조용히 물러갔다. 석자희도 잘 아는, 환갑은 족히 넘었겠지만 나이조차도 짐작하지 못한다는 양선고라 불리는 유모였다.

"아무에게도 말하지 않았어."

석자희는 찻잔을 잡은 정청화의 손을 쳐다보며 속삭이듯 말했다. 마치 진심으로 친구를 위해주듯 하는 말!

쿵!

하지만 정청화는 심장이 떨어지는 충격을 맞봐야 했다.

'알고 있었어!'

머리털이 곤두섰고 손이 떨렸으며 얼굴은 파랗게 질려갔다. 손을 탁자 아래로 내리고 있었던 것이 그나마 다행이었다.

억울했다.

함께 절강쌍미로 불리며 뭇 사내들을 발 아래로 굽어보며 재잘거렸던 친구는 이제 자신을 동정하고 있었다.

'충격이 컸구나.'

이마를 살짝 드리운 석자희의 머리카락 몇 올이 흔들거렸다. 아직도 아픔에서 벗어나지 못하고 있는 친구에게 공연한 소리를 한 것 같았다.

정청화는 상큼한 아미를 약간 치켜 올리며 입을 열었다. 뭐라고 대답을 해주어야 할 것 같았다.

"수적들의 습격으로 숙부님도 돌아가셨고 고생을 좀 했지만… 지금은 그런대로 많이 나아졌어."

친구에게라도 증거도 없는 일을 시인할 바보는 아니다. 정청화는 석자희가 짐작하는 그런 일은 일어나지 않았음을 강변했다.

'그래, 그렇게 믿을게.'

정청화의 부인(否認)에 석자희의 표정이 밝아졌다. 두 사람의 대화는 다시 예전으로 돌아갔다. 한 시진이 넘게 수다를 떨던 석자희는 자리를 털고 일어섰다. 영파에서 소흥까지는 길이 멀다. 애초 작정하고 나선 길이었기에 생각 같아서는 하룻밤쯤 묵어가고 싶기도 했지만, 집안 분위기를 보니 도저히 그럴 엄두가 나지 않았던 것이다.

"자주 와줘. 심심해 죽겠어."

빙그레 미소를 지으며 인사말을 하는 정청화의 뺨에 예쁜 보조개가 피어났다. 가슴속 큰 우환덩어리를 덜어낸 기분으로 마음은 날아갈 듯 가벼웠다.

"알았어. 며칠 후에 다시 들를게."

석자희도 마주 웃어주는 것으로 그 기쁨을 같이 나누었다. 큰 상처를 받았던 정청화는 예전의 쾌활하고 수다스러운 친구로 돌아와 있었다. 이번 방문이 그녀에게 자신감을 심어준 계기가 된 것 같아 큰일을 해낸 기분까지 들었다.

고개를 숙인 사군은 정청화와 석자희의 빨간 입술들을 번갈아 흘깃거렸다.

그는 건물 뒤편에 숨어서 내원을 떠나는 석자희와 인사를 위해 나서는 장청화가 어깨를 나란히 하고 대문을 나서는 것을 지켜보고 있었다. 마땅히 앞장서서 문을 열어주어야 했지만 치밀어 오르는 양기를 주체할 수 없었기에 모습을 드러내지도 못하고 숨어 있었던 것이다.

묘하게도 정청화 곁에만 가면 양물이 꿈틀거렸다. 예전에 아가씨와 뜨거운 시간을 보냈다는 사실은 도저히 믿어지지도 않았다. 지금 두 여인의 모습은 그 옛날 한 쌍의 백마를 타고 석가장 후문으로 들어서던 두 미인의 모습을 떠올리게 하는 당당한 걸음이었다.

"으윽!"

갑자기 머리가 지끈거렸다. 옛일만 떠올릴라 치면 쇠망치에 맞아 웅

웅거리듯 머리가 아파왔다. 잠시 고통스런 시간이 있었고 지끈거림 덕분에 흥분한 양물을 쉽게 진정시킬 수 있었다.

"이리 와!"

석자희를 보내고 다시 돌아온 정청화는 사군을 불렀다. 꾀죄죄한 모습으로 다가오는 그의 모습은 그저 우스꽝스럽기만 했다. 석자희와 보낸 시간들은 그녀로 하여금 자존심을 되찾을 수 있도록 해주었다.

"내실을 깨끗이 청소하도록 해라! 먼지가 한 점이라도 나오면 그때는 그냥 두지 않겠어."

"예."

사군의 대답은 주인을 모시는 종복의 그 목소리와 조금도 다르지 않았다. 흡족해진 정청화는 그날부터 침실을 제외한 내실 청소도 사군에게 맡겼다.

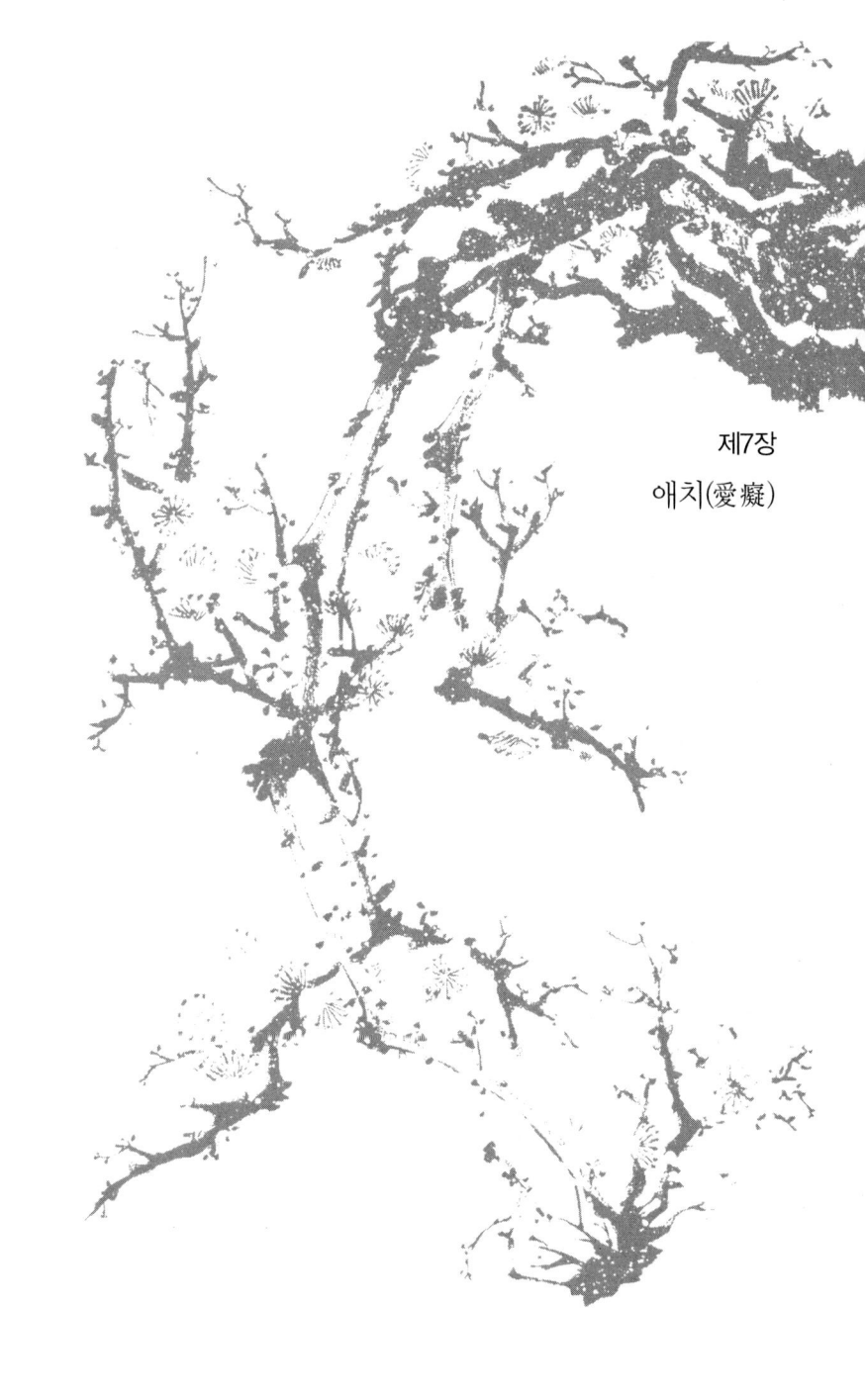

제7장

애치(愛癡)

"**드**룽! 드룽!"

사군은 층계 위의 디딤돌 옆에 비스듬히 쭈그리고 앉아 잠에 취해 있었다. 아침나절에 힘들게 땔감을 나르고 물을 긷고 청소를 하는 등, 어제저녁에 이어 아침 식사까지 거른 상태라 피곤에 못 이겨 잠시 쉰다는 것이 잠에 빠진 것이다.

"아니, 이놈이!"

문을 열고 나서던 정청화는 자고 있는 사군을 발견하고는 쌍심지를 돋우었다. 욱하는 심정에 그대로 밟아버리려고 쳐들었던 발이 허공에서 멎었다. 사군의 양물이 기세 좋게 바지를 치켜올리고 세워진 것을 보았기 때문이다.

도무지 이해할 수 없는 놈.

정청화가 사군을 보는 눈이었다. 아무리 밥을 굶겨도, 죽어라 두드려 패도 놈의 양물은 식을 줄 모르고 수시로 솟아 눈을 어지럽혔다. 아무 소리 않고 한 대 더 패주고 돌아섰지만, 그녀라고 충격이 없는 것은 아니었다. 그 꼴을 보고 난 후면 이상스레 마음이 설레고 묘한 기분이 들어 한동안 다른 생각을 하지 못했다.

그런데 오늘은 나서자마자 양물이 눈에 띈 것이다. 다른 점이 있다면 놈이 졸고 있는 중에 목격했다는 정도였다. 정청화는 사군의 양물을 뚫어지게 바라보았다.

"드르릉! 드르릉!"

코 고는 소리는 정청화로 하여금 편안히 그것을 관찰할 수 있게 했다. 그 물건은 가끔씩 꿈틀거리는 움직임마저 보이고 있었다.

어쩌면 녀석은 꿈을 꾸고 있는지도 몰랐다. 자신과 선실에서 함께했던 시간을 떠올리며⋯⋯. 다른 날이라면 실컷 두드려 팼겠지만 오늘만큼은 그러고 싶지 않았다.

'꿀꺽!'

목구멍으로 마른침이 넘어갔다.

계속 지켜보던 정청화의 이마에는 땀방울이 맺혔다. 문득 가슴이 답답했다. 알지 못할 흥분에 손을 움찔거리던 그녀는 몸을 홱 돌려 다시 안으로 들어가 버렸다. 지나간 자리에는 여체의 향기를 담은 뜨거운 숨결만이 남았다.

사군은 정청화의 예상대로 꿈을 꾸고 있었다.

다른 점이라면 그 상대가 예향이라는 것으로, 그는 지금 잠화고낭무를 추던 예향의 관능적인 몸매를 탐하고 있었다.

손이 가녀린 목을 거쳐 가슴으로 내려가자 몸이 달아올랐다. 숨이 막힐 듯한 희열이 전신을 엄습했다.

'아!'

참지 못한 그가 막 몸을 실으려는 순간 꿈결에 누군가 자신을 부르는 목소리가 들렸다. 머리 속 깊숙이 각인된 그 목소리는 사군으로 하여금 공포심을 떠올리게 해 잠에서 즉시 깨어나게 만들었다.

"사군!"

"예, 옛!"

갑자기 잠에서 깨어난 사군은 벌떡 일어나려다가 비틀거리기까지 했다. 하루에도 수십 번씩 괴롭히는 정청화였다.

"안으로 들어와."

정청화는 사군에게 하얀 면포로 만든 백의를 집어 던지며 감정이 들어가 있지 않은 목소리로 말했다.

"네놈의 꼬락서니 때문에 오가는 사람들이 눈살을 찌푸려서야 되겠느냐? 깨끗이 몸을 닦고 이 옷으로 갈아입도록 해라. 잘 씻었는지 필히 보고를 하도록 하고."

정청화는 어느새 일상적인 관계의 여느 상전으로 돌아가 있었다. 석자희가 다녀간 후로 스스로도 놀랍게 느끼는 변화였다.

"예?"

어리둥절해진 사군이 놀라 되물었다. 실수였다.

짝!

눈앞에서 무수한 별들이 반짝거렸다. 다른 날보다 덜 아프게 맞은 것이 그나마 다행이라는 생각을 하며 황급히 정청화의 면전에서 물러났다.

정청화는 그런 사군의 뒷모습을 말없이 지켜보았다.

뭔가 기대하는 마음인데 아직 그게 무언지 확실히 알 수 없었다. 어쩌면 그걸 알면서도 알고 있다는 사실조차 무시하려 하고 있는지도 몰랐다. 내려진 손끝이 침상 이불보를 끝자락을 만지작거리고 있었다.

사군은 목욕통에 머리를 기댔다.

따뜻한 목욕통 속이 이렇듯 푸근한 곳임을 예전에는 미처 몰랐었다. 때를 불리기 위해 나무로 만든 통 안에 들어가 있으니 눈이 절로 감겨왔다. 좁은 통속일망정 편안하게 몸을 기댄 사군의 얼굴에 미소가 감돌았다. 자신을 대하는 정청화의 태도가 한결 나아졌음을 느꼈기 때문이다.

'내가 잘 모셔야지.'

그동안 정청화가 화를 내며 몹시 군 것에 대한 책임은 아랫사람인 자신의 잘못임을 통감했다. 개다가 시도 때도 없이 불쑥거리며 솟아오르는 양물은 그로 하여금 고개를 들지 못하게 만들었다. 수시로 꾸벅거리며 졸고 스스로가 생각해도 윗사람을 모시는 올바른 태도가 아니었다. 불현듯 유씨 면포점에서의 자신을 떠올렸다. 그때는 부르기도 전에 미리 알고 달려갔었다.

"억!"

돌연 머리가 지끈거리며 정신이 흐려졌다.

오래된 과거 일을 회상하노라면 무서운 경고처럼 일어나는 반응이었다. 뇌호혈에 박힌 은침 때문이라는 것을 알 턱이 없는 그는 고개를 휘휘 저어가며 애써 기억을 지우려고 했다. 그가 알아낸 지끈거림이 사라지게 하는 유일한 방법이었다.

"아차!"

목욕을 너무 오래 하면 화를 내실 게 분명했다. 사군은 황급히 목욕통에서 나와 후닥닥거리며 몸을 씻었다.

"분부대로 씻었습니다."

정청화는 무표정한 얼굴로 목욕을 하고 나타난 사군을 살폈다.

"훨씬 낫군."

짧은 한마디였지만 그녀의 복잡한 심경을 대변하는 말이기도 했다.

새 옷으로 갈아입은 말쑥한 차림의 녀석은 어느새 준수한 청년의 모습으로 바뀌어 있었다. 헌칠한 키로 인해 그녀의 머리는 사군의 널찍한 가슴을 조금 넘어선 정도였다.

'으음!'

물씬한 사내 냄새가 정청화의 코끝을 스치자, 마땅한 자리를 찾지 못한 두 눈이 방 안을 휘젓고 돌았다. 지극히 짧은 순간이었다.

"물러가라."

목소리가 비틀거렸다.

그날 밤 정청화는 꿈을 꾸었다. 사내는 그녀의 상의를 활짝 열어젖히고 젖가리개를 끌렀다. 뽀오얀 수밀도를 보며 침을 질질 흘리는 징그러운 얼굴이 보였다.

'앗!'

사군이었다. 화들짝 놀라기는 했지만 어느새 두 손은 사내를 끌어당겨 가슴 위에 싣고 있었다.

"으흥!"

몸을 꽉 채워 버릴 듯한 흥분에 옅은 콧소리가 흘러나왔다. 참지 못한 그녀는 사내의 넓은 가슴에 와락 얼굴을 파묻어 버렸다. 그저 아득한 구름 속을 걸어다니는 기분. 정청화는 그 안에 갇혀 파들거리며 몸을 떨이야 했다.

끝없이 이어질 것 같았던 흥분의 시간은 어느 순간 진한 미련을 남기고 슬며시 사라져 갔다. 아련한 아쉬움 속에서도 문득 이것이 꿈이라는 생각이 들었다. 무슨 일이 일어났는지 곰곰이 생각해 보려고 애쓰던 정청화는 기어코 잠에서 깨어나 버렸다. 꿈결인데도 불구하고 아직도 몸에서는 열기가 느껴졌다.

'어멋!'

정청화는 속으로 비명을 질렀다.

부끄럽게도 속옷이 축축이 젖어 있었다. 여름의 더위를 식히기 위해 비스듬히 열어둔 창문으로 희미한 아침이 찾아들었다. 돌연 바깥쪽에서 어떤 소리가 들렸다.

싹! 싹! 싹!

사군 녀석이 비질을 하는 모양이다.

사내를 내원(內院)에 둘 수 없기에 사군은 날이 어두워지면 밖으로 나갔다가 아침이 되면 다시 들어와 하루를 함께했다. 다른 날보다 유난히도 일찍 바지런을 떠는 것을 보니 어제 욕실에서의 목욕을 허락하고 새 옷을 준 보답이라도 하려는 모양이다.

'으음.'

꿈속에서의 야릇한 기억을 떠올린 그녀는 자신도 모르게 젖가슴 속으로 손을 집어넣었다. 스스로가 생각하기에도 탄력있는 육봉이 만져졌고 봉긋 솟은 젖꼭지가 손에 잡혔다. 사내의 손길이 그리웠다. 꿈속의 그 쾌감은 아직도 몸 곳곳에 잔상처럼 남아 있었다.

비스듬히 창문 열린 틈으로 다가가 밖을 내다보니 열심히 비질을 하는 사군의 모습이 보였다. 이리저리 움직이는 엉덩이를 보는 순간 묘한 기분이 들었다. 그런데… 녀석은 가끔씩 바지춤으로 손을 넣어 무언가를 주물럭거리고 있었다.

'양물(陽物)이야!'

그걸 아는 순간 숨이 턱 막혀왔다.

"사군! 이리 와봐."

어디서 그런 용기가 났는지 몰랐다. 정청화는 자신도 모르게 창문을 밀어젖히며 그를 불렀다.

"옛?"

사군은 화들짝 놀라 돌아섰다. 발끈 성질을 내 바지를 들어 올린 양물이 정청화의 시선을 붙들었다.

"안으로 들어와서 이걸 좀 치워!"

짐짓 뭔가를 치워야 한다는 듯이 말했다.

사군은 빗자루를 정원수 옆에 세워두고는 나는 듯이 안으로 달려갔다. 늦으면 발길질에 주먹질이라는 것을 아는 까닭이다.

"어느 것을……?"

언뜻 치워야 할 물건을 찾지 못한 사군이 침상 위에 엎드린 정청화의 눈치를 보며 물었다.

빨간 입술! 진한 여인의 육향(肉香)!

눈빛이 흔들렸다.

"호호호. 잠을 잘못 잤나보구나. 이리 와서 어깨를 좀 주무르도록 해라."

정청화는 애써 태연을 가장해 말했다. 말을 하며 반쯤 감은 눈과 앞으로 죽 내민 턱 역시 교만스러움을 덧씌운 자세였다. 이미 내심의 작정이 있었다.

'흥! 하긴… 성안 마나님들이나 아가씨들 중에서 종놈들과 붙어먹은 것들이 어디 한둘이야! 더구나 저 녀석이라면… 아마 상무문의 주공이라고 했었지?'

참을 수 없는 욕념은 그녀를 그렇게 합리화시켰다. 쭈뼛대며 걸어오는 사군의 겁먹은 발걸음은 정청화의 몸을 더욱 달구었다. 가까이 올수록 양물이 벌떡 올라와 있는 것이 확연하게 보였기 때문이다.

"꿀걱!"

사군은 침을 삼켰다.

침상 앞에 선 그는 손을 들어 정청화의 눈치를 살폈다. 어디를 주물러야 하는가를 묻는 것이다. 자신의 양물을 보는 그녀의 야릇한 눈길을 느끼기는 했지만 그대로 욕정을 발산시키기에는 종놈 근성이 너무 몸에 배어버린 그였다.

"시작해."

정청화는 짤막한 한마디를 던지고는 누워서 질끈 눈을 감아버렸다. 처녀의 몸으로 사내의 안마를 받는다는 사실을 감당하기란 쉽지 않았다.

사군은 손을 벌벌 떨었다.

엎드린 것도 아니고 누운 자세의 여인이니 대체 어디부터 시작해야 할지 그저 조심스럽기만 했다. 얼굴은 아니고, 목도 아닐 테고, 가슴이나 허리는 더 더욱 아닐 것이고… 마침내 사군은 작은 발을 살살 주무르기 시작했다. 그곳 말고는 달리 적당한 부위가 없었던 것이다. 도톰한 발등과 올망졸망한 발가락들까지 정성껏 매만졌다.

"조금 위로."

눈을 감고 있던 정청화가 꿈결 같은 목소리로 말했다.

'으음!'

사군의 손이 천천히 위로 올라갔다.

야들야들한 종아리 살이 한 손에 들어왔다. 사군은 눈을 감았다. 여명에 비친 백옥 같은 살결이 가슴을 벌렁 뒤집어 버려 무슨 짓을 저지를지도 모른다는 생각이 들게 만들었다. 하초는 맹렬히 불끈거리며 주인을 탓했다.

어느 순간부터인가 눈을 감은 정청화의 속눈썹이 바르르 떨렸다. 빨간 입술마저도 가늘게 들썩거렸다.

'아……!'

터져 나올 것만 같은 신음성을 막아보려고 입술을 살짝 깨물었다. 사내를 아는 여인으로서 허벅지에서 전신으로 퍼져 나가는 엄청난 쾌감의 충격파를 감당하기란 쉽지 않았다.

"조금 더!"

반쯤 혼이 달아난 듯한 들뜬 말소리! 떨리기조차 했다. 배 위에 올라가 있던 정청화의 손은 어느덧 바닥으로 내려져 비단 이불 자락을 슬며시 움켜쥐고 있었다. 한순간 그 손에 와락 힘이 들어갔다. 더 이상 견디기 어려웠다.

"후우! 후우!"

사정은 사군이 더했다. 하초는 정신없이 껄떡거렸다. 숨소리를 죽이려고 한껏 노력해 가며 이를 질끈 물고 있는 상태였다. 어느덧 손은 넓적다리를 주무르고 있었다. 지금이라도 손을 불쑥 안으로 집어넣어 검은 수초를 더듬어 그 안에 숨겨진 꽃잎을 찾아 보듬고 싶은 열망에 부들부들 몸을 떨었고, 땀까지 삐질거렸다. 양물은 폭발 직전이라 해도 과언이 아니었다.

"조금 더!"

바르르 입술을 떨던 정청화의 입에서 마침내 비음에 섞인 마지막 한마디가 흘러나왔다.

'아!'

사군은 그녀의 의도를 확신했다. 망설이던 그였지만 더 이상 인내하는 것은 너무나 힘든 일이었다.

'그래, 괜찮은 거야! 아가씨께서는 사내가 그리운 게야.'

눈을 희번덕였다. 일단 결심이 서자 사군의 손은 거침없이 고의 속으로 스며들었다. 까칠한 감촉과 함께 이슬에 함빡 젖어버린 꽃잎이 느껴졌다. 따스했다.

열기였다.

꽃잎은 스스로를 태워가며 애타게 사내의 손길을 기다리고 있었다. 정청화의 다리가 활짝 벌어졌다.

"아흑!"

깊고 진한 신음성과 함께 정청화는 기다렸다는 듯이 사군을 끌어당겨 침상으로 올린 다음 넓은 가슴속으로 파고들었다. 어느덧 사군의 달아오른 손길이 수밀도를 감쌌다.

하늘이 열렸다.

콰르르 둑을 무너뜨린 거센 물살이 침상을 뒤덮고 천지를 휩쓸었다.

'이렇게 사는 게야.'

사군의 품속에 머리를 파묻은 정청화는 젊은 육체가 주는 진한 감동을 한껏 즐겼다. 대가댁 규수들의 은밀하고 추잡한 소문 역시 이런 즐거움을 참지 못한 여인들의 처절한 몸부림이라는 것을 이제는 알았다. 예전에는 그네들을 손가락질했지만 지금은 더 이상 아니다.

길지도 않은 인생.

눌리고 얽매이며 살 필요는 없는 것이다. 좋지 않은 소문이 돌았던 처녀들도 지금은 명문가 자식들과 짝을 이뤄 잘살고 있지 않은가. 힘들게 현재의 아쉬움을 참아가며 내일까지 걱정할 필요는 없다. 어차피 혼사(婚事)란 가문의 이해관계가 우선하는 현실이다.

왜 나는 안 되는가!

왜 불타는 열망을 가슴속에 태우고만 살아야 하는가!

정청화는 오늘 그 답을 찾았다.

사군의 몸에 있었다.

사내의 거친 양물이 꽃잎 사이를 헤집고 동굴 안으로 파고들었다. 어느새 함빡 젖은 비지(秘地)는 안으로 들어오는 사내를 감싸 뜨겁게 달구어 버렸다. 사군의 몸이 바람을 타고 파도를 탔다. 침상 위에서 얽혀 버린 한 쌍의 꽃뱀은 망망한 대해를 향한 항해를 시작했다. 때로는 폭풍우처럼 몸을 흠씬 적셔 버리는 거친 열락의 파도와 때로는 한없이 부드러운 바람을 맞아 방향도 없이 나아가는 청춘의 배!

"아학… 아학……."

젊은 육체는 끝없이 퍼져 가는 아득한 쾌락의 물결에 중심을 잃고 둥실거렸다. 마침내 절정의 한순간 눈이 초점을 잃었다.

"아흑!"

정청화는 아스라히 멀어져 가는 오색 무지개를 보았다.

오색의 아름다운 꽃잎으로 가득 덮인 무지개.

마침내 한껏 달구어진 여체는 바르르 경련을 일으켰다.

열정이 휩쓸고 간 침상 위는 진한 밤꽃 냄새가 잔재처럼 남아 코끝을 스쳐 갔다.

가슴이 후련했다.

'좋아!'

몸속에 쌓이기만 했던 찌끼들을 한꺼번에 모두 내보낸 듯한 시원함이 있었다. 늘 뭔가가 부족한 듯 찌뿌듯했던 몸이었다. 정청화는 사군의 넓은 가슴에 손을 걸치고 편안하게 찾아오는 잠을 맞이했다.

밤이 깊었다.

스르르.

유모였다.

조용히 정청화의 침실로 들어온 그녀는 가볍게 지풍을 날려 두 사람의 수혈을 짚었다. 정청화와 사군 모두 벌거벗은 채 잠들어 있었다. 유모는 정청화의 비처 속으로 손에 집어넣었다.

단정막(斷精膜).

사내의 양정이 몸 안 깊숙이 태아궁(胎兒宮)까지 들어오지 못하게 하는 막(膜)이다. 왜국에서 들여왔다는 것으로, 아이를 낳아서는 안 되는 청루의 기녀들이 주로 사용한다. 효과가 검증된 것은 아니었지만 이것 외에는 달리 방법이 없다.

'불쌍한 녀석……'

유모는 정청화의 달아오른 뺨을 쓰다듬어 주었다.

자신도 한때 사내에게 빠졌던 적이 있었다. 아버지는 사위에게 모든 것을 물려주는 것으로 딸에 대한 사랑을 보여주셨다. 하지만 사내란 책임은 물론 염치도 모르는 족속들이었다. 귓불이 타 들어갈듯 뜨거운 사랑을 속삭였던 그 밤도, 살포시 안아주며 세상 어떤 것과도 바꿀 수 없다던 밀어(蜜語)도 모두 환상이었다.

그런 집이 싫어 여행을 떠났고, 여행을 하고 돌아오던 자신을 암습했던 복면들의 정체를 알 수 있었던 것은 정말 운이 좋았다. 그나마 칠십이 넘은 자신이 지금까지 살아 있는 이유였다.

당시의 상처는 정말 깊었다. 명의를 만나 치료하고 싶었지만, 한때는 남편이었던 그자가 겁이 나 세상 밖으로 나오지 못했다. 놈이 얼마나 잔혹한 사내라는 것을 잘 알고 있었기에 때문이다. 그러다가 만난 사람이 정춘교였다.

세월은 그녀로 하여금 정춘교를 잘 알게 했다.

예전의 남편과 같은 냉혹함을 지닌 사내. 그럼에도 그를 떠나지 않고 있었던 것은 그 냉혹함에서도 가족만큼은 헌신적으로 돌보는 사랑을 보았기 때문이다. 그게 좋았다. 그래서 그의 딸인 정청화의 똥오줌을 받아내며 키워오며 안채의 뒷방에서 남은 세월을 죽여갔다. 어차피 진작 죽었으면 남아 있지도 않았을 세월이었다.

'마음껏 하거라. 여자라고 하고 싶은 일을 못하는 지금의 세상은 어차피 그리 좋은 곳이 아니란다.'

편안히 잠에 빠져 있는 정청화를 바라보며 내심의 말을 전했다.

자신의 분신이나 다름없기에 결국 지금까지 유모와 아가씨로 남았었다. 아가씨가 하는 일을 말릴 수는 없지만, 그렇다고 아이를 가지게 되거나 하는 불상사가 나도록 버려둘 수는 없는 일이다. 유모는 잠에 취해 있는 사군을 노려보았다.

'이 아이의 눈에 눈물나게 하면 넌 내 손에 죽는다!'

밤은 짧았다.

아직 아침나절이건만 여름 햇살은 방 안 곳곳을 환히 밝혔고 남아 있는 사소한 여백마저도 희미한 그림자로 가득 채워 버렸다.

"일어나거라!"

아직 몸에 열기가 완전히 식지는 않았건만 정청화는 짐짓 싸늘한 어조로 말했다.

아무리 이런 일을 벌였다고는 하나 누가 위고 아래인지 확실히 해두는 것은 물론 음행(淫行)에도 절제가 필요하다는 것 역시 알기 때문이다.

움찔 놀란 사군은 화닥닥 몸을 일으켰다.

"이 일을 입에 올렸다가는 혀를 뽑아버릴 것이야. 하지만 조용히 있으면… 가끔씩 불러주마."

짐짓 표독스런 얼굴의 정청화는 채찍과 당근을 동시에 내놓았다. 아직 벌거벗고 침상에 누워 이불을 덮은 채였다.

사실 그럴 필요도 없었다.

사군은 이런 일은 절대 소문이 나서는 안 된다는 것을 잘 알고 있었다. 이 모든 것이 시도 때도 가리지 못하는 자신의 양물 탓이라는 것을 절감하고 있었기에 감히 그녀에게 누(累)가 되는 일을 한다는 것은 상상조차 하지 못했다.

"죽을죄를 지었는데 어찌 감히 입을 놀리겠습니까."

사군은 미처 옷을 다 걸치기도 전에 몸을 숙여가며 대답부터 했다. 황송한 말투. 누가 들어도 진심임을 알 수 있는 어조였다.

그제야 정청화는 얼굴을 환히 폈다.

빨간 입술이 찬찬히 옮겨가 살포시 사내의 입술을 덮었다.

'그럼 돼! 이제부터 너와 난 이렇게 살 수 있어!'

사군은 정청화의 입술이 멀어질 때까지 눈을 감고 있었다.

"수고했다."

마치 어려운 임무를 달성한 수하에게 치하하듯 하는 투. 지금 사군은 그저 만족을 위한 도구일 뿐이었다. 그 말을 증명이라도 하듯 사군은 연신 굽실거리며 침실에서 물러났다.

"아……!"

몸은 날아갈 듯 가벼웠다.

활짝 이불을 걷어붙인 정청화는 밝아오는 아침 햇살에 한껏 나신을 드러내고는 부드러운 손길로 젖가슴을 쓰다듬으며 간밤의 여운을 즐겼다.

'아무도 모르면 돼!'

그렇게 살기로 했다.

영파상방 한구석에 파묻혀 달아오른 여체를 달래주는 수캐가 되어 살아도 흐르는 세월을 피할 수는 없다.

어느덧 사군이 상방에 잡혀온 지도 한 달이 넘었다.

늦은 밤이면 하루 걸러 불러대는 정청화였기에 두 사람의 은밀한 사랑은 갓 혼인한 신혼부부처럼 자연스럽기까지 했다.

'으음!'

정춘교는 귀를 막아야 했다.

오늘도 딸아이의 신음성이 귀에 천둥 소리처럼 크게 들려왔기 때문이다. 저 소리 때문에 딸의 거처가 있는 건물의 담장 십여 장 내에는 호위 무사도 뒤로 물려둔 처지였다.

정춘교는 수심이 가득한 얼굴로 하늘을 응시했다.

'어찌해야 하나.'

그라고 딸의 방종을 모르지는 않았다. 선실에서 모진 일을 겪은 딸이 걱정되어 수시로 가까이 와서 몰래 살피는 것이 일과가 되어버린 터였다.

이십 과부는 수절해도 삼십 과부는 수절하지 못한다고 하던가. 아마도 놈은 선실에서 밤낮으로 어린 딸아이를 괴롭혔을 것이다. 그렇지 않고서야 티끌 한 점 없이 청순했던 딸이 저리도 방종한 행동을 할 턱이 없다.

'뿌드득! 죽일 놈!'

내심 이를 벅벅 갈았지만 사군을 당장 어떻게 할 생각은 감히 하지 못했다. 놈을 없애 버리는 것은 손가락을 접는 일보다 쉬웠지만, 딸아이가 보일 반응이 두려웠다. 이미 한 번 상처를 받은 여려질 대로 여려진 아이다. 그런 행동이 가져올 결과가 자칫 돌이킬 수 없는 방향으로 나타날까 그것이 겁났다. 딸아이는 자신으로 하여금 끊임없이 힘을 내가며 살아갈 수 있게 만드는 힘의 원동력인 것이다.

그리고……

놈은 자신의 야망을 이루어줄 수 있는 도구가 되어야 했다. 딸을 조금이라도 희생시키는 일이라면 단호히 그만두겠지만 단순히 즐기는 것이라면야…….

'불쌍한 녀석!'

내원에서 물러났지만 머리 속에는 온갖 생각들이 들끓었다.

사내는 삼처사첩(三妻四妾)을 거느려도 흉이 되지 않고 여자는 본의 아니게 몸을 버려도 상한 과일 취급을 받는 세상은 분명 잘못된 것이다.

하긴 말만 그렇지, 실상으로는 여자들도 다를 바는 없다.

명문가의 여주인들 중 절에 불공을 드리러 가서 육보시(肉布施)를 하고 오는 여자가 있다는 사실이나, 젊고 잘생긴 종놈하고 몰래 간음을 일삼는 안방 부녀자들도 한둘이 아니라는 것은 알려진 비밀이 아닌가. 오죽했으면 '잘생긴 종놈을 집 안에 두지 말고, 스님을 집 안으로 불러들이지 않아야 예법을 아는 집안'이라는 시구(詩句)까지 쓴 놈이 있겠는가.

내 딸이라고 해서 안 될 이유는 없다.

상처받은 아이!

그래, 그렇게라도 해야 마음이 풀린다면 마음껏 즐겨라. 그런 일을 당하고 죽지 않고 버텨주는 것만도 이 아비에게는 고맙고 다행스러울 뿐이다. 비밀은 철저히 지켜져야 하겠지만, 자칫 소문이 나더라도 두렵지 않다. 자신의 더러움은 손바닥으로 해를 가리듯 숨기고 남에 대해서는 가혹하게 떠드는 연놈들의 얘기는 귀담아듣지도 않겠다.

하늘이 두 쪽이 나더라도 아비는 널 지킨다!

"휴우……."

멀찍이 물러난 정춘교는 긴 한숨을 내쉬었다.

놈을 희롱하는 딸아이의 심정이 이해될 것 같기도 했다. 본채로 향하는 그의 발걸음에는 힘이 없어 보였다. 내실로 들어간 그를 백월(白月)이 찾았다.

"놈에게 마비산(痲痹散)이 들어가게 했습니다."

칠십이 넘는 노구(老軀)이지만 아직 오십 대의 정정함을 자랑하는 백월은 누구보다도 정춘교를 잘 이해하는 친구이자 수하였다.

"허허허, 이제 석경령 국주의 시대도 막을 내려야겠군. 석호인이라… 핫핫핫핫!"

수백 년 전통을 지켜 온 중원표국도 이것으로 끝이다.

며칠 내로 석경령은 중풍을 맞아 표국의 업무를 볼 수 없을 것이다. 당연히 아들 석호인이 전면에 나설 것이고 일단 표국을 장악하고 나면 자신을 찾아올 것이다.

꽃을 찾는 나비처럼.

미끼를 문 물고기가 어떻게 되는지는 고기를 낚아보지 않은 사람이라도 알 수 있다.

정춘교는 말을 마치기 무섭게 짐짓 고개를 돌려 창밖을 내다보았다. 정원의 노송 가지에서 백로 한 쌍이 서로 주둥이를 비벼대고 있고, 그 옆에 새끼 한 마리가 딴청을 피우고 있었다. 딸이 녀석을 노리개로 쓰는 것은 참을 수 있다 해도 저런 꼴이 되도록까지 지켜볼 수는 없는 것이다.

순간 정춘교의 눈에서 살광이 번뜩였다.

팟!

나무 위를 향해 한줄기 지풍이 일었고 다음 순간 새끼 백로는 그 자리에서 쓰러져 가지 위에 걸렸다. 깜짝 놀란 백로들은 황급히 날개를 퍼덕거리며 허공으로 솟구쳤다.

끼륵! 끼륵!

정춘교는 날개를 퍼덕이며 새끼의 죽음을 슬퍼 우짖는 백로를 노려보았다. 싫증이 날 때쯤이면 저렇게 처리해 주면 그뿐이다. 그게 노리개의 숙명이다. 쥐도 새도 모르게. 하지만 그 이전에 놈에게 시킬 일이 있다.

중원제일 표국의 주인 석경령의 갑작스런 와병(臥病) 소식은 의외로 세인들의 주목을 받지 못했다. 원래부터 격무에 시달리고 있다는 소문이 있었고, 무엇보다도 아들 석호인이 재빨리 표국 내부를 장악하고 나섰기에 업무에는 하등 변화가 없었기 때문이다.

정춘교의 예상대로 석호인이 여동생 석자희를 대동하고 영파상방을 찾은 것은 아비가 병석에 드러누운 지 보름이 지난 무렵이었다. 동생까지 데리고 온 것은 정청화와 자연스런 분위기를 연출해 보려는 작은 노력이라 할 수 있었다.

"소문은 들었네. 훌륭하이. 자네가 그토록 쉽사리 표국을 안정시킬 것이라고는 생각도 하지 못했네. 대단한 능력이야."

"과찬의 말씀입니다. 그저 성심껏 처리했을 뿐입니다."

처음으로 들어보는 과분한 칭찬에 크게 입이 찢어진 석호인은 한 번도 해보지 않았던 인사말까지 동원했다.

'흠. 역시 이놈이 제격이야.'

정춘교는 내심 회심의 미소를 지었다.

여자가 집안을 휘두르려면 멍청한 사내가 있어야 한다는 전제 조건이 필수적이다. 그렇지 않으면 부부 싸움에 집안이 풍비박산나기 마련인 것이다. 그 점이 바로 석호인을 사윗감으로 점찍은 이유이기도 했다. 중원표국이라는 엄청난 예물까지 있지 않은가. 계집을 무척 밝힌다는 소문이 있기는 하지만 그건 오히려 석호인의 목을 조일 수 있는 약점으로 써먹을 수도 있었다. 두 사람의 대화는 일사천리로 진행되었다.

석자희가 양가에서 혼담이 진행 중이라는 사실을 안 것은 이곳에 도착해서였다. 정춘교와 석호인의 화기애애한 분위기와 달리 그녀의 심사는 불편하기 그지없었다. 아무리 바람둥이 오라버니지만 사군이라는 사내에게 며칠 동안 겁간당했던 여자를 혼인 상대로 인정할 수는 없었던 것이다.

'낯 두꺼운……!'

아무리 친구지만 뻔히 알고 있는 사실인데 참고 있을 수는 없었다.

"너무하는 것 아냐?"

"무슨 얘기지?"

정청화는 가슴이 덜컥 내려앉았다. 그러지 않아도 찔리는 구석이 있던 정청화는 자신도 모르게 말을 떨었다.

"흥! 뻔히 알면서! 다른 사람이라면 아무 말도 하지 않겠지만 상대가 내 오라버니라면 나도 가만있지는 않을 테야!"

사실 석자희로서도 화가 날 만한 것이 그녀 스스로는 친구에 대한 예의는 최대한 지켰다고 생각하고 있었다. 선실에서 가슴이 훤히 드러나 보일 정도의 겉옷만 걸친 채 넋을 잃고 앉아 있던 모습… 그 일을 누구에게도 발설한 적이 없었는데… 하필이면 오라버니란 말인가. 더럽혀진 그 몸으로.

그 말에 파랗게 질린 정청화는 손을 바들바들 떨었다.

친구는 협박을 하고 있는 것이다. 이번 혼담을 거론했을 때 석자희의 반응이 걱정되기는 했지만, 지난번 나눈 얘기도 있고 그래도 가장 절친한 친구라 믿었는데… 피는 물보다 진하다는 말이 실감났다. 눈시울이 뜨거워지는 것이 서러운 마음에 눈물을 쏟을 것만 같았다. 그저 수치스럽기만 한지라 대꾸할 말조차 생각나지 않았다.

"지금이라도 마음을 돌린다면 그 일에 대해서는 계속 입을 닫겠어! 우린 여전히 친구로 남을 것이고!"

이제는 석자희의 계속되는 협박조차도 그저 귓전을 윙윙거리며 맴돌 뿐이었다.

"흑……"

마침내 수치심을 참지 못한 정청화는 자리를 박차고 밖으로 뛰어나갔다.

'못된 계집!'

사군은 밖에까지 들리는 석자희의 고성으로 내실에서 오가는 대화의 내용을 모두 알 수 있었다. 예전에 자신이 벌였던 기억이 어슴푸레 되살아났다. 그저 아가씨께 죄송했다. 문득 정청화를 못살게 구는 상대에 대해 와락 분노가 치밀었다. 손에 빗자루를 든 그는 건물 기둥에 몸을 기댔다. 저만치 얼굴을 감싸 쥐고 달려나가는 정청화의 모습이 눈에 들어왔다. 문득 분노가 치민 그는 건물 안쪽을 노려보았다.

때마침 석자희도 치밀어 오르는 화를 삭이지 못해 연못가에서 바람이라도 쐬려고 나오는 길이었다. 그녀는 내원의 하인배가 바로 혈선(血船)이라고까지 불렸던 영파상방의 운송선에서 만행을 저질렀던 사군이라는 것은 꿈에도 생각지 못했다.

막상 석자희와 눈이 마주친 사군은 얼른 고개를 숙였다.

"흥!"

석자희는 고개를 꼿꼿이 세우고 빠른 걸음으로 연못가를 향했다.

슬쩍 고개를 든 사군은 빨간 입술과 앞세운 어깨로 탱탱하게 굴곡진 젖가슴, 가는 허리, 그리고 씰룩이는 엉덩이에서 눈을 떼지 못했다. 또다시 하초가 불끈거렸다.

'건방진!'

석자희 또한 자신을 훔쳐보는 사군의 눈길을 의식했지만, 늘상 겪던 일이라 크게 신경을 쓰지 않았다. 귀천(貴賤)에 상관없이 사내들이란 미인을 보면 넋을 놓아버린다는 것을 알기에 하인배의 곁눈질은 오히려 엉망인 기분을 조금이나마 풀어주었다.

정청화를 두고 벌어진 정춘교와 석호인의 밀담은 일사천리로 순조롭게 진행되었다.

표국 일이 걱정된 그는 정청화를 만나지도 못하고 소흥으로 돌아가야 했고, 무척이나 불쾌해하며 성질을 부렸던 석자희 역시 그냥 가버렸다. 온 김에 며칠 묵으며 놀려던 것이 그녀의 원래 계획이었지만.

"들어오너라."

정청화는 초저녁부터 사군을 침실로 불러들였다.

모든 것을 잊고 싶었다. 혼사를 위태하게 만들 수도 있는 단초를 제공한 것이 사군이었지만, 이제는 그를 원망조차 하지 않았고 옛일에 대한 복수심도 없었다. 그저 자신의 즐거움을 위한 도구일 뿐 그 이상도 이하도 아니었다.

낮에 겪었던 기분 나빴던 일 때문이었을까. 정청화의 몸은 다른 날보다 더욱 격정적으로 반응해 스스로도 놀랄 지경이었다.

"다시!"

또 한 번의 사랑을 요구한 정청화는 사군의 품에 안겨 모든 걱정과

시름을 태워 버렸다.

정춘교는 딸을 만나러 왔다가 초저녁부터 들리는 신음성에 발길을 돌려야 했다.

다음날 아침 그는 정청화의 거처를 찾았다. 딸과의 편안한 대화를 위해 먼저 사군을 내원에서 내보냈다. 오늘 할 얘기는 놈에 관한 것이기 때문이다.

"이제 저놈을 치워 버려야 할 때가 되었다. 너도 결혼을 해야지 언제까지 이렇게 살 수 없지 않느냐."

민망한 생각에 정춘교는 차마 딸의 얼굴을 마주 보지 못하고 찻잔을 응시하며 말했다. 사군을 빼내 써야 할 때가 된 것이다.

"저놈은 제가 평생 곁에 두고 괴롭힐 거예요."

정청화는 절대 그럴 수 없다는 듯 단호한 어조로 말했다.

"뭣이?"

정춘교는 비로소 고개를 들어 딸의 얼굴을 바라보았다. 조금은 미안한 표정일 것이라는 그의 예상과는 달리 정청화는 고개를 빳빳이 들고 초롱초롱한 눈길로 자신을 쳐다보고 있었다.

"뭐가 잘못됐나요? 저놈 때문에 저는 이제 평생 얼굴도 들지 못하고 살게 생겼어요. 녀석을 괴롭히는 재미라도 없다면 저도 살 용기를 잃고 말 거예요."

거짓말이다. 정춘교도 알고 정청화도 아는 거짓말이다. 처음과 달리 최근 들어 딸이 사군을 괴롭히는 모습을 본 적은 단 한 번도 없었다. 놈의 양물을 괴롭힌 적은 있어도. 아니, 그건 기쁨을 준 것이지 괴롭힌 것이 아니지 않는가.

하지만 정춘교는 딸의 강짜에도 그걸 거절할 마땅한 명분을 찾지 못했다. 지금 그렇게 말하기 위해서 더 들추어내야 하는 것은 다름 아닌 딸의 치부다. 하지만 그에게는 그럴 용기가 없었다. 딸이 고집불통인 것은 어제오늘의 일이 아니다. 그 버릇을 고쳐 보려고 노력도 많이 했었는데, 무공을 가르치기 위해 굳이 엄청난 시주를 해가며 보타 신니 문하로 보냈던 것도 모난 성격과 고집을 고쳐 보겠다는 생각이었다. 그 덕분에 약간 나아지기는 했지만.

잠시 침묵이 흘렀다.

정청화는 여전히 어깨를 꼿꼿이 펴고 아버지 정춘교를 뚫어져라 쳐다보는 것으로 자신의 확고한 의지를 나타냈다.

'죄송해요!'

아버지가 사군과의 일을 모를 것이라고는 생각지 않았다. 하지만 어떤 일이 있더라도 사군을 내놓고 싶지 않았다. 그를 죽이거나 반대로 천금을 안겨 멀리 내치거나 하는 문제가 아니라 옆에서 멀리하고 싶지 않은 것이다. 낯뜨거운 이야기를 강경하게 주장할 수 있는 것은 아버지의 약점을 잘 알기 때문이다.

딸을 하늘처럼 사랑하는 아버지.

무슨 요구이든 결국에는 들어주고야 마는 아버지.

정청화는 눈조차 깜빡이지 않았다.

"험!"

기묘한 침묵의 시간을 먼저 깨뜨린 것은 정청화의 기대대로 정춘교였다.

"하지만… 석호인과 혼사를 치러야 하지 않느냐?"

"그 녀석과 혼사를 치르지 않겠다고는 말하지 않았어요."

정춘교는 말을 잃었다.

혼인을 한 이후에도 녀석을 데려가 샛서방으로 쓰겠다는 것인가. 고개가 설레설레 돌아갔다. 한 번도 딸의 고집을 꺾어본 적이 없으니 오늘도 마찬가지일 것이다. 그렇다면 차라리… 정춘교는 자신의 야망을 위한 행보를 잠시 미뤄두기로 했다. 잠시 생각하던 그는 다시 입을 열었다.

"무슨 명분으로 데려가겠느냐?"

계집종도 아닌 사내 녀석이다.

"명분은 제가 알아서 만들겠어요."

하긴 멍청한 석호인 녀석 하나 제대로 다루지 못할 딸자식으로 키우지는 않았다. 말대로 알아서 할 아이다. 정춘교는 마지막 당부를 남겼다.

"저 녀석이 아프더라도 절대 의원에게 데려가서는 안 된다. 그렇지 않으면 녀석을 잃게 될 수도 있다."

"잊지 않고 있어요."

사군의 뇌호혈에 작은 은침을 박아두었다는 아버지의 말을 들었던 까닭이다. 혹시라도 이름있는 의원이라면 뇌호혈 주변의 푸르스름한 기운을 발견하지 못할 턱이 없다. 금제(禁制)가 풀리면 놈을 통제하는 데 문제가 생길 수도 있는 것이다.

"알았다. 네 뜻대로 하거라. 휴… 놈의 문제에 더 이상 간여하지는 않겠다. 대신 나중에 놈을 쓸 데가 있으니 그리 알고 있거라."

정춘교는 긴 한숨과 함께 자리에서 일어섰다.

"흑……."

돌연 정청화는 뺨 위로 굵은 눈물을 흘려보냈다.

미안했다.

늘 '너 하나를 위해 상방을 키운다'고 말씀하시는 아버지다.

협박이라니… 아버지도 알고 자신도 아는 자식 사랑을 미끼로 한 협박이다. 오늘도 아버지는 그 협박을 받아주셨다.

"엉! 엉! 엉!"

불효를 저지르고 있다는 죄스러움과 알지 못할 서러움에 눈물이 폭포수처럼 쏟아졌다.

"으음!"

같이 울어버릴 것만 같아진 정춘교는 얼른 일어나 딸에게 다가가 살며시 안아주었다. 정청화는 아버지의 품속에 안겨 마치 어린아이처럼 펑펑 눈물을 쏟아냈다.

"그래, 실컷 울어라. 앞으로는 이렇듯 내 품에 안겨 시원하게 울 기회도 없을 게야."

정춘교는 부드러운 목소리로 속삭이듯 말했다. 내심으로 '다시는 이 아이의 얼굴에 눈물이 흐르지 않도록 하리라' 굳게 맹세했다.

문을 나서는 정춘교의 발걸음이 휘청거렸다.

원래의 계획은 이제부터 사군을 움직이는 것이었다.

'방법이 있을 거야!'

딸의 고집을 꺾을 수는 없었다. 최대한 막아야겠지만 혹시 추문이 나더라도 어쩔 수 없는 일이다. 돌연 머리가 지끈거리기 시작했다.

혼자 남은 정청화는 불인하기 그지없었디.

"지금이라도 마음을 돌린다면 그 일에 대해서는 계속 입을 닫겠어! 우린 여전히 친구로 남을 것이고!"

석자희의 그 말은 눈만 뜨면 머리 속에 자리를 잡고 뱅뱅 돌며 떠나지 않았다. 두려워하는 것은 석호인과의 혼담이 깨지는 것이 아니라 추문이었다. 행여 입이라도 뻥긋하는 날이면 고개를 들고 다니지 못할 터였다. 평생 지고 다녀야 할 불명예와 어쩌면 사군과 헤어져야 하는 상황이 올지도 모른다는 불안감이 무겁게 엄습했다.

마지막 결정을 요구하는 날은 의외로 빨리 찾아왔다.

석자희는 예상치 않게 홀로 영파상방을 찾아왔다.

"지금이라도 생각을 돌려. 중원에 네 배필이 될 사내가 우리 오라버니만 있는 것이 아니잖아. 친구로서 부탁이야."

석자희는 그동안 쌓아왔던 우정으로 설득해 보려고 그녀를 찾은 것이다. 이곳에서 하루나 이틀 정도 묵으며 서로를 이해하는 시간을 가지면 문제를 해결할 수 있을 것이라는 자신감도 크게 작용했다.

정청화는 고개를 수그렸다.

대답할 용기조차 나지 않았다. 친구의 말 뒤에는 며칠 전의 협박이 웅크리고 있었다. 끝까지 고집한다면 결국 곪을 대로 곪은 생채기처럼 터지고 말 것이다. 석호인과의 혼담을 취소한다 말하고 싶지만 선뜻 그러지 못하는 것은, 이번 혼사의 뒤에 숨겨진 아버지의 크나큰 의도를 알고 있었기 때문이다.

친구였지만 이제는 그저 부담스럽기만 한 석자희. 마지막 남은 하나의 자존심만은 지키고 싶었다. 다시 서러움이 물밀 듯이 밀려왔다.

"흑……."

끝내 울음 터졌다.

"미안해. 나도 네게 이러고 싶지는 않아. 하지만 내 입장도 생각해 줘. 만약 내 오라버니만 아니라면 설사 황자(皇子)에게 시집간다고 해도 입을 다물 거야."

석자희는 위로하듯 말을 건넸다.

그 말은 진심이었고 그러기에 여태 오라버니에게도 입을 닫았었다. 하지만 받아들이는 정청화의 생각은 달랐다.

'넌 친구도 아냐. 일부러 그렇게 한 것도 아닌데… 나도 피해자인데 어떻게 그렇게 말할 수 있어. 네 몸은 깨끗하다 이거지. 넌 지금 날 더러운 년이라며 멸시하고 있겠지! 내가 깨끗한 몸이라면 네 오라비 같은 바람둥이를 거들떠나 보았겠어? 숱한 기녀들이 거쳐 간 그 몸을!'

아무리 악을 써보아도 그건 마음속에서 외치는 혼자만의 말일 뿐. 그저 분했다. 왜 여자만 비난을 받는가! 일부러 당했던 일도 아니었는데.

'미안해. 하지만 내 오라버니잖아. 이해해 줘.'

석자희는 대답이 없는 친구를 조용히 지켜보았다. 계속 눈물을 흘리는 것을 보니 자신이 너무 강요하는 것 같아 가련한 마음에 생각할 시간을 주는 편이 낫겠다는 생각이 들었다.

"한 이틀 너와 함께 있어줄 테니 천천히 생각해."

'흥. 선심 쓰는 체하고 있군.'

눈물을 거둔 정청화는 겉으로는 빙긋 웃으며 그녀가 머물러 주는 것을 반기는 체했지만 내심은 달랐다.

'못된 계집, 불쌍한 아가씨의 약점을 잡아 협박을 일삼다니……. 아가씨께 무슨 잘못이 있어. 다 네 탓인걸.'

사군은 밖에서 두 연인의 대화를 엿듣고 있었다.

다시 찾아와서 아가씨를 협박하는 석자희를 보니 가슴속에서 분노가 부글거렸지만 감히 나설 생각은 못하고 있었다. 게다가 이틀이나 묵어간다고 하니 그동안은 아가씨가 불러주지 않을 거라는 생각에 적잖은 실망까지 있었다. 최근 들어 아가씨는 초조함을 달래려는지 날마다 그를 침실로 불러들이고 있었다.

얘기를 마친 두 여인이 다시 밖으로 나오는 기색에 사군은 얼른 마당으로 내려섰다.

"정말 예뻐!"

연못가로 간 석자희는 곱게 핀 기화요초들을 보며 한마디 했다. 연못 주위에는 중원에서 보기 힘든 이름도 알 수 없는 기이한 꽃들이 많았다.

"응. 아버님이 날 위해 특별히 남방에서 날라와 심어주신 거야."

"어머. 우리 아버님은 그런 낭만이 없으시다니까."

석경령은 그런 사치를 즐겨하지 않았다.

겉으로 보기에는 웅장한 석가장이지만 그저 평범한 중원의 수목과 꽃들이 있을 뿐이었다. 이리저리 꽃잎을 매만지며 차례로 살피던 석자희는 문득 잎이 상한 꽃을 발견했다. 그녀는 벌레가 먹어 보이는 그것을 꽃술째 꺾으며 말했다.

"어머나. 이건 벌레가 먹었네. 이런 건 빨리 솎아내 버려야 해. 그렇지 않으면 금방 다른 꽃들에게 옮거든."

정말 아무런 생각 없이 한 말이었는데…….

"아……!"

작은 신음성과 함께 정청화의 몸이 휘청했고, 안색이 급격히 변해 이내 파리하게 바뀌었다.

'아차!'

그제야 자신의 실책을 눈치 챈 석자희는 당황해 얼굴을 붉혔다. 하지만 당황해하며 꺾은 꽃을 손에 들고 어쩔 줄 몰라 하는 것이 고작이었다.

'저런 죽일 년!'

그들의 몇 걸음 뒤에서 시중을 들듯 서 있던 사군도 화가 치밀었다.

석자희가 꽃을 핑계로 불쌍한 아가씨를 놀리고 있었다. 생각 같아서는 정원 구석에 세워둔 빗자루로 머리통을 후려치고 싶기까지 했다.

'저런 건 그저 와락 자빠뜨려서……!'

사군은 손까지 부들거렸다. 아가씨가 보는 앞에서 발가벗겨 놓고 그 잘난 꽃잎을 짓뭉개 버리고 싶은 강한 유혹마저 들었다. '너도 당해봐라' 하며.

충격이 컸는지 입술을 굳게 다문 정청화는 다리를 휘청거리며 밖으로 나가 버렸다. 머쓱해진 석자희는 감히 따라 나갈 생각도 못하고 사군을 돌아보았다. 화가 잔뜩 난 얼굴이었다. 평소 같으면 감히 어쩌고 하며 한마디 했겠지만, 지금은 친구에게 워낙 큰 상처를 안긴 상황이라 애써 그 눈길을 피했다.

'큰 실수를 했어.'

우울했다.

착 가라앉은 마음을 달래기 위해 연못가 바위 위에 앉은 석자희는 물속에서 노니는 물고기들을 보며 자신의 경솔을 자책했다.

"휴우……."

한숨이 절로 나왔다. 생각없이 한 말이었다.

충격을 받은 친구를 보니 차라리 친구의 불행을 덮어두고 끝내 모른 체하는 것이 나을 뻔했다는 생각마저 들었다.

오라비 석호인으로 말하자면 소흥과 영파, 항주는 물론 풍류 거리로 이름난 남경의 진회하(秦淮河)에 이르기까지 모르는 사람이 없을 정도였다. 차마 말은 못하고 있지만, 한동안 수시로 청홍장을 드나들었던 것이 연청아를 건드렸음이 틀림없었다. 여자라면 그냥 두고만 볼 오라비가 아닌 것이다. 장보도의 행방을 찾기 위해 그런다는 말에 모른 체

덮어두기는 했었지만, 내심으로는 떳떳한 행동이라고는 생각지 않았었다. 연청아가 달아났다는 소식에 은근히 잘되었다고까지 생각했었다.

따지자면 오라버니에 비해 정청화는 무척이나 순결한 여자다. 자신의 말실수로 절친한 친구가 받았을 마음의 상처를 생각하니 가슴이 아팠다.

'그래, 차라리 오라버니에게 잘된 일인지도 몰라. 서로 상처를 보듬고 살 수만 있다면……'

문득 그런 생각이 들었다. 하기는 정청화에게 그런 상처가 없었다면, 그녀의 성격상 절대 오라비를 받아들이기는커녕 거들떠보지도 않았을 터였다.

"네 이름이 무어냐?"

"사… 진이라고 합니다."

갑작스런 물음에 당황해 하마터면 사군이라고 대답할 뻔했지만, 절대 이름을 말하면 안 된다는 정청화의 당부를 떠올리고는 재빨리 말을 바꿔 대답했다. 그 말에 석자희는 사군을 다시 한 번 쳐다보았다.

"난 이만 돌아갈 터이니 네 아가씨가 돌아오면… 모든 나쁜 기억을 영파 앞바다에 버리고 가니 오라버니를 잘 부탁한다고 전해라. 난 이미 예전의 그 친구로 돌아갔다는 말도 잊지 말고."

이제야 가슴이 후련해지는 것 같았다. 석자희는 그 말을 남기고는 영파상방을 떠나갔다.

'으음!'

사군은 엉덩이를 좌우로 흔들며 걸어나가는 그녀를 서너 걸음 뒤에서 따라나서며 군침을 삼켰다. 잘록한 허리에 물이 오를 대로 오른 엉덩이의 절묘한 조화! 눈이 뜨뜻해지며 하초가 불끈거렸다.

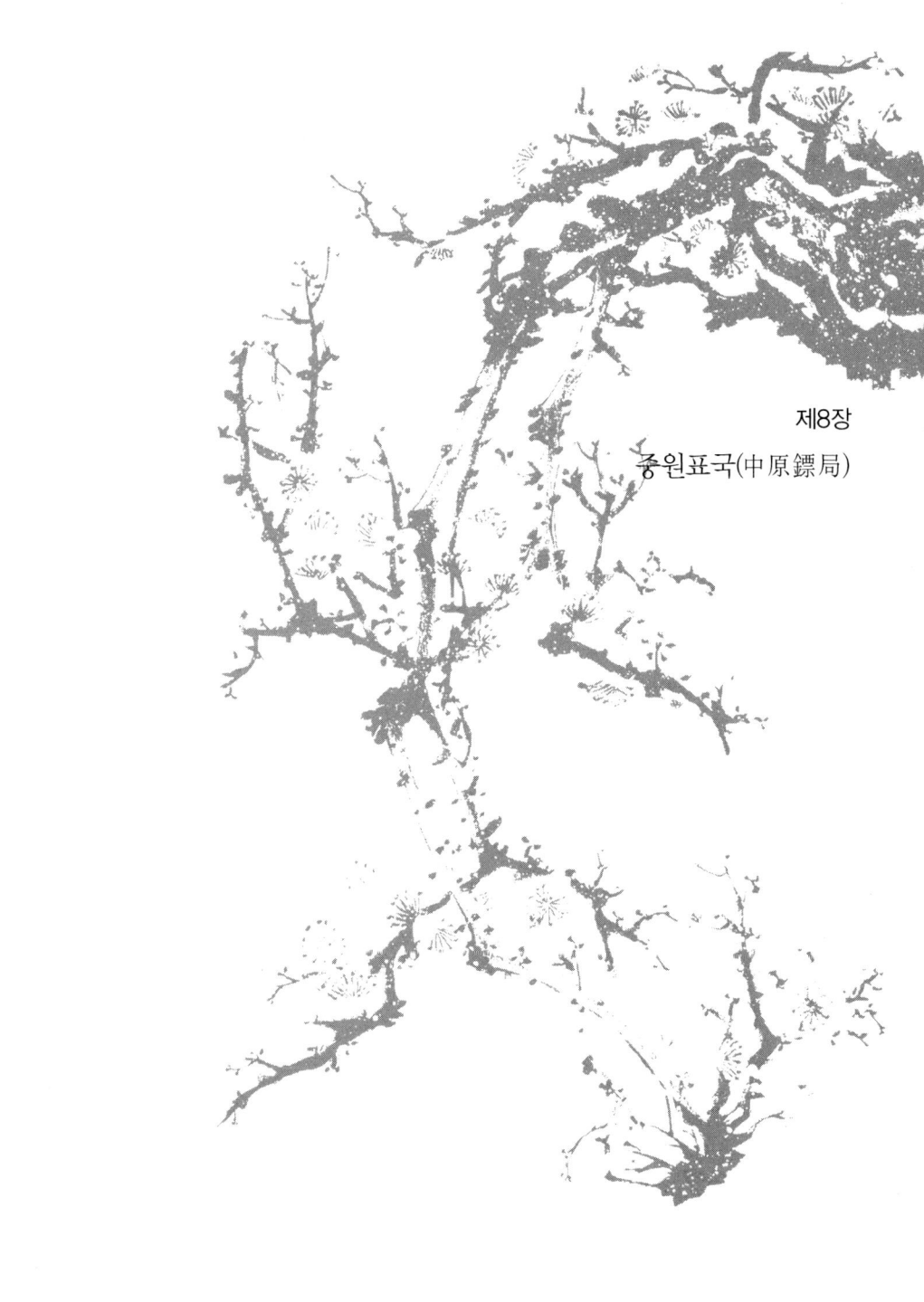

제8장

중원표국(中原鏢局)

혼사는 일사천리로 진행되었다.

병중의 석경령 역시 석호인의 혼사를 반겼는데, 석호인 같은 바람둥이를 정춘교가 받아준 것이 고맙기는 했지만 못난 아들이기에 내심 걱정이 되는 것 또한 어쩔 수 없었다. 금쪽같이 여긴다는 딸을 준 정춘교의 속셈이 궁금했지만, 병세는 말도 제대로 할 수 없으리만치 깊어 나서지도 못했다.

정춘교는 딸에게 붙여줄 네 명의 시비를 불러놓고 엄중히 다그쳤다.

"무슨 일이 있어도 아가씨의 안위에 해가 되는 일을 해서는 안 된다. 너희들이 충심을 다해 아가씨를 보필하는 한 이곳에 남은 너희 가족들은 평생을 호의호식하며 잘 지낼 수 있을 것이나 그렇지 못했을 경우 그 책임 또한 가족 모두에게 묻겠다. 내가 화아를 얼마나 아끼는지 잘 알고 있을 것이다. 이것은 너희들의 목숨 값이다."

그는 시비들의 앞으로 값비싼 노리개며 은원보 등이 들어 있는 작은 보퉁이를 내밀며 말을 이었다.

"설사 아가씨께서 큰 잘못을 저질렀을 경우라도 너희들은 목숨을 바쳐서라도 덮어야 한다. 만일 임무를 다하지 못해 아가씨께 문제가 일어난다면 지옥 끝에까지라도 사람을 보내 처벌할 것이다. 알겠느냐?"

눈에서 살기가 풀풀 넘쳐 났다.

"목숨을 다해 아가씨를 지키겠습니다."

네 명의 시비는 벌벌 떨며 머리를 바닥에 처박았다.

'휴…… 이래도 안심이 되지 않으니…….'

정춘교의 내심은 복잡했다.

생각 같아서는 사군을 떼어버리고 싶었지만 딸이 반대하니 샛서방을 붙여 보내는 꼴이 되어버렸다. 바람둥이 석호인이 아니라면 사위에게 무척이나 미안해 얼굴도 들 수 없었을 터였다. 이미 딸의 안전을 위해 석호인의 동의를 얻어 특별히 십여 명의 무인을 선발해 전속 호위로 보내기로 했다. 호위 무사들에게도 지금 시비들에게 했던 이런 비슷한 주문을 이미 해두기는 했다.

시비들을 내보낸 정춘교는 유모를 불렀다.

"선고(仙姑), 그대만 믿소."

유모를 대하는 말투가 아니다.

"걱정 마십시오. 신명을 다할 것입니다."

그녀의 말투는 정춘교 앞에서만은 또렷하고 명확했다.

"그동안도 수고가 많았는데… 이렇듯 또 신세를 지는구려."

"아닙니다. 은인께 조금이라도 은혜를 갚을 수 있는 일이라면 어찌 제가 불구덩이 속인들 마다하겠습니까."

"이미 갚고도 남았거늘……."

유모가 이 집에 들어온 것은 정청화가 태어나던 해의 일이었다.

곧 출산할 아내를 위해 좋은 약초를 찾아 사방을 헤매던 그는 우연히 산중에서 부상당해 죽어가던 노파를 발견했는데, 상세가 위중해 목숨이 경각에 달린 상태였다. 평소라면 그냥 지나칠 수도 있었겠지만, 곧 태어날 아기를 위해 선행하는 셈치고 그녀를 구했던 것이다.

끝내 자신의 정체를 밝히기를 거부한 여인은 정청화가 태어나자 유모를 자처하고 나서 그녀를 돌보는 것에 최선을 다했다. 한시도 아기 곁을 떠나지 않고 놀아주고 지켜주었다. 몸이 약해 첫딸을 낳은 이후로 병중에 있다시피 한 정춘교의 어린 아내조차도 눈물을 흘려가며 고마워했던 여자였다.

그녀에 대해 아는 것이라고는 암중에 풍기는 기도로 볼 때 무공이 상당하다는 것과 정춘교 일가를 제외한 다른 사람과 접촉하기를 지극히 꺼린다는 사실이 전부였다.

양선고(楊仙姑)라 이름을 밝히기는 했지만 믿지 않았다. 평생을 정청화 곁에서 유모로 살게 해달라는 그녀의 말이 아니더라도 이십 년이 가까운 그녀의 충심 어린 행동은 좀체 사람을 믿지 않는 정춘교마저 신뢰하게 하기에 충분했다.

'상처받은 여자야.'

정춘교는 그렇게 치부하는 것으로 그녀에 대한 모든 의문을 접었고, 그로 인해 두 사람 사이에는 보이지 않는 단단한 신뢰가 생겨났다.

괴질을 앓아 귀가 어두워지고 말도 어눌해졌다는 것은 어느 날부터인가 사사건건 개입하는 그녀를 짐스러워했던 정청화가 아비에게 그녀를 다른 곳으로 옮겨 살게 하라고 떼를 썼기에 할 수 없이 만들어낸 말이었다.

"고맙소!"

말소리에 격동이 섞였다.

그녀가 동행해 주는 것만으로도 적이 안심이 되었다. 고집 센 딸이 굳이 반대하지 않은 것은 키워준 정도 정이지만, 사군을 데려가는 마당에 마땅히 딸 주변에 두어 보호를 부탁할 여인이 없기도 했던 때문이다.

정춘교가 다음으로 찾은 사람은 사군이었다.

사군은 바짝 긴장했다.

그가 아무리 온화한 표정을 지어도 정춘교 앞에서면 늘 몸이 굳었다.

"네 목숨을 걸고 지켜 드려야 한다."

"이를 말씀입니까. 제가 지은 죄를 잊지 않고 있습니다."

"죄가 아니라 그 사랑을 잊지 말라는 것이다."

말을 하면서도 마음이 편치는 않았다. 딸이 바람을 피우는 상대에게 이런 말을 하게 될 줄이야… 업보야. 아마 이것도 떳떳치 못한 과거사의 업(業)일 것이다. 정춘교는 그렇게 믿었다.

사군은 입을 닫았다. 아가씨의 사랑을 알고 있는 정도가 아니라 몸과 마음 모두로 느끼고 있는 그였다.

정춘교는 말을 이었다.

"사내라면 의당 큰일을 해야 하는 법이다. 이리 가까이 오너라."

사군을 가까이 부른 정춘교는 돌연 그의 전중혈을 향해 가볍게 손을 저었다.

"흡!"

사군은 숨이 콱 막히는 충격에 몸을 떨었다.

'또야!'

자신이 그를 두려워하는 것이 바로 이런 이유였다는 생각이 그의 머리를 스쳤다. 또 괴롭히고 있었다.

"어떠냐?"

사군을 몸을 살피는 체하던 정춘교가 물었다.

그 말에 언뜻 몸 상태를 점검하던 사군은 크게 놀랐다. 정춘교의 손이 전중혈을 가볍게 스쳐 간 것이 전부였는데 몸이 날아갈 듯 가벼웠기 때문이다. 그의 표정을 주시하고 있던 정춘교는 말을 이었다.

"이제 일부이나마 네 죄를 용서하는 것이다. 내력도 예전과 마찬가지로 자유로이 끌어올릴 수 있을 것이다. 내가 이렇게 하는 것은 내 딸아이를 생각한 때문이다. 애당초 석호인이 마음에 든 것은 아니지만 네놈이 딸의 몸을 더럽혔기 때문에 그리로 시집보낼 수밖에 없다. 하지만 화아가 여전히 너를 잊지 못하고 있으니 어쩌겠느냐. 자식을 이기는 부모가 없다고… 너를 인정하지 않을 수 없구나."

정춘교는 한 호흡을 골랐다.

아무리 혼사라고는 하지만 금지옥엽으로 떠받들어 살피던 딸을 홀로 멀리 보내는 상황이라 사실 그의 속내는 어린 딸을 걱정하는 늙은 아비의 속 깊은 염려로 가득 차 있었다. 보지 않아도 앞으로 딸과 가까이 있을 것이 뻔한 이놈에게라도 반드시 다짐을 받아두어야 조금이라도 안심이 될 터였다. 정춘교는 말을 이었다.

"네 목숨을 다해 그 아이를 지킬 것이라고 이 자리에서 약속해라. 네놈이 사내라면 반드시 그 약속을 지킬 것을 믿지만 행여 그 말을 어겼다가는 지옥에 가서라도 네놈에게 복수할 것임을 명심해라."

딸이 녀석에 대해 느끼는 감정이란 게 미묘했다. 어떻게 보면 마음으로, 또 어떻게 보면 뜨거운 몸을 식히려는 상대로 대하는 것 같기도 했고, 한편으로 생각해 보면 자신의 처녀를 가져간 상대에 대한 미련 때문으로 보이기도 했다.

딸을 통제할 수 없기에 현실을 그대로 인정하고 있지만 그렇다고 딸의 미래를 방치할 수는 없어 그는 당근과 채찍을 번갈아 사용해 가며 사군을 상대하고 있었다.

속내의 진정이 담긴 말을 마친 정춘교의 눈에서 이제껏 단 한 번도 보지 못했던 무시무시한 광망이 쏟아져 나왔다. 살기로 뭉쳐진, 아니, 살기 그 자체였다.

"헉!"

사군은 부르르 몸을 떨어야 했다. 그는 자신도 모르게 털썩 무릎을 꿇었다.

"목숨을 다하겠습니다."

하지만 엄청난 살기에도 불구하고 대답을 하는 사군의 목소리에서는 힘이 넘쳐 나고 있었다.

몸은 이제 정상으로 돌아와 있었다. 다행스럽게도 단전은 파괴된 것이 아니었다. 아니, 몸이 회복된 것보다 그를 더욱 들뜨게 한 것은 정청화와 같이 갈 수 있다는 사실이었다. 사군이 정청화와 석호인의 혼사로 가장 우려했던 것은 자신 혼자 이곳에 남아 있어야 하는 상황을 맞는 것이었다. 하지만 지금 정춘교의 말은 그런 우려를 씻은 듯 걷어 내 주었다. 게다가 그가 가장 두려워하는 정춘교와도 떨어져 살 수 있었다.

지금 사군의 대답은 그의 가슴에서 우러나는 진심이었기에 그런 반응을 본 정춘교의 눈에서 살광(殺光)이 빠르게 걷혔다. 언제 살기를 내

뽑았냐는 듯 어느새 그는 크게 안도하는 표정을 짓고 있었다.

"날마다 진기를 십 주천(十周天)씩 돌리도록 해라. 이삼 일 내로 과거의 수준을 회복할 것이다."

점잖게 수염을 쓰다듬는 정춘교의 표정은 진정 사위를 대하는 장인의 그것으로 바뀌어 있었다. 사군의 무공을 회복시켜 준 이유는 중요한 일을 시킬 때가 다가왔고, 혹시라도 위급의 경우 정청화에게 보탬이 되리라는 확신이 있었기 때문이다.

'저것도 사내라고.'

첫날밤을 치른 정청화는 내심 크게 실망했다.

숱한 계집을 안았다는 소문이 자자하기에 제법 기대를 했었는데, 우선 시간이 사군에 비해 형편없이 짧았고 힘은 그 절반에도 미치지 못했다. 게다가 제 딴에는 재간을 부린다고 갖가지 손재주를 내보였지만 그저 간지러운 기분이 들었을 뿐이다.

"휴우……."

돌아누운 정청화는 긴 한숨을 내쉬었다. 그렇게라도 하지 않으면 좀체 식지 않는 열기 때문에 견딜 수 없었기 때문이다.

'헛!'

천장만 쳐다보고 똑바로 누워 있던 석호인은 내심 뜨끔했다.

방사를 치른 여자가 등을 보이고 내쉬는 이런 한숨 소리가 무엇을 말한다는 것을 잘 알고 있기 때문이다. 제대로 한 것 같았는데 정청화는 만족하지 못하고 있었다. 절강쌍미 중 한 여자를 안는다는 기분에 남다른 열정으로 대했는데 상대는 조금도 만족하지 못하고 있었다. 방금 전의 정성이면 웬만한 계집들은 다 나가떨어지게 마련이었다.

'색녀야!'

이래도 안 된다면 앞으로 계속 감당할 자신이 없어졌다. 눈은 감았지만 잠을 이루지 못했다. 파과의 흔적이 없다는 것이나 잠자리 행실로 보아 처녀가 아닐 것이라는 짐작은 있었지만, 이렇게 되고 보니 추궁할 처지도 못 되었다.

사실 잘못은 그에게만 있지 않았다.

숱한 엽색 행각으로 양기가 상당히 힘을 잃었기도 했지만, 그에 더해 수백 수천 개는 족히 먹었을 백부과로 인해 넘쳐 나는 사군의 양물에 익숙해진 여체를 그가 감당한다는 것은 무리였다. 사내는 다 그런 줄로만 알고 있던 정청화가 실망하는 것은 당연했다. 두 사람의 첫날밤은 여인에게는 실망을 그리고 사내에는 좌절만을 남긴 채 지나갔다.

석호인은 삼 일을 그렇게 보냈지만 상태가 나아지기는커녕 오히려 자신감 상실로 인해 양물 무기력증이라는 결과로 나타나자 적잖이 당황했다. 마침내 삼 일째에 이르러서 그의 양물은 거의 힘을 잃어 본인조차도 당황하게 만들었다.

삼 일이 지나자 마침내 그는 더 이상 안채를 찾지 못했다.

석호인에게 그런 증세가 나타난 것은 처음이 아니었다.

사내라면 당연히 천부적으로 타고나는 원양(元陽)의 기운은 무한하지 않다. 정기의 실체는 쓰면 쓸수록 고갈되고 고갈이 되면 흩어지는 것이 그 이치다. 오죽하면 대표적인 풍류객이라 할 수 있는 여동빈(呂洞賓)은 '이팔청춘 여인의 몸이 사내의 골수를 마르게 한다'고 했겠는가. 그렇기에 사내에게 있어 남녀의 교합으로 소모되는 정기를 보(補)하는 것은 무척이나 중요한 일로, 채음보양(採陰補陽)의 방중술이 나온 것도 바로 그런 이치이다.

석호인은 계집들을 탐닉하기에만 바빠 그런 것에 신경을 쓰지 않았기에 양정(陽精)의 고갈이 너무도 심해 기가 심각하게 허해져 있는 상태였다.

　아침부터 추적추적 비가 내리기 시작했다.

　회색 구름이 가린 하늘에서 내리는 늦여름의 비는 오후가 되어도 멈추지 않더니 뒤늦게 달려온 먹장구름의 힘을 빌어 한층 그 기세를 더했다.

　쏴아……．

　정청화는 창문을 활짝 열어젖혔다.

　이미 바람까지 동반한 장대비로 바뀌어 침실 안으로 빗발이 튈 수도 있으련만, 사정없이 바닥을 치고 지붕을 때리고 가끔은 바람에 휘청거려 요란하게 벽면까지 두들겨 대는 그 빗발로도 뜨거운 몸을 식힐 수 없었기 때문이다. 아니, 요란한 빗소리가 오히려 그녀의 외로움과 허전함을 한껏 부풀려 놓아 더욱더 견디기 힘들게 만들었다.

　무수한 송곳 떼처럼 땅을 찔러가는 그 빗줄기에 몸을 내맡기고 싶은 심정이란!

　"아……!"

　나직한 탄식이었다.

　쏴아아아아……．

　거센 빗발이 가끔씩 바람에 밀려 정청화의 얼굴을 때렸다.

　폭우였다.

　정청화는 하루 종일 창가를 지켰다.

　이제 막 저녁 식사를 끝낸 초저녁이건만 시커멓게 하늘을 가려 버린 먹구름은 천지를 어둠으로 몰아넣었다. 장대비를 뚫고 간간이 번쩍이는 섬전과 뇌성벽력은 외로운 여인의 마음을 더욱 뒤흔들었다.

"아!"

짧은 탄식.

살아 숨 쉬는 여체의 욕망이 탄식으로 나온 것인가.

엄청난 빗줄기에 몸을 드러내 몸속에서 끓어오르는 정염의 불길을 꺼뜨리고 싶었는데… 열화같이 치미는 더러운 욕구를 깨끗이 비워내고 싶었는데 이 정도 폭우라면 여름일지라도 가벼운 한기를 느끼게 하련만 무섭게 하늘을 뚫고 내려와 순식간에 대지를 씻어버릴 듯 두들겨대는 맹렬한 폭우도 한껏 달아오른 여체의 열기만큼은 어쩌지 못했다.

"오늘은 이만 모두들 물러가도록 해라!"

정청화는 시비들을 모두 물렀다.

상전의 지시를 기다리며 긴장하고 있을 시비들에게까지 마음을 들키고 싶지는 않았다. 탁자 위로 다가간 그녀는 방금 전 시비들이 올렸던 찻잔을 두 손으로 감쌌다. 아직도 모락모락 김을 피워 올리던 찻잔이건만 조금도 온기가 느껴지지 않았다. 몸속의 열기는 그만큼 뜨거웠다. 스르르 탁자 아래로 내려간 손이 자연스레 허벅지 위에 놓이는 순간 몸은 마치 불에 덴 듯 움찔거렸다.

"흐음……."

길게 내쉬는 뜨거운 콧김 소리와 함께 눈이 살며시 감겼다. 그리웠다. 손이 허벅지 위아래로 움직이며 부드럽게 오갔다.

"흐흥!"

한껏 들뜬 탄성이 내뱉어지며 탁자 위에 올려진 남은 한 손마저 바르르 떨었다.

눈을 번쩍 떴다.

욕망으로 가득 찬 뜨거운 눈. 폭우로 스산한 여름날 저녁, 홀로 침상을 지키는 신혼의 여인이라면 당연히 가질 법한 색기가 듬뿍 담긴 요염한 눈이다. 정청화는 흠칫했다. 인기척이 들리지는 않았지만 열어놓은 창문을 통해 누군가 이런 부끄러운 모습을 보고 있을지도 모른다는 생각이 들었기 때문이다.

핏!

정청화는 얼른 지풍을 날려 실내를 밝히던 등불을 꺼버렸다.

그때였다.

"아!"

빗줄기 사이를 뚫고 어디선가 나직한 탄식이 들려왔다. 비록 그 소리는 요란한 빗소리에 가려져 있었지만 보타 신니의 제자인 그녀의 귀를 속이지는 못했다.

'헉! 감히!'

아직도 식지 않고 있던 정청화의 몸은 급속도로 싸늘하게 식어갔다. 훔쳐보고 있던 자가 있었다. 황급히 창가로 다가가 매서운 사방을 살피던 그녀의 표정이 다시 환하게 바뀌었다. 사군이었다.

'바보!'

눈물이 글썽해졌다.

안타까이 밤의 외로움을 간직하고만 있던 여체는 이내 달아올랐다. 이슬을 잔뜩 머금은 꽃잎도 바르르 몸을 떨었다.

'이제 자려나?'

사군은 창문이 비스듬히 보이는 쪽문 뒤에 숨어 정청화의 방을 살피고 있었다. 빗줄기 속에 찻잔을 마주하고 외로이 의자에 앉아 있는 그녀를 보며 그저 가슴만 태우고 있을 뿐이었다. 갑자기 등불이 꺼지자 그만 아쉬움에 탄식을 내뱉었던 것인데, 설마 이런 요란한 빗속에서 상대가 그 소리를 들었으리라고는 생각지 못했다.

"휴우⋯⋯."

사군은 길게 한숨을 내쉬고는 돌아섰다.

그는 날마다 쪽문 근처에서 어른댔었고, 석호인이 침실로 들어가는 것을 몰래 보고는 불쑥 치솟는 질투심에 어쩔 줄을 몰라 했다. 돌아서는 그의 귓전에 모기소리 같은 전음이 들려왔다.

"살며시 안으로 들어오너라."

정청화였다.

"헉!"

몸이 벽력에 강타당한 듯 움찔했다. 질투심과 외로움에 속만 끓이고 있던 차였다. 하초가 벌떡 고개를 들었고 왕성한 혈류의 움직임도 느껴졌다. 그는 도둑고양이처럼 살금살금 안채로 걸어 들어갔다. 지금 안채에 있는 사람은 유모와 정청화 둘뿐이다.

'아!'

조용히 문을 닫고 들어서는 사군을 본 순간 정청화는 가슴이 떨려왔다. 차라리 건들지나 말지, 사흘 내내 문전만 두드리다 가는 듯한 석호인의 남성에 몸은 달아오를 대로 달아올랐지만, 마땅히 식힐 곳을 찾지 못하고 있었다. 단순히 사내를 그리는 육체의 열망뿐이 아니라 애타게 사군을 그리는 마음이었을지도 몰랐다.

"보고 싶었어!"

정청화는 사군이 안으로 들어서기 무섭게 품속으로 안겨가며 말했다. 예전 같았으면 어림없을 말. 하지만 지금은 그런 생각을 할 겨를도 없었다. 또 눈물이 났다.

"저도요!"

빗속에 녹아드는 말소리. 백부과 양기를 사흘간 참아왔던 사군 역시 크게 다르지 않았다. 뜨겁게 달아오른 여체를 스르르 녹여 버릴 것 같은 은밀한 귓속말을 전한 그는 가슴 깊숙이 스며드는 여체의 향에 취해 정청화를 번쩍 안아 침상으로 데려갔다.

"아!"

침상 위에 눕혀지며 살포시 눈을 감은 정청화는 자신도 모르게 탄성을 흘려보냈다. 사군에게 안기는 순간 비로소 진한 사내 냄새를 맡을 수 있었다. 석호인에게서는 한 번도 맡지 못했던 내음이었다. 정청화는 사군의 손길이 몸을 건드려 올 때마다 짜릿짜릿 몸을 파고드는 전율에 정신을 차리지 못했다.

"흐으… 으흥… 흐흥……."

사군은 끊이지 않고 이어지는 정청화의 콧소리에 맞추어 정신없이 몸을 탐했다.

정청화의 연약한 수밀도는 때로는 둥글게 때로는 거칠게 감아오는 사군의 손길을 한없이 무한한 탄력으로 받아내 희열로 바꾸어 버렸다.

오늘 두 사람의 사랑은 남달랐다. 한 사람은 석호인에게 대한 실망으로, 다른 한 사람은 질투심에 견디기 힘든 시간을 보냈었다.

불길은 이내 타올랐다.

아니, 아마 오래전부터 가슴속 깊숙한 곳에 숨어서 타오르고 있었을 것이다. 두 갈래의 불길은 이내 하나의 불기둥으로 합쳐져 침상을 뜨겁게 태워 버렸다.

목을 태울 듯한 갈증.

사군은 허겁지겁 정청화의 젖가슴을 탐닉했다. 서로가 몸을 보듬는 시간이 지나자 두 사람은 이내 안타까운 육체의 실체를 확인하기 시작했다. 몸을 사르고 시간을 사르는 사랑의 몸짓은 끊임없이 이어졌다.

마침내 꽃잎이 그 비밀의 문을 활짝 열어버렸다.

갈 곳을 찾던 불기둥이 사정없이 꽃잎을 태워갔다. 달구고 또 달구고… 사군의 불기둥은 날름거리는 꽃뱀의 혀처럼 꽃잎의 안팎을 안타까이 오가며 모든 것을 태워 버렸다.

"아흐!"

정청화의 앵두같이 빨간 입술이 살짝 벌어지며 신음성을 토해내는 순간, 마침내 두 사람은 미쳐 버렸다. 수밀도를 거칠게 쥐어짜는 손길도 그저 황홀하기만 했고, 연약한 꽃잎은 사나운 불기둥에 쉴 사이 없이 짓이겨지기를 간절히 소망했다.

"아! 아! 하아! 하악!"

활활 타오르던 불기둥은 이내 두 사람을 태워 버렸다. 이어지는 열락의 시간은 마침내 그 절정을 향해 상처 입은 괴수가 돌진하듯 무섭게 치달았다.

"아흐… 아흐… 아흐……!"

천붕지함(天崩地陷).

정청화는 오늘 처음 그 진실된 의미를 알았다.

머리 속은 텅 비어버렸다. 모든 것이 무너지고 꺼져 버린 그곳에는 하늘도 땅도 없는 곳. 아름답게 반짝이는 무수한 별들로 가득 채워진 환희의 공간을 보았다.

끝도 시작도 없이 오직 쾌락만이 가득한 무한의 공간!

육신을 사르고 시간을 사르는 공간!

그 속에 영원히 안주하고 싶었다.

"아……!"

정청화는 솜처럼 풀어진 몸을 침상 위에 눕혔다.

손가락 하나 까딱할 힘도 없어 그저 그렇게 초점 잃은 망연한 눈동자로 천장만 바라볼 뿐이었다. 사군이 침실을 빠져나온 것은 여명이 희미하게 밤을 비춰올 무렵이 다 되어서였다.

"아음……."

정청화는 아침이 다 되도록 침상 위에 남긴 사랑의 흔적에 몸을 떨어야 했다.

그날 이후 두 사람의 은밀한 사랑은 하루도 빼지 않고 이어졌다. 정청화는 만일을 대비해 안채를 단단히 단속했다.

시비들을 모두 모아놓고,

"무슨 일이 있더라도 내 허락 없이는 절대 내실로 들어와서는 안 된다. 만약 이를 어기는 사람이 있다면 이유를 불문하고 무거운 벌로 다스리겠다!"

는 선포를 했던 것이다.

실제로 며칠 전 정청화가 실수로 탁자에 올려둔 찻잔을 떨어뜨려 깼을 때, 그 소리에 놀라 무심코 안을 들여다보고는 그것을 치우려던 시비 난화는 반쯤 얼이 빠졌다는 말이 적합할 정도로 모질게 맞아 아직도 자리에서 일어나지 못하고 있었다. 어쩌다가 문 근처를 얼쩡거리는 시비가 눈에 띄기만 해도,

"무엇을 엿들으려고 그리 바싹 다가와 있는 게냐?"

하며 앙칼지게 퍼붓고는 뺨을 올려붙이는 것이 예사였기에 근자에 와서는 감히 내실 근처에 얼씬거리는 시비들조차도 없었다.

"이제부터 안채 회계는 네가 맡도록 해."

사군의 품에 안긴 정청화가 귓불을 사르듯 뜨거운 김을 불어대며 말했다.

"예."

덤덤한 어조였다. 안채 회계 자리의 중요성을 알지 못한 탓도 있었지만, 그보다는 지금 이 순간 한껏 여체의 유혹에 빠져 있는 까닭이다.

"나와 자주 상의해야 할 일이 많을 거야."

꽃잎을 휘젓는 손길에 몸을 내맡긴 정청화는 애써 교성을 참으며 말을 이었다. 사군은 또다시 한입 가득 수밀도를 베어 물었다.

"흐응!"

회계 건으로도 할 말이 많지만 두 사람에게는 더 급한 일이 있었다. 사군의 몸이 위에 실리는 순간 정청화는 두 손으로 사군을 등을 세차게 끌어당겼다.

또다시 열풍이 몰아쳤다.

회계 일은 원래 석호인의 어머니 되는 안방마님의 수족이 해왔던 일이었다. 평소 몸이 허약했던 그녀는 갑작스런 석경령의 와병으로 병세가 급속히 악화되어 아예 드러누워 버렸고, 자연 안채에서 일어나는 모든 일의 감독권은 정청화에게 넘어왔는데, 그녀는 기다렸다는 듯이 사군을 회계 총책임자에 임명했던 것이다. 수시로 자신의 거처를 거리낌 없이 드나들 수 있게 하려는 생각에서였다.

그 소식은 석호인에게도 들어갔다.

내심 정청화가 너무 서두르는 것 같아 불쾌했지만 '음, 알았다' 하는 것으로 마무리를 지어야 했다. 사실 석호인은 그런 사소한 일에 신경 쓸 심경이 아니었다. 그의 문제는 사내 구실에 문제가 생겼다는 것이다. 사흘째 되던 아침, 정청화의 침실을 떠나올 때 뒷전에서 '흥!' 하는 아내의 코웃음을 들었던 그날로 석호인의 양물은 끝이 났다.

임부였던 연청아와의 뜨거운 시간을 떠올려 양물을 다시 살리기 위해 비싼 대가를 치르고 다른 임부를 구해 시도해 보기도 했지만 허사였다. 그 충격에 안채는 물론 바깥출입도 삼가하게 되었고, 날마다 밤이면 시비들을 불러놓고 채찍으로 때리는 등 가학적인 행위만을 일삼았다. 그 기묘한 행각은 이내 표국 사람들에게 알려졌고, 중원표국의 중심은 점차 정청화 쪽으로 흘러가게 되었던 것이다.

깊은 밤.

정청화를 따라왔던 유모 양선고는 은밀히 안채의 침실로 스며들었다.

파팟!

지풍이 허공을 가르자 자고 있던 정청화의 몸이 죽은 듯 축 늘어졌다. 수혈을 짚은 것이다. 양선고는 바람같이 침상으로 다가가 정청화의 고의 속으로 손을 넣어 무언가를 빼냈다.

양선고가 정춘교로부터 은밀히 받은 지시는,

"놈의 물건이 부실한 이상 누구의 씨라도 받아 아이를 낳아서 중원표국의 확실한 안주인이 될 수 있도록 해야 합니다. 단정막을 제거해 주게."

라는 것이었다.

"갇혀 있는 것 같아요."

속살을 보듬던 사군은 정청화의 귓전에 대고 속삭이듯 말했다. 어떤 목적을 가지고 한 말이 아니라 그냥 답답하게 느껴졌기 때문이다. 원인은 담장이었다. 높다랗게 길게 이어진 내원의 담장은 영파상방의 그것보다 훨씬 높고 길게 이어졌고 그 바깥을 두르고 있는 높은 벽은 그 무게가 더했다.

늘 어깨가 무거웠다. 눈만 뜨면 앞을 우뚝 가로막고 서 있는 높은 담장이 너무나 싫었다.

'헉!'

정청화는 내심 찔끔했다.

'혹시 제정신으로 돌아오는 것 아냐?'

떠나 버릴지도 모른다는 생각에 와락 두려움이 밀려왔다. 사군이 없다면 지옥 같은 이런 생활을 더 이상 견디지 못할 것이다. 그런 자신을 알고 있었다. 사군을 가둬두는 것 같아 미안하기도 하고 가슴도 아팠지만 마음대로 풀어놓을 수는 없다. 그런데…

"너무 갑갑해요. 마치 감옥 안에 갇힌 기분이에요."

뜨거운 입김이 귓불을 스쳐 가자 짜릿한 감각이 전신을 휘감았다. 어느새 사군의 한 손이 그녀의 수밀도를 부드럽게 매만지고 있었다.

"흐웅! 알았어. 미안해. 내가 그 생각을 못했어."

정천화는 몸을 덮어오는 희열에 조금이라도 더 다가가려고 허리를 꺾었다. 그동안 자신이 할 수 있는 모든 편의를 제공해 주려고 노력했다. 그러고 싶었다. 그러기에 지금에 와서는 석호인과 사흘 밤을 함께 보낸 것조차 미안하게 생각될 정도였다. 억수 같은 빗줄기를 맞아가며 자신의 창문을 보고 한숨짓던 사군의 모습을 떠올릴 때마다 가슴이 아련해지는 정청화였다.

'불쌍한 사람!'

눈이 시큰했다.

정청화는 보드라운 두 손으로 사군의 머리를 안아 젖가슴으로 이끌어 따스하게 감싸주었다. 몸을 녹이는 꽃뱀의 혀가 수밀도를 날름거렸고 또다시 뜨거운 열풍이 침상 위를 몰아쳤다. 사군을 잃을지도 모른다는 생각 때문인지 오늘의 그녀는 미치도록 사랑 탐닉에 열중했다.

며칠 지나지 않아 사군에게 외출이 허락되었다.

사군은 내실로 불려가 외출을 준비하고 있었다. 정청화는 그를 위해 멋진 외출복을 준비해 주었다. 한눈에 보기에도 귀티가 자르르 나는 비단옷이었다. 허리띠에 박힌 작은 보석들까지 있는 그 옷은 소홍의 웬만한 귀공자들도 쉽게 착용하지 못하는 것으로, 서각(犀角:코뿔소 뿔)으로 된 중앙에는 자그마한 야광벽(夜光璧)까지 박혀 있었다.

특히 밤에 휘황한 자줏빛을 발산하는 야광벽은 대진국(大秦國:시리아 일대)에서 나는 옥으로, 서역(西域)을 오가는 상인들의 손을 거쳐 들어오는 진귀한 보석이기에 중원에서는 구하기가 힘들기도 하려니와 그 값이 결코 만만치 않아 손톱 정도의 크기라 할지라도 은자 몇백 냥을 호가했다. 그런 보석이 사군의 허리띠에 박힌 것이다.

"아!"

정청화는 영웅건까지 착용한 사군을 보고는 가슴을 설레며 감탄을 금치 못했다. 이런 멋진 사내가 밤마다 자신을 안아준다고 생각하니 몸이 뜨거워지며 흥분이 일었다. 허리띠를 본 시비들조차 멋진 야광벽이라고 입을 모았지만 정청화는 내심 고개를 저었다.

'바보들! 사군이 바로 야광벽이야!'

자신이 보기에는 그랬다. 사군이라는 사내는 눈이 제대로 박힌 사람만이 볼 수 있는 화씨지벽(和氏之璧) 그 자체였다.

"오래 있으면 안 돼! 한 시진이야!"

미리 언질을 받아두었고 두 명의 호위 무사도 딸려 보내기로 되어 있기는 했지만, 조바심이 난 정청화는 다시 다짐을 해두었다. 이런 멋진 사내라면 누구라도 눈독을 들일 터였다. 그녀가 아는 저잣거리에는 잘난 사내를 후려 하룻밤 여흥을 즐기는 유한(有閑) 마님이나 미리부터 사내 맛을 알아 눈이 벌게 아랫도리가 축축해진 채 잘난 사내만 보면 부끄러움을 모르고 꼬리를 쳐대는 처녀들이 너무 많이 있었다.

"걱정 마세요."

시비들이 물러가자 사군은 정청화의 빨간 입술에 지그시 입을 맞춰 주었다. 눈이 사르르 감기게 만드는 뜨거운 입맞춤이었다.

오랜만에 밖으로 나갈 수 있다는 생각에 한껏 들뜬 사군은 성큼성큼 문으로 향했다. 마당에는 그를 위한 마차가 대기하고 있었다. 혹시라도 그를 알아보는 사람이 있을까 염려한 정청화가 준비한 것으로, 두 필의 백마가 끄는 호화로운 수실로 장식된 마차였다.

"잠깐!"

문을 막 나서려는 순간 정청화가 불러 세워 다가오더니 옷깃을 여며 주었다. 언뜻 보기에는 단순히 사랑하는 사람의 옷매무새를 고쳐 주려는 것 같았지만, 사실은 뇌호혈에 박힌 은침을 확인하려는 행동이었다.

그녀는 옷깃을 만지며 사군의 몸을 한 바퀴 돌아 은침의 존재를 확인하고서야 안심할 수 있었다. 아무것도 모르는 사군은 그런 그녀가 고마워 다시 한 번 빙그레 웃어주고는 밖으로 향했다.

'꼭 돌아와야 해!'

너무 불안했다.

정청화는 그런 사군이 안채를 나서는 문을 지날 때까지 창가에서 지켜보았다. 생각 같아서는 같이 동행하고 싶었지만 이목이 두려웠고, 새신랑을 길 떠나보내는 새색시처럼 장원 문밖까지 배웅하고 싶었지만 그러지 못했다. 아니, 안채 문까지라도 바래다 주고 싶었지만 그마저도 눈을 의식해 이렇듯 창가에 몸을 기대며 뒷모습만 몰래 바라봐야 하는 자신이 너무 싫었다.

이윽고 사군의 모습이 눈을 벗어나자 불안은 도를 더했다.

'꼭 오겠지!'

외출을 허락한 결정이 잘못되지나 않았나 하는 걱정이 들었다. 불안은 그녀로 하여금 한자리에 서 있지 못하고 자신도 모르게 이리저리 내실을 오가게 만들었다.

'아니……! 회계를 맡았다더니 대단하군!'

정문을 지키는 표국의 호위 무사들은 사군의 행차에 서로 눈짓을 해가며 혀를 내둘렀다. 그들은 사군의 사치를 회계 담당이라는 그의 직책과 연관 지어 멋대로 상상하고 있었다. 떡을 만지면 고물이 묻어나게 마련이고, 이삭을 만지면 나락이 떨어지는 것이 사람 사는 세상의 이치였다.

"흐으읍."

부러운 눈길로 자신을 바라보는 위사들의 시선을 뒤로하고 장원을 나온 사군은 창문 밖으로 고개를 내밀어 크게 숨을 들이쉬었다.

너무 시원했다. 장원 밖이라고 해서 안과 다른 공기가 흐를 리 없건만 지금 그가 느끼는 맛은 특이했다.

장원 뒷문으로 나와 어디로 갈까 망설이는 듯하던 마차는 이내 광상교로 향했다. 문득 유화가 생각났기 때문이다. 두 명의 호위 무사는 마차 일 장 뒤에서 말을 몰아 호위하듯 따랐다. 무사들의 왼편 가슴에 그려진 작은 원과 그 안에 써 있는 중(中) 자가 사군의 내력을 말해 주었기에 감히 시비를 거는 놈이 없는 것이 물론이고 멀찍이서도 길을 피해 주었다. 이곳 소흥에서 중원표국 사람은 원래 그렇게 대접을 받았다.

광상교 건너서 모퉁이를 돌아 세 번째 집. 사군은 예전에 처음 순정을 바쳤던 그곳을 기억했다.

유화는 집 뒤편 물가에서 빨래를 하고 있었다. 얼마 전에 새로 얻은 사내가 생활을 책임져 주었기에 그녀는 더 이상 밤늦게까지 유씨 면포점을 나가지 않아도 되었다. 그녀와 함께 살게 된 사내는 물질을 하는 어부로 이곳에서는 흔한 직업이라 할 수 있었다.

빨래를 하던 유화는 허리를 쭉 펴고 두들기다가 문득 누군가 자신을 보고 있다는 생각에 고개를 돌렸다.

"어맛!"

다리 위에는 한 대의 호화로운 마차가 서 있었는데, 두 명의 중원표국 무사의 호위를 받으며 자신을 내려다보는 귀공자를 보고는 크게 놀라며 황급히 고개를 돌려야 했다. 저런 사람에게 자칫 눈길을 잘못 보냈다가는 경을 치는 수가 있다는 것을 알기 때문이다. 모른 척 빨래를 계속하려던 그녀는 귀공자의 얼굴이 몹시 낯익다는 생각을 했다. 잠깐 머리를 굴리다가 문득 한 얼굴을 떠올리고는 소스라치게 놀랐다.

'사군?'

퍼뜩 고개를 돌린 유화의 눈길이 사군과 마주쳤다.

씨익!

사군은 그제야 자신을 알아보는 유화를 보고는 가볍게 웃어주었다.

'어맛!'

유화는 가슴이 철렁했다. 한때 자신의 혼을 쏙 빼놓았던 그 웃음이었다. 가슴이 떨려왔다. 하지만 모두 과거사일 뿐 지금은 다른 사내와 사는 몸이었다. 그녀는 황급히 고개를 돌려 빨래를 계속하는 척하며 주변을 곁눈질했다. 혹시 이웃이 그걸 보고 입방아를 찧어대면 그 길로 결혼 생활은 끝이었기 때문이다. 사군과의 뜨거웠던 밤이 떠올라 얼굴이 붉어지기까지 했기에 유화는 더 더욱 고개를 들지 못했다.

'이상하네. 내가 잘못 알고 있나?'

사군이 기억하기로 유화는 잘 아는 여자였다. 한때 몸까지 섞었던. 그런데 상대는 모른 척하고 있었다. 그녀에 대한 기억을 떠올려 보려던 사군은 이내 머리를 절레절레 흔들었다. 뒤통수가 뻐근해져 왔기 때문이다.

다시 마차에 오른 그는 성안 이곳저곳을 돌아다녔다.

절강 최대의 장원이라는 백부(白府) 앞을 지나면서도 조금도 주눅이 들지 않았고, 오가는 사람이 가득한 창안포(昌安鋪) 거리에서도 호위 무사들의 호통 한마디로 편안하게 길을 갈 수 있었다. 사군은 이런 기회를 준 정청화가 너무 고마웠다. 사군은 예정 시간이 되어간다는 호위 무사의 언질에 황급히 장원으로 향했다.

"왔구나!"

아무 일 없이 무사히 돌아온 사군을 본 정청화는 뛸 듯이 기뻐했다. 오랫동안 외지로 일을 나갔던 낭군을 맞는 아내의 심정이 이럴까. 그날 밤 정청화는 더욱 뜨거운 사랑을 나누었다.

섭섭하지만 오늘은 정청화가 불러주지 않았다.

대충 날짜를 계산해 보니 달거리를 하는 것이 틀림없었다. 힘든 밤 시간을 보내던 사군은 단전에서 미약한 꿈틀거림을 느꼈다.

'양기야!'

사군도 이제는 자신의 신체에서 일어나는 변화 정도는 알고 있었다. 백부과의 열기로 짐작했다. 처음에는 다른 문제가 있다는 생각도 했지만 이도 저도 귀찮아진 그는 모든 것을 백부과 탓으로 돌려 버리려 했다.

사군은 습관처럼 가부좌를 틀고 앉아 그 힘을 움직여 보았다. 아득한 기억 속에 남아 있는 행동이었다. 힘이 움직이자 전신 혈맥을 따라 일 주천시켰다. 오랫동안 해오지 않았던 아주 옛날의 버릇처럼 생각되었기에 알지 못할 두려움도 있었다. 하지만 그 작은 힘은 사군의 몸을 돌아 아무런 문제도 없이 다시 단전에 안착했다. 그런데 그것을 마치자 몸에 훈기가 돌며 한층 힘이 나는 것이 느껴졌다.

'맞아! 예전에도 그랬어!'

문득 그런 기억이 떠올랐다

아무리 힘든 하루를 보냈어도 진기를 일 주천시키고 나면 몸이 시원해지며 모든 피곤이 풀리는 그런 기억이었다. 정춘교가 단전의 제어를 풀어둔 사실을 떠올리고는 다시 한 번 진기를 일 주천시키자 몸이 날아갈 듯했다. 그런 재미가 느껴지자 사군은 밤을 새워가며 진기를 돌리는 일에 열중했다.

아침이 되자 몸이 날아갈 듯 가벼워졌다.

다음날부터 정청화는 한시라도 사군을 멀리하려고 들지 않았다. 그러다 보니 가장 바빠진 사람은 정청화를 수행해 왔던 영파상방의 시비들과 호위 무사들이었다. 안채 주변을 지키는 호위 무사들은 정춘교가 상방 내에서 믿음이 가는 무인들로만 가려 뽑은 자들이었기에, 비록 석가장 내에서 벌어지는 일이었지만 정작 중원표국 사람들은 그 안에서 벌어지는 일에 대해 전혀 알지 못했다. 안채는 두 사람만의 낙원이 되었다.

두 번째 외출을 허락받은 사군의 뇌리에 떠오른 것은 어머니와 예향이었다. 그는 정청화가 지정해 준 두 명의 무인과 동행해 도하촌을 찾았다. 가는 도중에 지난 곳은 유씨 면포점이었다. 사군은 고개를 돌려 면포점 안을 들여다보았다. 때마침 면포점에서는 오진상이 밖을 나서고 있었는데, 그는 면포점 앞을 지나는 호화로운 마차를 발견하고는 흘낏 쳐다보았다.

"헉!"

오진상은 자신도 모르게 헛바람을 들이켰다.

사군이었다. 아무리 눈을 비비고 보아도 틀림없었다. 상대도 그를 알아보았는지 씨익 웃어주고 있었다. 마차가 빠르게 스쳐 갔지만 오진상의 눈에는 화려한 복장으로 호화로운 마차에서 밖을 내다보던 사군이 그대로 남아 있었다. 한동안 보이지 않았기에 어디 가서 죽은 줄 알았는데 돌연 중원표국의 마차를 타고 가다니, 그것도 상당한 지위에 있는 것이 틀림없어 보였다.

'허어!'

오진상은 고개를 절레절레 저었다. 대단한 놈. 애초부터 자신의 아래도, 상대도 아니었다. 문득 예전에 잘해줄 걸 하는 생각이 빠르게 스쳐 갔다. 그랬다면 지금쯤 '그땐 고마웠어요' 하며 아는 척이라도 해주었을지 모르는 일이었다.

사군을 태운 마차는 이내 성문을 나서 영은교 쪽으로 향했다. 사군은 알지 못할 설레임에 마차 창문으로 고개를 내밀었다. 다리 너머로 보이는 너무도 익숙한 마을 풍경.

"아!"

사군은 자신도 모르게 머리를 스쳐 가듯 연이어 떠오르는 기억들에 잠시 몸을 떨었다. 순간 머리의 지끈거림이 다시 그를 찾아왔다.

"으으으……."

사군의 비명에 호위 무사들은 크게 놀랐다.

'이 자식이 누구 뒈지는 꼴을 보려고!'

깜짝 놀란 두 명의 무사는 황급히 마차를 세우게 하고 격렬한 반응을 보이는 사군을 붙들었다.

"사 총관, 괜찮으시오?"

사군은 석가장 내에서 사진이라는 이름으로 불리고 있었다. 직급이 총관은 아니지만 정청화가 사군을 무척 아낀다는 것을 잘 알기에 사람들은 예의상 총관으로 불러주고 있었다. 진짜 총관이 들으면 심히 불쾌해하겠지만.

"무슨 불편한 점이 계셨는지?"

호위 무사들은 사군을 진심으로 걱정하는 체했다.

'만약 사군의 몸에 작은 흠집이라도 나면 너희들의 목숨으로 변상해야 한다'는 정청화의 엄명이 떨어져 있었기 때문이다. 그런 사정은 마차를 모는 마부도 마찬가지로, 그의 얼굴은 새파랗다 못해 하얗게 질리기까지 했다.

"괘, 괜찮소……."

사군은 둔중한 쇠뭉치로 맞은 듯이 엄청나게 지끈거려 오는 두통 때문에 자리에 쪼그리고 앉아 연신 머리만 내젓고 있었다. 한참을 그러고 있으니 겨우 진정이 되었는지 힘겹게 자리에서 일어났다.

"이만 돌어갑시다."

"그만 가보는 것이 좋겠습니다."

그를 부축한 무사들은 이구동성으로 사군에게 돌아갈 것을 건의했다. 비록 호위하는 직책이기는 했지만 그들의 말은 사군에게 지시나 다름없었다. 마차는 이내 장원을 향해 방향을 틀었다.

그날의 일은 고스란히 정청화의 귀에 들어갔다.

그녀는 지난번 유화의 일도 보고받았는데, 뒷조사를 시킨 결과 그녀가 지아비가 있는 여자이고 전에 유씨 면포점에서 일한 적이 있다는 것을 알고는 그저 안면있는 사이로 이해하고 버려두었다.

'미처 그 생각을 못했어!'

사군이 도하촌에서 컸으니 마을에 그가 좋아하던, 혹은 복잡한 관계가 있는 계집이 있을 가능성이 높았다. 헌칠한 키에 방심을 헤집을 듯한 멋진 미소를 가진 저런 사내를 어느 계집인들 마다하겠는가. 정청화는 고운 아미를 한껏 치켜떴다.

유화가 시신으로 발견된 것은 그 다음날이었다.

서소로(西小路) 작은 주루 안.

"벌컥! 벌컥!"

오경동은 술잔을 비웠다.

그가 마주하고 있는 사람은 오진상이었다.

"나도 같은 오(吳)가 성을 가졌으니 내가 충고하나 함세."

"옛? 말씀하십시오."

술잔을 들고 있던 오진상의 손이 약간 떨렸다. 상대방과의 오랜 대화와 몸에서 풍기는 기도며 등에 차고 다니는 장검 등에 이미 한껏 주눅이 들어 있는 상태였다.

"그 아이가 중원표국 마차를 타고 있음을 보았다는 사실을 누구에게도 말하지 않았다니 하는 말이네만, 지금 그 아이의 신분은 대단하네. 만약 함부로 그 일을 발설했다가는 목이 열 개라도 성치 않을 걸세."

오진상의 목젖이 꿈틀했다. 오경동은 말을 이었다.

"세상에는 사소한 사실일지라도 그걸 알기 위해 애쓰는 사람이 많지. 그런데 만일 상대가 그 일이 널리 알리 알려지기를 원치 않을 경우 어찌 되겠나? 아마도……."

가끔은 생략이 뱉어지는 말보다 더 귀할 때가 있다, 지금같이. 그 말에 오진상은 부르르 몸을 떨었다. 오경도의 말은 계속되었다.

"그들조차도 내놓고 알리지 않은 일이네. 이유가 있겠지, 자네가 모르는. 말귀를 알아듣는 친구니 이 정도면 내 말뜻을 이해하겠지?"

"무, 물론입니다!"

말소리가 심하게 떨렸다. 그러고 보니 소흥에서 사군이 중원표국에 있다는 사실을 아는 사람은 아무도 없는 것 같았다. 표국에서도 그 사실이 알려지기를 원하지 않고 있다는 말이 아닌가.

'으음!'

오진상은 한 손을 들어 목줄기를 매만졌다. 부엌칼에라도 쉽게 잘라질 모가지다.

그것을 본 오경동의 입가에 은근한 미소가 걸렸다. 비밀이란 여러 사람이 알면 더 이상 비밀이 아닌, 그저 가치없는 이야기일 뿐인 것이다.

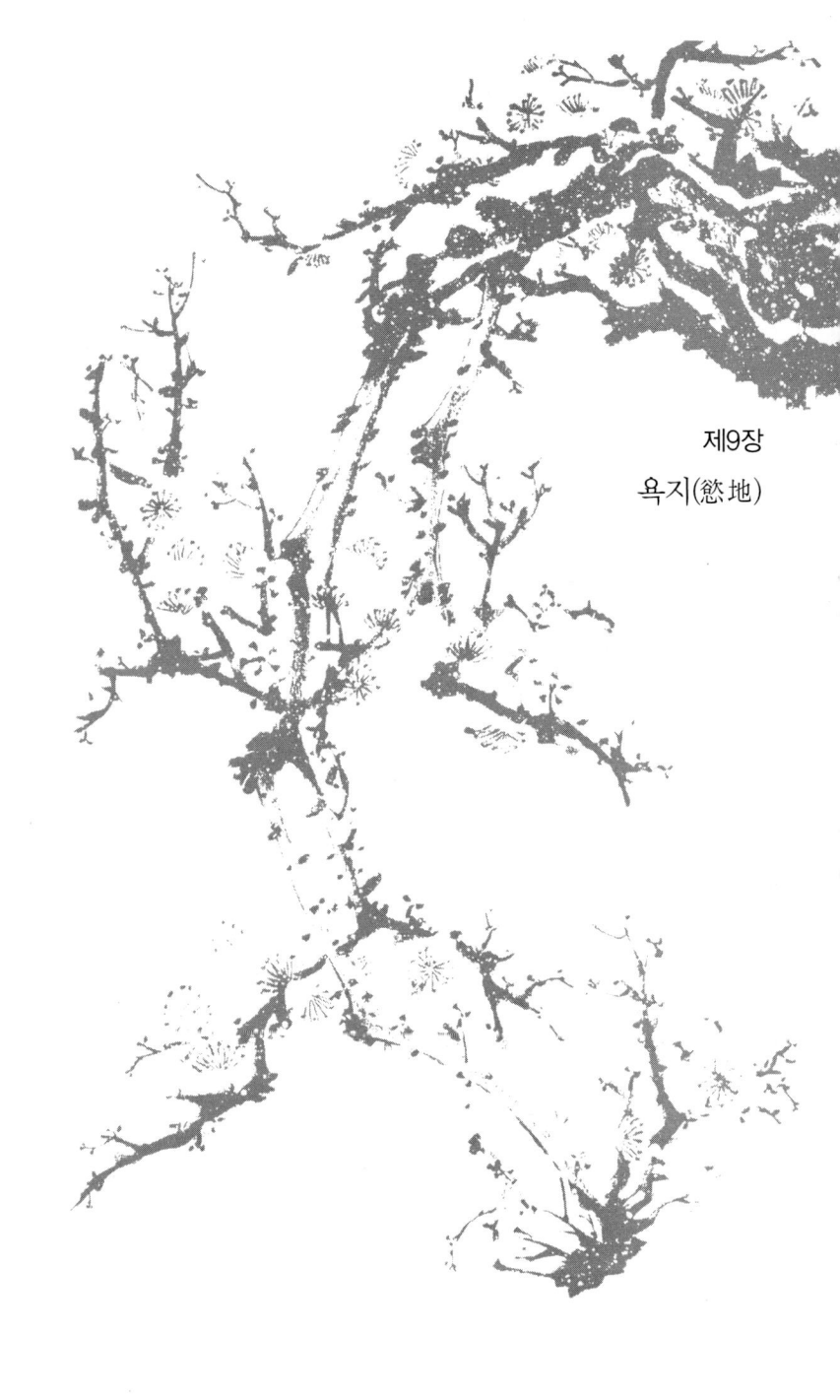

제9장

욕지(慾地)

창안포는 오늘도 시끄럽다.

이곳이 시끄러운 것에 이런저런 이유가 있기도 하겠지만, 소홍부를 장악하고 있는 타항인 월왕회 총단이 이곳에 자리하고 있다는 것도 한몫했다.

"흐흐흐, 아직도 웬만한 처녀보다도 낫구나."

월왕회주(越王會主) 구홍(丘鴻)은 침을 삼켰다.

눈앞에는 벌거벗은 여인이 수하 두 명에게 양팔을 잡혀 버둥거리고 있었다. 나신이 버둥거릴수록 감추고 싶은 젖가슴과 은밀한 수초는 더욱 요동을 쳐 구홍의 두 눈을 자극했다.

"이 더러운 놈들! 천벌을 받을 게다!"

처절하게 악을 쓰는 여인은 사군의 어머니 명녹주였다.

구홍은 은밀한 경로를 통해 장보도에 관한 정보를 얻었다. 그리고 우연히, 정말 운 좋게 사군모가 자신의 관할 하에 있는 도하촌에 산다는 것을 알고는 얼씨구나 했고, 즉시 수하들을 시켜 그녀를 납치해 왔던 것이다. 사군이라는 젊은이가 장보도에 깊숙이 개입되어 있다는 소문은 있었지만, 그를 도하촌 출신의 촌놈 사군과 연결 짓는 사람은 많지 않았다. 장보도에 관한 소문이 워낙 은밀하게 전해지는 까닭도 있었지만, 그 출현만 알 뿐 누가 관련되어 있는지조차도 비밀에 싸여 있었기 때문이다.

'어미를 데려오면 새끼도 따라오는 것이 순리지.'

구홍은 그렇게 믿었다.

이런 치욕을 안기는 것은 고분고분 말을 듣게 만드는 절차였다. 정보를 제공한 자로부터 몸은 다치게 하지 말라는 부탁도 있고 해서 십여 일이 넘게 달래가며 순순히 타일렀지만, 명녹주가 굳게 입을 닫고 있었기에 이런 방법을 쓰는 것이다. 권주를 마다하면 벌주를 마시는 것은 당연한 순서로, 이런 종류의 벌주는 그가 여자들을 상대로 애용하는 방법이기도 했다.

'내게선 한마디도 들을 수 없어!'

명녹주는 굳게 결심하고 있었다.

어떤 모진 고문을 당한다 하더라도, 어떤 치욕을 당한다 하더라도 그분의 일점혈육에게 조금이라도 해가 가게 할 수는 없었다. 아니, 그 이전에 정성을 들여 키운… 직접 낳은 아들이나 진배없는 아이기에 어미가 되어서 제대로 키우지는 못했을망정!

"나쁜 놈들! 어디 마음대로 해봐라!"

명녹주는 여자로서 남 앞에 보여서는 안 되는 모든 것들이 낱낱이 드러나는 순간부터 수치심에 눈을 꼭 감고 입을 다물었다. 다만 간간이 악을 쓰는 것이 전부였다. 그조차도 지금 상황이 나아지리라 기대하고 하는 것이 아닌, 그저 수치심을 이기지 못한 몸부림일 뿐이었다.

출렁거리는 젖가슴과 은밀한 곳의 방초가 구홍의 눈을 자극했다.

"물러가라!"

구홍의 말에 수하들은 그녀를 침상 위로 옮겨놓고는 나는 듯 사라졌다. 회주의 뜻을 눈치 챈 것이다.

'헉!'

침상 위였다. 명녹주는 경악했다.

어쩌면… 이런 일이 벌어질지도 모른다는 예상은 했었다. 산나물이라도 캐다가 먹으려고 산에 올랐다가 누구도 알지 못하는 사이 납치되어 온 그녀였다. 사군이 남기고 간 은자가 있기에 그렇게까지 할 필요는 없었지만, 은자는 아들의 혼인식에 쓸 요량으로 장롱 깊숙한 곳에 아껴두고 있었다.

정신을 차리고 보니 이곳이었다.

고문을 가할 것이라는 예상과 달리 벗기고 씻기고 할 때 섬뜩한 뭔가를 느끼기는 했었다. 결국… 하지만 더 이상 두렵지 않았다.

'나도 언니 뒤를 따르면 돼!'

명녹주는 나중을 생각했다.

구홍은 겉옷을 벗어 집어 던지듯 놓고는 명녹주를 향해 다가왔다. 놀란 그녀는 미처 벌거벗은 몸을 가릴 생각도 않고 뒤로 물러나려 했지만 벽에 막혀 물러날 곳도 없었다. 사내를 피해 침상 옆으로 빠져나가려는 애처로운 몸짓은 이내 구홍의 억센 팔뚝에 의해 막혀 버렸다.

그가 명녹주의 팔목을 잡아 비틀어 침상 쪽으로 돌리자 몸이 힘없이 딸려가며 흉측하게도 사지를 벌린 형상으로 나동그라지게 되었다.

"흐흐흐!"

구홍은 기다렸다는 듯이 몸을 덮쳐 갔다.

여자를 고문한다는 것은 정녕 미친 짓이다. 물론 고문이 필요한 여자들이 따로 있기는 하다. 창기 같은 부류의 몸을 파는 여자들이나 헤픈 여자들 같은. 그런 것들은 오히려 몸을 무기로 사용하려고 한다. 하지만 저렇듯 몸을 사리는 여자라면…….

"네 아들은 지금 어디 있느냐?"

"저, 전 몰라요. 면포점에서 일한다고 들은 것이 전부예요."

명녹주는 다급하게 말했다.

아는 것은 사군이 남긴 편지를 읽었기에 광휘당포로 일자리를 옮겼다는 것까지였다. 하지만 혹시나 해가 갈까 하는 마음에 그조차도 숨겼다.

"좋게 끝내려고 했는데……."

구홍의 손길이 명녹주의 젖가슴을 부드럽게 쓰다듬었다.

"악!"

바동거렸지만 오히려 상대를 자극할 뿐 피할 길은 없다.

"어디 있느냐고 물었다. 해를 가하려는 것이 아니라 좋게 대화를 하자는 것이다."

모성애란 무섭다. 그것을 달래서 누그러뜨리기 위해서는 아들의 안전을 보장하고 채찍과 당근을 쓰는 것이 중요하다. 구홍은 말을 이었다.

"그 아이는 죄를 짓고 쫓겨 다니고 있다. 너도 알다시피 우리 월왕회만이 그런 사람을 받아들일 수 있지. 그 아이가 귀한 것을 들고 달아났다고 하더구나. 우리에게 몸을 의탁하게 하면 목숨은 살 수 있지. 게다가 그 공로로 좋은 지위도 보장받을 수 있을 거고."

가슴을 주무르던 구홍의 손은 어느덧 벌거벗은 여체를 타고 내려가 은밀한 비처(秘處) 사이를 파고들었다.

"학!"

"숨기는 것만이 능사가 아니다. 세상일이란 좋은 게 좋은 법. 너도 우리 월왕회가 얼마나 대단한 존재인지는 잘 알 것이다. 우리가 나서면 관부에서도 한 수 양보하지. 아들의 목숨을 생각한다면 늦지 않게 입을 열어라."

비처를 탐하는 구홍의 손이 더욱 짓궂게 움직였다. 그 손을 떼어내려고 바동거리는 여인의 몸짓은 너무도 나약하기만 해 차라리 애처롭게까지 보였다.

하지만 명녹주는 입을 열지 않았다.

먼저 몸이 단 것은 구홍이었다.

'으음!'

보드라운 여체의 여기저기를 만지다 보니 자신도 모르게 욕정이 솟구치는 것을 느꼈다. 어미가 나서서 사군을 끌어들여도 좋고 아니면 아닌 대로 그만이고. 아무튼 급한 불부터 꺼야 했다. 그는 불끈거리는 하초의 힘을 달래기 위해 여체 위에 몸을 실었다.

"악!"

하체를 강하게 파고드는 뜨거운 불기둥을 느낀 명녹주는 눈을 까뒤집었다.

'죽이야 하는데!'

눈을 감았다.

혀를 깨물어 죽고 싶지만 아직 못다 한 말이 남아 있었다. 그 얘기는 사군이 적당한 처녀를 만나 혼인하고 자식을 낳은 후에나 해줄 수 있을 터였다. 아내가 있고 자식이 생기면 함부로 나서다가 몸을 상하는 모험은 하지 않을 것이라고 믿기에 그때까지는 입을 굳게 다물 생각이었다.

"헉!"

돌연 구홍의 입에서 감탄성이 터졌다.

'드문 계집이로구나! 한낱 촌부로만 생각했는데 정말 기가 막힌 그 릇을 가졌구나.'

그저 또 계집 하나를 취한다고 했는데, 마치 양물이 빨려 들어갈 것 같은 흥분에 도리어 자신이 깊은 늪에 빠져 허우적거리고 있었다. 그의 엉덩이 율동이 더욱 빨라졌다.

'이, 이러면 안 되는데!'

명녹주는 이를 악물었다. 어느새 몸이 뜨거워지고 있었다.

사내를 받아들인 것은 십수 년도 지난 먼 옛날의 일이었다. 그런데 몸뚱이는 아직도 그 흥분을 기억하고 있었다. 더 죄를 짓기 전에 차라리 이대로 죽고 싶었다. 하지만… 숱한 여자를 다룬 유홍의 손길에 몸은 점점 열기에 빠져들고 있었다.

"으흐!"

이를 악물고 참아왔던 신음성이었건만 뼈마디까지 스며드는 깊숙한 흥분에 입술이 살짝 벌어지는 순간을 참지 못하고 밖으로 흘러나와 버렸다. 명녹주는 잠시나마 모든 것을 포기했다. 어느 순간부터 두 팔은 구홍의 등을 억세게 죄고 있었다.

정춘교는 눈을 감았다.

당장 이 자리에서 힘든 결정을 해야 했다.

'대세가 어딘가?'

스스로에게 묻고 또 물었다.

맞은편에서는 면사로 얼굴을 가린 대답을 재촉하듯 제갈옥이 그를 똑바로 쳐다보고 있었다. 뒤편에서 용두괴장을 들고 서 있는 천장파파도 정춘교를 주시하고 있었다.

'그래! 장강이야! 장강 이북은 청(淸)이고 그 이남은 명(明)의 차지가 되겠지!'

장강 이남뿐 아니라 중원의 모든 사람들 역시 그렇게 생각하고 있었다. 아무리 남경 조정이 내분으로 허덕이고 있다고는 하나 백만대병을 거느린 홍광제라면 장강에서 청병의 남하를 충분히 저지할 수 있을 터였다.

"조건은 무엇이오? 설마 내게 알량한 충성심을 강요하려는 것은 아니겠지요. 나는 상인일 뿐 정치에는 관심이 없소."

한 발을 앞으로 내밀듯 하다가도 다시 뒤로 감추는… 철저히 이득을 쫓는 상인만의 화법(話法)이다.

"물론이에요. 단순히 사 소협의 문제를 거론하려고 이 자리에 모신 것은 아니지요. 우선 지금 대행두께서 중원표국에서 벌이는 투량환주(偸樑換柱)의 모계(謀計)는 당연히 어둠 속에 덮어 버릴 거예요."

'으음!'

정춘교의 눈이 잠시나마 흔들렸다.

'투량환주라……!'

하기는 중원표국의 대들보를 훔치고 기둥을 바꾸는 일의 시작은 두 가문의 혼사였고, 이미 완숙의 단계에 접어들고 있었다. 석경령은 날개가 꺾여 누워버렸고 석호인은 애초부터 상대가 아니었기에 석씨 집안에 남은 사람은 곧 혼사를 치러주어 내쳐 버릴 석자희와 며느리이며 자신의 딸인 정청화가 전부였다. 아직까지는 그 일이 표면적으로 구설

수에 오른 경우는 없었다. 석경령의 와병과 석호인의 오랜 방탕을 절묘하게 조화를 이루어 정청화가 야금야금 실권을 넘겨받는 데에는 아무런 문제가 없었다.

제갈옥은 그것을 언급하고 있었다.

'하긴, 제갈세가가 모른다면 더 이상 제갈세가라고 할 수 없지!'

정춘교는 내심 쓴맛을 다셨다. 제갈옥은 자신의 계책은 물론 장보도로 무림을 시끄럽게 했던 사이 사군이 중원표국의 안채에서 회계로 있다는 사실까지 알고 있었다. 과연 제갈세가라는 말이 입 안에서 맴돌았다.

그의 변화를 눈여겨보던 제갈옥은 말을 이었다.

"만약 사 소협에게 공을 세우게 한다면 강남 상권은 철저히 보장해 드리지요. 우리 세가에서 나선다면 그리 어려운 일은 아니지요. 이미 여러 상방과 무림문파에서도 우리를 돕기로 했어요. 지금이 바로 간자들을 처리하는 일에 사 소협의 능력이 필요한 시점이에요."

"그 아이가 그만한 그릇이 되겠소?"

사군의 무공을 말하는 것이다. 자신도 제갈옥의 말마따나 사군이 그 일을 할 수 있으리라 믿었다. 하지만 상인답게 상대의 눈을 평가하려는 것이다.

"혈안색마의 뛰어난 능력이라면 충분히 검증된 것이 아닌가요?"

'헉!'

하마터면 경악성을 입 밖으로 내뱉을 뻔했다. 의외였다. 사군이 중원표국에 있다는 것을 알아낸 정보력도 대단했지만, 그가 혈안색마임을 알고 있다는 사실은 정춘교로 하여금 정녕 놀람을 금치 못하게 했다.

제갈옥의 면사도 미세하게나마 흔들렸다.

'틀림없어!'

짐짓 건드려 본 질문이었다. 혈안색마가 사군이라는 짐작은 하고 있었다. 혈선에서 그와 대면했을 때 수시로 붉어지며 욕정을 이글이글 태우던 그 눈빛이 너무도 강렬하게 와 닿았기에 가슴 깊이 각인되어 잊혀지지 않고 있었다. 사군이 사라진 곳에서 멀지 않은 소주에 나타난 눈이 빨간 색마라면 당연히 그와 연결 지어 생각할 수밖에 없었다. 하지만 세상사 모두 그렇듯 두 눈으로 보기 전에는 확신할 수 없었는데 정춘교의 반응이 확신을 가져다 주었다. 중원표국에 있다면 그의 행동은 자연스레 정청화와 이어져 있을 것이다.

불현듯 몸이 더워졌다.

사군의 눈빛이 떠올랐기 때문이다. 그토록 이글거리는 욕정에 가득한 눈빛을 받아본 적이 없었다. 그 눈길을 그리워하고 있지나 않은가 움칠움칠 놀라기까지 했었다. 처음 받아본 지독스레 끈적거리는 눈빛. 갑자기 젖가슴이 스멀거렸다.

불안했다.

"내가 나서야 해!"

아버지가 쓰러지고 이어 오라버니마저 점차 폐인이 되어가고 있었다. 어느새 표국의 실권은 알게 모르게 야금야금 정청화에게로 옮겨가고 있었다. 그동안 신임 표국주 석호인에게 잘 보이려고 애쓰던 표국 내 실세들도 은근히 안채의 동향에 신경 써가며 업무를 처리하고 있었다. 이미 결정된 사항도 안채로 가져가 다시 재가(裁可)를 받는 형편이었다.

석자희라고 그런 변화를 모르지는 않았다.

'오라버니의 신상에 일이 생긴 것이 틀림없어!'

곰곰이 생각해 보니 오라비의 중세가 정청화와 혼인을 한 이후부터 생겨났다는 데에 생각이 미쳤다. 어쩌면 오라비는 정청화가 처녀가 아니라는 것을 알고 자학하고 있는지도 몰랐다. 그런 일을 대놓고 물을 수는 없었기에 대신 안채의 주인이 된 친구를 찾았다. 때마침 정청화는 사군과 회계 처리에 관한 대화를 나누는 중이었다.

'아니, 저런!'

석자희는 내심 놀라지 않을 수 없었다.

둥근 탁자 위에 회계 장부를 펴놓고 말을 나누고 있는 두 사람의 거리가 너무 가까웠던 까닭이다. 남녀가 유별하니 탁자에서 서로 마주 보고 앉는 것이 당연할 터인데, 마치 다정한 친구처럼 딱 붙어 앉아 말을 나누고 있었다. 그것보다 그녀를 더 놀라게 한 것은 저렇듯 속살이 비칠 것 같은 얇은 비단옷을 걸치고도 마치 별것 아니라는 듯 태연스런 표정을 짓고 있는 정청화의 태도였다.

'어, 어떻게 저런 옷을 입고 아랫사람, 그것도 사내와……!'

이런 상황을 도무지 이해할 수 없었다.

"왔구나."

무슨 일이냐는 듯이 멀뚱히 바라보며 말하는 정청화를 대하는 순간 말문이 콱 막혔다.

"왜 그래?"

정청화는 이상한 눈으로 내려다보고 있는 석자희를 언뜻 이해하지 못하고 물었다. 사군과 너무 친숙해져 있기에 그녀에게 이런 차림새는 일견 자연스럽다 할 수 있었다. 안채에만 있다 보니 다른 사람의 눈길을 의식할 필요가 없기에 옷조차도 사군과 사랑을 나누기에 편한, 그리고 언제나 눈길을 유혹할 수 있는 옷을 입는 것이 습관되어 버렸던 것이다. 게다가 그녀 때문에 사군을 내보내는 것도 자존심 상하는 일이라고 생각해 석자희의 방문에도 얼른 밖으로 내보내지 않고 있었다.

"으, 웅!"

당황한 쪽은 오히려 석자희였다.

"앉아."

정청화는 그녀를 향해 부드럽게 말하고는 그제야 사군에게 나가보라는 눈짓을 했다. 하지만 석자희에게는 그 눈길조차도 마음에 들지 않았다. 마치 다정한 연인들의 눈짓을 보는 듯한 기분이 들었기 때문이다. 사군이 일어나자 석자희는 자리에 앉으며 다시 한 번 정청화를 슬쩍 쳐다보았다.

목 선이 깊게 패어 있는 것은 물론이고 젖가리개까지 흐릿하게나마 들여다보일 정도의 차림새였다. 아무리 좋게 생각하려고 해도 밤늦게 남편을 기다리는 새색시의 옷차림으로밖에 볼 수 없었다. 저런 차림으로 젊은 사내를 맞다니!

'아차!'

석자희의 표정을 본 정청화는 그제야 자신의 옷차림이 너무 심하지 않았나 하는 생각이 들었다. 하지만 지금에 와서 어떻게 한단 말인가.

정청화는 얼른,

"초가을인데도 날이 무척 더워."

하고 얼버무리는 것으로 사태를 덮어버리려고 했지만 석자희의 굳은 표정은 여전히 풀리지 않았다.

'뭔가 있어!'

심장이 쿵 하고 떨어지는 기분!

마음속으로 짙은 의혹이 먹구름처럼 밀려들었다. 장원 내에 은밀히 퍼져 있는 오라버니의 기묘한 음행(淫行)과 새로 회계를 맡았다는 사진이라는 사내, 그리고 정청화 등이 동일 선상에 놓여 어떤 문제를 일으키고 있을지도 모른다는 생각이 퍼뜩 머리를 스쳤다. 서늘한 기운이 등줄기를 타고 흘러내렸다.

석자희는 문을 막 나서는 사군를 다시 한 번 힐끔 돌아보았다. 헌칠한 키에 널찍한 등판, 그리고 보니 흐릿한 눈동자만 아니라면 짙은 눈썹에 오뚝한 콧날의 얼굴을 가진 꽤나 괜찮은 사내였다.

종복이라니… 어쩌면 예전부터 깊은 관계에 있었는지 모른다는 생각이 들었다. 하긴 주종 간의 은밀한 남녀상열지사(男女相悅之事) 또한 그리 드문 일도 아니기도 했다.

"저 사람이 너희 집에서 일한 지 오래되었니?"

"아니, 몇 달 되지 않았어."

정청화는 내심 뜨끔했다. 사군을 돌아보는 눈초리나 지금의 질문이나 둘 사이를 의심하고 있는 것이 틀림없어 보였다.

"어머! 그런데도 회계 일을 맡기다니."

예상대로 석자희는 의심스러운 눈길로 다시 캐묻고 있었다. 회계 일은 능력만 있다고 아무에게나 시킬 수 것이 아닌, 주종 간의 두터운 신뢰가 있어야 가능한 일이다. 능력보다도 믿음이 우선하는 자리인 것이다. 대답이 궁했다.

"으, 응… 아버님께서 적극 추천하셨거든."

정청화는 사군에 대해 집요하게 물어오는 그녀가 부담스럽기 그지없었다. 화제를 돌려야겠다는 생각에,

"근데 무슨 일이니? 이 시간에 다 찾아오고."

하고 아무 일 없다는 듯 밝은 표정으로 되물었다. 그동안 몇 번 정청화의 거처를 방문하기는 했지만 대개 오후였다. 석자희는 정청화가 사군에 대한 말을 무척이나 부담스러워한다는 것을 간파했다.

"그냥, 갑자기 보고 싶어서."

그렇게 말하는 것으로 마무리한 그녀는 아무 일도 아니라는 듯 잔뜩 수다를 늘어놓다가 적당한 시간에 돌아갔다. 문득 계속 추궁을 하다가는 오히려 상대에게 경각심만 심어줄 수 있다는 데에 생각이 미쳤던 까닭이다.

사군은 석자희가 돌아가자마자 정청화의 부름을 받고 다시 안채로 와야 했다.

"아무래도 눈치를 챈 것 같아. 어쩌면 좋지?"

정청화는 울상이 된 얼굴로 물었다.

사군도 안색이 굳어졌다. 날마다 하루에도 몇 번씩 정청화를 찾았는데, 머리가 흐릿해 간단한 회계를 제외하면 제대로 할 수 없었기에 그녀가 거들어주어야 했다. 하지만 그런 수고로움조차도 큰 낙으로 삼고 있던 사군에게는 날벼락과 다름없는 일이었다. 눈치를 챘다면 아가씨에게 좋지 않은 일이 생길 우려가 있다는 염려에 방법을 강구해 보려고 했는데,

'으윽!'

또다시 지끈거리는 두통이 찾아들었다. 얼굴을 찡그리던 사군은 얼른 머리를 흔들어 생각을 털어내려고 했다.

"어떡해… 흑!"

정청화는 사군의 품에 안기며 옅게 흐느꼈다. 큼지막한 손이 고운

머릿결을 부드럽게 쓰다듬었다.

'불쌍한 여자.'

자신에게 강제로 순결을 빼앗겼고, 그 죄로 사내 구실도 제대로 못 하는 남편을 만났고, 허전함을 이기지 못해 다시 자신과 사랑을 나누는 가련한 여자였다. 그녀를 아끼는 만큼 가슴속에서 크나큰 분노가 치밀어 올라왔다.

석자희!

"이게 다 너 때문인 거 알지?"

정청화는 자신의 젖가슴으로 상대를 은근히 짓누르며 응석을 부리는 듯한 콧소리로 말했다. 자신의 행동을 정당화하고 사군의 책임이라는 것을 확실히 못 박아두려는 말이었지만, 받아들이는 사람에게는 그 소리가 마치 천둥처럼 크게 들렸다.

"그 계집도 나 같은 경우를 당해보아야 하는 건데……."

정청화는 부드러운 손길로 사군의 허리를 두 손으로 감아오며 말했다. 누구를 탓한다기보다 불륜에 대한 스스로의 양심에 대한 변명이었다.

"죄송해요."

사군은 고개를 숙여 품에 안긴 정청화의 귀에 속삭이듯 말했다.

"흐응!"

몸이 녹아버릴 것만 같은 짜르르한 귓속말에 참지 못한 정청화는 사군의 허리춤 아래로 손을 넣었다. 예상대로 터질 듯한 양물이 손에 잡혀왔다. 마음 같아서는 당장이라도 침상으로 함께 올라가 뜨거운 사랑을 나누고 싶었지만, 낮이라 감히 그럴 수 없는 것이 못내 아쉬워 마냥 몸만 부비는 것이 고작이었다.

"이경(二更:밤 열시 전후)이 되면 내 침실로 오는 것을 잊지 말아."

정청화는 펄펄 끓어오르는 것 같은 양물을 살며시 쓰다듬으며 속삭였다. 사군은 그녀의 등을 꽉 끌어안아 주는 것으로 대답을 대신했다.

"화아 있니?"

며칠 후, 석자희는 이경이 다 되었을 무렵 갑작스레 정청화를 찾았다. 마주쳐야 소리가 나는 것이 손뼉이다. 시비들에게 둘러싸인 정청화를 감시하는 것보다 사군의 동정을 살피는 것이 몇 배 더 쉬운 일이었다. 그동안 은밀히 사군의 행적을 살펴오다가 그가 안채로 들어간 것을 알고 움직였던 것이다. 워낙 빠르게 안으로 뛰어들었기에 시비들조차도 미처 막아서지 못했다.

"하악… 하악……."

분명 흥분에 겨운 여인의 신음성이었다. 건물 안으로 들어온 석자희도 그 소리를 들었다.

정청화의 침실과 약간의 거리가 있었는데도 확연히 들리는 소리였다. 이미 내실 전체는 어둠 속에 잠겨 있었다. 남편이 없는 불 꺼진 침실에서 들리는 이 소리는 무어란 말인가!

'나쁜 년!'

설마설마 했는데… 몸이 떨렸다. 확실한 현장을 잡고 싶었던 그녀는 소리를 듣자가가 더욱 걸음을 빨리했다. 어두웠지만 익숙한 길이라 희미하게 비쳐 드는 달빛만으로도 침실을 향해 가는 것에는 별문제가 없었다. 그녀가 막 모퉁이를 돌아서려는데,

"에이취!"

갑자기 희미한 어둠 속에서 뭔가 덮치듯 나타나 큰 소리를 내며 부딪쳐 왔다.

"악!"

크게 놀란 석자희는 그 힘에 밀려 뒤로 나자빠지며 자신도 모르게 비명을 질렀다.

"어이쿠!"

쿵, 소리가 들리는 것이 상대도 놀란 것이 틀림없었다. 미처 상대를 확인하기도 전에 누군가 그녀의 머리채를 부여잡고 뒤흔들며 괴이한 소리를 내는 것이 아닌가.

"웨이퀴! 워퀴! 워퀴!"

"귀신이야! 귀신이야!"

놀란 석자희는 혼이 쏙 빠져나가고 심장이 떨어져 나가는 충격에 연신 귀신이라며 비명을 질렀다.

어둠 속이라 공포가 엄습했다. 부딪친 충격도 컸기에 석자희는 정신을 차리지 못하고 겨우 몸을 일으키고 있었는데, 머리채까지 휘어 잡혀 이리저리 끌려 다니다가 벽면에 몸을 부딪치며 다시 나자빠졌다.

쿠당탕!

"웨이퀴! 워퀴! 워퀴!"

소동을 떠는 것은 얼이 빠져 끽소리 못하고 당하고 있는 석자희가 아니라 늙수그레한 목소리의 상대였다.

정청화도 방 바깥의 소란을 알아챘다.

'어맛!'

오늘도 사군과 뜨거운 시간을 보내고 있던 정청화는 그제야 바깥에서 일어나고 있는 소동을 듣고는 심장이 쪼그라들 정도로 크게 놀랐다. 급히 사군을 밀어내고 화닥닥 몸을 일으킨 그녀는 얼른 옷을 걸치며 사군에게 창문 쪽으로 나가라고 눈짓했다.

'어이쿠!'

사군은 정신없이 옷을 주워 들고 창문을 통해 밖으로 달아났다.

실컷 머리를 쥐어뜯기고 있던 석자희는 뒤이어 등불을 들고 달려온 시비들에 의해 겨우 구조되었다. 그제야 상대의 얼굴을 살피니 바로 정청화의 유모였다.

"웨이커. 아귀쒸 요쿤이예!"

유모도 석자희의 얼굴을 알아보고는 얼른 팔을 부축하며 알아듣지 못할 말로 석자희에게 떠들어댔다.

'괴질을 앓아 말이 어눌하다더니……'

그동안 몇 번 얼굴을 마주치기는 했지만 유모가 하는 말을 들어보기는 처음이었다.

'아차!'

그제야 자신이 이곳을 찾은 목적을 깨닫고 얼른 내실로 들어가려는데, 유모가 그녀의 팔을 붙들었다.

"아귀쒸, 형써햐체예! 끄윽. 끄윽."

유모는 눈물을 뚝뚝 흘려가며 말하고 있었다. 아마도 용서를 구하는 말 같았지만, 마음이 급했던 석자희는 유모의 손을 홱 뿌리치며 안으로 달려들어 가려고 했는데, 이번에 치마를 붙잡고 늘어졌다.

"아귀쒸, 끅! 끄윽!"

진저리가 쳐지는 괴이한 울음소리를 내지르며 애처로운 눈빛을 보냈다.

"알았어, 용서할게! 용서한다고!"

치마를 잡아당기니 꼼짝을 할 수 없어 억지로 그녀의 손을 풀어낸 석자희는 시비가 들고 온 등불을 빼앗다시피 건네받아 안으로 뛰어들었다.

쾅!

문을 박차고 안으로 들어섰는데,

"무슨 일이야?"

정청화는 아무 일도 없었다는 듯 의자에서 몸을 일으키며 물었다. 석자희는 한동안 아무런 말도 하지 못했다. 침상은 누가 있었던 흔적도 전혀 없이 말끔히 정돈되어 있었다. 문득 이상한 생각이 들었다. 밖에서 그런 큰 소동이 있었으면 당연히 모습을 보였어야 했는데 마치 아무것도 모르는 듯한 행동을 하고 있었다. 그사이 갑자기 유모가 앓았다는 괴질이 옮아 귀까지 먹지는 않았을 터인데…….

'불이 꺼져 있었어!'

당연히 침상에 누워 있었어야 했고 일어났다면 침상이 어질러져 있어야 했는데… 석자희의 눈길이 창문을 향했다. 아무 일이 없었다는 듯 굳게 닫혀 있었음에도 마음이 천근만근 무거웠다.

정청화는 연신 두리번거리는 그녀를 보며 불안에 떨었다. 내심으로는 사군이 빠뜨리고 간 흔적이 없나 걱정되어 곁눈질로 사방을 살피기에 바빴다. 하지만 더 결정적인 것을 잊고 있었다. 땀방울이 흘러 화장이 지워진 흔적이었다.

서로가 탐색전을 벌이듯 눈치만 보고 있는 와중에 석자희는 정청화의 얼굴에서 화장이 지워진 흔적을 발견했다.

'아니! 그러면 그렇지!'

남자와 밤을 지냈던 경우는 아직 없지만 나이가 찬 이래 은근한 호기심에 춘궁화(春宮畵)를 통하거나 금서(禁書)를 몰래 구입해 남녀가 나누는 운우지락(雲雨之樂)의 도(道)가 어떠한지는 대충 알고 있었다.

그러고 보니 화장이 지워진 자국뿐 아니라 몸 전체에서 짙은 땀 내음
이 물씬 풍겼다.

'흥! 더 볼 것도 없어!'

석자희는 발딱 자리에서 일어나 밖으로 향했다.

"왜 그래?"

당황한 정청화는 얼른 뒤따라 일어서며 물었다. 혹시라도 사군이 남
긴 물건을 발견하지나 않았나 하여 뒤까지 돌아보게 되었다.

"잘 알면서!"

석자희는 싸늘한 어조로 쏘아붙이고는 횡하니 나가 버렸다.

"흥! 뭘 안다는 말이야? 공연히 밤늦게 찾아와 소동이나 피우고."

기분이 나빠진 정청화도 코웃음을 쳤다. 이대로 수그린다면 더 나쁜
결과가 있을 것이라는 예감이 들기도 했다. 직접 보지는 못했으니 큰
소리를 쳐도 겁날 것이 없다는 생각도 있었다. 선실에서의 일도 오늘
의 일도… 버티면 그만인 것이다.

'저게!'

석자희의 가슴은 부글부글 끓었고 입술마저 파르르 떨었다.

'오라버니도 그 눈치를 채신 게야. 그래서 반미치광이 같은 짓을 하
고 있는 것이고.'

물증이 필요했다. 간부(姦婦)는 도리어 뭘 잘못했냐는 듯 뻗대고 있
지 않은가. 석자희는 입술을 꼭 다물었다. 아무리 못난 오라비지만 반
드시 이 일을 밝혀내 마음을 후련하게 해준다면 그 이상한 증세도 사
라질 터였다.

'샛서방을 잘못 만나면 집안을 말아먹는다고 하더니!'

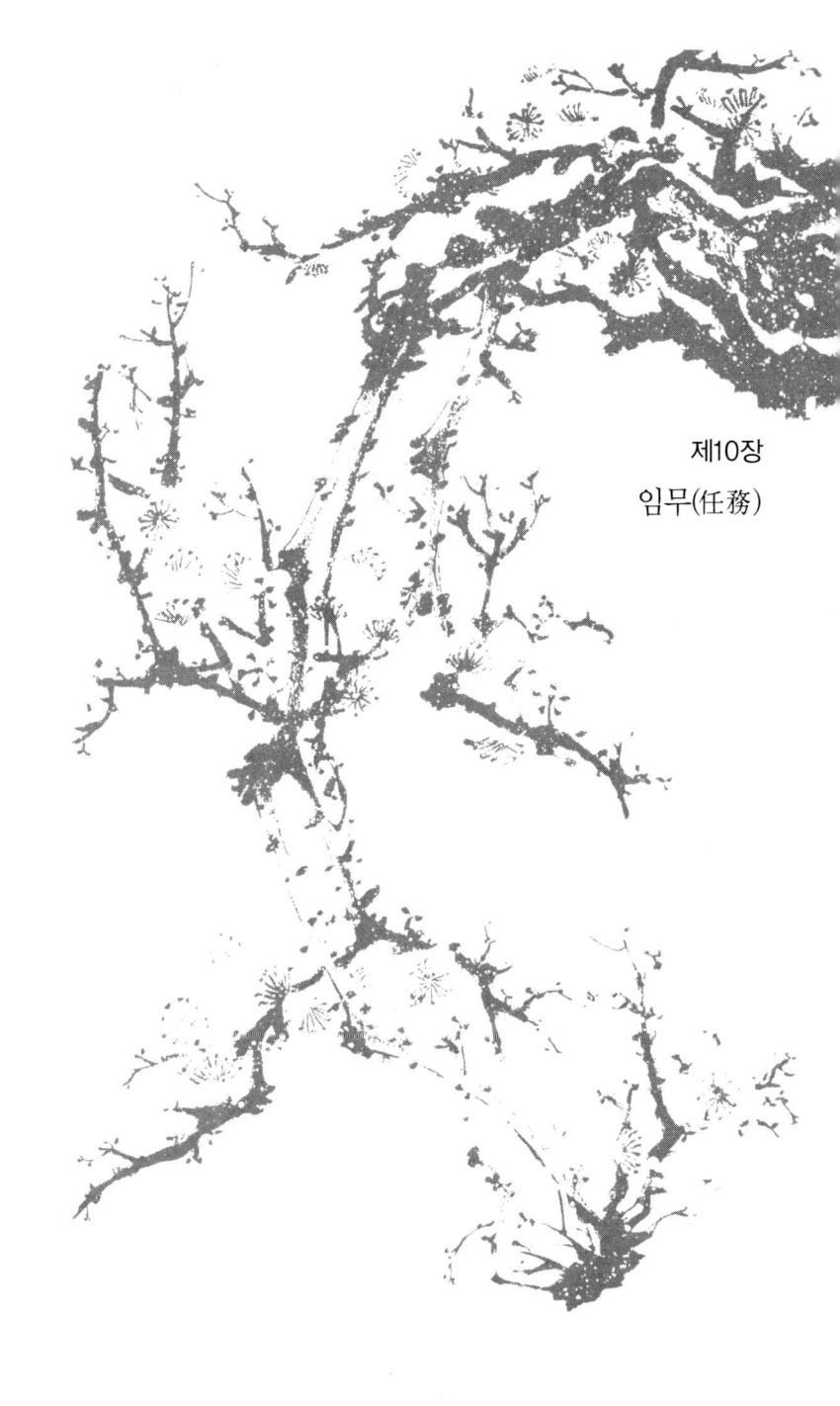

제10장

임무(任務)

정춘교가 중원표국을 방문한 것은 정청화가 혼인을 한
이래 처음이었다. 차라리 그전이었다면 어색하지 않은 방문
이 되었겠지만, 혼인한 딸을 방문하는 모양새가 되었기에 그
의 처신은 자못 조심스러웠다. 병중인 두 사돈에게 간단한
인사를 마친 그는 사위를 찾았다.

장인어른의 방문에도 불구하고 석호인의 안색은 그리 밝
지 않았다. 그는 대충 형식적인 인사를 하고는 바쁜 일이 있
다며 자리를 떠버렸다. 하지만 그것은 정춘교도 바라던 일이
었다. 석호인의 반응은 그의 수족들에 의해 빠짐없이 전달되
는 딸에 관한 소식으로 이미 예상을 하고도 남음이 있었다.

그는 곧바로 정청화를 찾았다.

"석자회가 아는 눈치라고 들었다."

거두절미하고 본론을 말하는 아버지의 말에 정청화는 얼
굴을 붉혔다. 하기는 자신에게 일어나는 일을 모르고 계실

아버지가 아니었다. 그제야 급히 달려오신 이유를 알았지만 마땅히 변명할 말도 없었다. 뭘 잘했다고 주절거린단 말인가.

입을 다물고 있자 정춘교가 말을 이었다.

"석자희에 대해서는 적당한 혼처를 알아보겠다. 그런 후에 혼인을 시켜 이곳을 떠나게 하면 그뿐이다. 그보다는 이제… 사군을 좀 써야 할 것 같구나."

그 말이 왜 그리 어려운지, 정춘교는 내심 땀을 뻘뻘 흘렸다. 어린 딸이 가장 좋아하는 노리개를 빼앗는 기분. 그 반응이 두려웠다.

그의 예상대로 석자희 얘기에도 별 반응을 보이지 않던 정청화의 안색은 돌변했다는 말이 적당할 정도로 딱딱하게 굳어졌다.

"안 돼요!"

정청화는 마치 싸우겠다는 듯이 어깨를 꼿꼿이 펴고 정춘교의 눈을 똑바로 쳐다보았다. 이런 손쉬운 무기가 자장 효과적으로, 그리고 유일하게 통할 수 있는 사람. 아버지를 상대하고 있는 그녀의 유일한 창이요 방패였다.

절대로 허락할 수 없는 신성불가침의 영역을 침입당한 사람의 단호한 반발과 같은 일성! 정춘교의 가슴이 쿵 하고 내려앉았다. 이곳에 오는 내내 어떻게 딸에게 상처를 주지 않고 설득할 수 있을까 하며 고심했다.

벌컥! 벌컥!

목이 탄 정춘교는 약간 식어버린 찻물을 술 마시듯 들이켜 잔을 비웠다.

"어쩔 셈이냐?"

정청화는 다시 입을 닫았다.

하지만 아버지를 쳐다보는 눈길만은 여전히 거두지 않았다.

떼를 써야 한다. 악착같이 떼를 써야 한다. 절대 사군을 곁에서 떠나게 할 수는 없다. 설사 자신을 사랑하는 친아버지의 말씀일지라도 그렇게는 안 된다.

분했다. 아버지에게 잘못하고 있다는 것은 알고 있지만 그저 분하기만 했다. 어쩌면 그 악역을 맡은 사람이 가장 믿었던 아버지라서 더 그런지도 몰랐다. 쳐다보던 눈에서 이슬 같은 눈물이 고이더니 이내 방울이 되어 주르르 흘러내렸다.

'어이쿠!'

정춘교는 입맛이 썼다. 입을 꾹 다물고 어느새 펑펑 눈물을 쏟아내는 딸을 보니 가슴이 미어지며 눈까지 시큰해졌다. 딸은 보란 듯 눈물을 닦아낼 생각도 않고 자신을 똑바로 보고 있었다. 도저히 마주 볼 수 없었던 정춘교는 눈길을 돌렸다. 목이 말라와 차라도 마시고 싶었지만 이미 횅하니 비어 있는 찻잔이었다.

"으음!"

목청을 가다듬었다. 이렇게 나올지도 모른다는 예상은 했었다.

"그, 그만 울거라. 아비가 그놈을 어떻게 하겠다는 것이 아니다."

"제발 그놈이라고 하지 마세요. 이름이 있잖아요. 흑흑……."

쿵!

숨이 가빠왔다.

딸은 놈을 사랑하고 있었다!

어쩌면 좋은가. 이 정도일 거라고는 전혀 예상치 못했는데… 그저 얼마간의 정이나 가지고 있을 것이라고 생각했었는데……. 그동안 딸의 행동으로 보아 우려가 없었던 것은 아니지만 확신을 가진 것은 처음이었다.

고개를 젖히고 손을 들어 돌연 뻣뻣해져 오는 목 뒤를 주물렀다.

오십이 되어서야 얻은 아이. 그래, 너를 위해 무언들 못하겠느냐. 설사 그게 살날이 얼마 남지 않은 이 아비의 목을 조르는 것일지라도.

"알았다, 알았다. 제발 그만 좀 울어라."

바람둥이 석호인을 사위로 택했던 것은 그의 능력을 알기에 나중에라도 딸이 표국의 모든 전권을 쥐고 뒤흔들며 살게 하려는 배려였다. 딸이 묵묵히 그의 뜻에 따랐던 것은 순결을 잃었다는 죄책감이었을 것이고. 진심으로 녀석을 좋아해 혼인했을 리는 없었던 것이다.

'내 죄야, 단추를 잘못 꿰어준 것은 나로군.'

어린 딸이 무슨 죄가 있겠는가. 맞지 않는 상대와 평생을 해로해야 하는 것만큼 심한 고문은 없을 것이다. 문득 그의 머리 속에 큰 실수를 했다는 생각이 스쳐 갔고, 늘 그랬던 것처럼 이내 새로운 대책을 들고 나왔다.

"그 아이는 지금 이지를 제어당한 상태이다. 평생을 그렇게 살 수는 없는 것이 아니냐. 그리고 사내라면 의당 강호에서 이름을 떨쳐야 뒤에서 내조를 하는 보람도 있을 것이고."

'아!'

어깨를 세운 채 두 손을 아랫배 부근에 모아두고 아버지와 한판 싸움이라도 불사할 듯한 자세를 잡고 있던 정청화는 전신에서 힘이 쭉 빠져나가는 것을 알았다.

"아버님! 흑……."

정청화는 탁자 위에 머리를 박고 울었다.

못난 딸자식이었다.

이제 사실 날이 얼마나 남았다고 이토록 협박을 해가며 괴롭혀 드린단 말인가. 그것도 자식을 향한 뜨거운 부성애를 담보로! 정청화는 펑펑 쏟아지는 눈물을 어쩌지 못했다. '이름이 있잖아요'라는 한마디에 아버지는 모든 것을 알아버리셨고, 그 짧은 순간에 모든 허물을 덮어버리셨고 이제 도와주려 애를 쓰고 계셨다. 충격이 적지 않았을 터인데 내색도 않으시고…….

"으흐흐흐흑……."

자리에서 일어선 정춘교는 탁자 위에 엎드려 눈물을 쏟아내는 딸의 등을 살며시 안아주었다.

"이제 그 녀석은 내게 맡겨라. 내가 책임지마. 걱정은 말아라. 네 곁에 두고 일을 시켜도 되니까."

딸을 달래는 정춘교의 머리 속에 돌연 엉뚱한 생각이 스쳐 갔다. 아니, 지금이라면 엉뚱하다고 할 수도 없는 생각이었다.

'차라리 석호인 대신 그놈과 맺어주는 것이……!'

용아보(龍牙堡).

소흥에서 전당강에 이르는 길목인 숙산현(蕭山縣) 외곽에 위치한 이곳은 원래 산동마방(山東馬幇)이 강남 지역의 운송을 총괄할 목적으로 세웠다. 하지만 지금은 남하하는 청병에 밀린 마방의 수뇌부가 기거하기 시작하면서 총단으로 사용되고 있었다. 영파와 소흥, 항주를 횡으로 잇는 길목이기에 상당히 중요한 요충지이기도 했다.

휘잉!

스산한 가을바람이 불었다.

유가무상보를 펼친 사군은 둥실 바람을 타고 담장을 넘었다. 용아보

뒤쪽이었다. 사전에 들은 대로 담장 안으로 넓은 정원이 나타났다.

스스스스…….

사군은 작은 나무들 사이에 서 있는 커다란 석등을 향해 천천히 몸을 움직였다. 여간해서는 공기의 파동마저 느낄 수 없는 한없이 느린 이동이었다. 이런 야심한 시각에는 곳곳의 매복자나 호위 무사들도 눈을 감고 청력에 의지하기에, 차라리 눈에 띌지라도 소리를 내지 않을 수 있는 움직임이 더 효과적임을 잘 알고 있었다.

이각이나 지났을까.

마침내 건물 처마에 몸을 찰싹 붙일 수 있었다. 잠깐 천이통을 전개해 주변을 살핀 사군은 손을 움직였다.

격공어물(隔空馭物).

굳게 잠겨 있던 건물의 문이 스르르 열리기 시작했다. 사군은 문에서 삼 장가량 떨어져 있었기에 누가 보았더라면 바람에 열린 것으로 생각할 정도였다. 겨우 사람이 들어갈 정도가 되자 사군은 문 가까이 다가가 재빨리 건물 안으로 들어섰다. 그가 들어가자마자 문은 아무일 없었던 것처럼 천천히 닫혀 원상태로 돌아갔다.

안은 공허했다. 중앙에는 여럿이 대화를 나눌 수 있는 원형 탁자가 놓여 있고 그 건너로 침실로 보였다. 사군은 천천히 벽을 따라 침실을 향해 몸을 돌렸다. 바로 그때 돌연 날카로운 파공음이 그의 등을 찢어왔다.

쒜액!

싸악!

두 줄기!

사군은 몸을 앞으로 굴렸다. 허공을 가른 도검들이 바닥을 따라붙으며 요혈을 노리는 순간, 돌연 사군의 몸이 위로 뒤집히며 튀어 올랐다.

청룡번(靑龍翻).

도저히 사람이라고 생각할 수 없는 유연한 움직임! 갈고리처럼 날카로운 두 손이 공격자들의 목줄기를 우악스럽게 거머쥐었다.

우두둑! 우둑!

목뼈가 부러지는 잔인한 소리!

"끄윽!"

"끄륵!"

미약하나마 듣기에도 괴로운 신음성과 함께 두 명의 공격자들은 어이없이 무릎을 꿇었다.

삭! 삭!

사군이 바닥에 떨어지려는 무기를 낚아채 그것으로 쓰러져 가는 공격자들의 가슴을 쑤셨다.

비명 소리도 없었다. 재빨리 몸을 낚아챈 다음 소리가 나지 않도록 바닥에 눕혀두었다. 번뜩이는 눈동자는 아무 일 없었다는 듯 건물 구석의 침실로 향했다.

스스스슥!

문 쪽으로 다가서는 순간이었다.

"놈!"

문을 쪼개며 엄청난 살광이 사군을 향해 번뜩였다.

철판교(鐵板橋).

몸이 뒤로 젖혀지며 아슬아슬하게 도광을 피하자 상대는 침입자를 한칼에 쪼개 버리려는 듯 칼을 내리그었다. 사군은 뇌려타곤(懶驢打滾)을 펼쳐 도세(刀勢)를 피함과 동시에 왼발로 상대의 턱을 후려 찼다. 교묘하게 틈을 찾아 내지르는 측질횡등(側跌橫蹬)의 수법!

빠각!

발길질은 상대의 턱을 단숨에 부숴 버렸다. 비틀거리는 그를 향해 사군의 발이 빠르게 교차했다. 여전히 누운 채였다.

쌍각금라(雙脚擒拿).

두 발 사이로 상대의 발을 꼬아 중심을 잃게 만들어 바닥에 쓰러뜨리는 수법. 어느새 아래로 내려온 왼발은 상대의 오른 발등을 찍어눌렀고, 다른 발로는 상대의 오른발 정강이 뒤쪽을 감아갔다. 휘청거리던 상대는 그대로 앞으로 자빠졌다.

쫘당!

벌떡 일어난 사군의 주먹이 상대의 심장을 향했다. 평범한, 그러나 심장을 가려주는 등 쪽의 갈비뼈 따위는 여지없이 부숴 버리는 우악스러운 일권이었다.

뻑!

묵직한 타격음이 실내를 뒤흔드는 순간 사군은 들어왔던 뒷문을 향해 몸을 날렸다. 마지막 공격자의 이마 왼편에 난 완두콩만한 점으로 그가 오늘의 목표임을 확인한 터였다. 상대의 심장이 짓이겨진 이상 설사 화타나 대라신선이 오더라도 되살릴 수는 없는 것이기에, 임무를 마친 지금은 최대한 빠르게 이곳을 벗어나는 일만 남은 것이다.

산동마방 총마가두(總馬哥頭) 원응성(袁應星)!

장강 이북 최대의 운송 조직인 산동마방을 이끌며 일세를 풍미했던 그는 한밤중에 영문도 모르는 비참한 죽음을 맞았다. 청병이 장악한 산동 지역에 마방의 기반을 다시 세우기 위해 최근 청 조정과 은밀한 교섭을 벌였고, 막대한 자금을 안겼다는 소문이 도는 자였다.

그와 함께 죽은 자들은 산동쌍웅(山東雙雄)이라 불리는 원웅성의 비밀 호위였다. 그들 또한 무림에 이름을 떨친 상당한 고수들이기는 했지만, 때로는 활처럼 휘어지고 때로는 비단옷처럼 구겨지며 현란하게 펼쳐진 청룡투(靑龍鬪)의 공세를 감당하지는 못했다.

펑!

문짝을 뚫고 나온 사군의 몸은 빛살처럼 빠르게 후원을 지나 담장을 향했다. 비명 소리에 깨어난 용아보 곳곳에 하나둘 횃불이 밝혀지며 술렁거렸다.

"서랏!"

"자객이다!"

"총마가두님을 보호하라!"

사방에서 횃불들이 어지러이 움직이며 사군이 남긴 소동의 진원지로 향했다.

파팟!

팟!

담장을 넘으려는 사군을 향해 두 개의 검이 교차하며 쓸어왔다. 나무 위에 숨어 있던 매복자들이었다.

휘리릿!

사군의 몸이 검세를 피해 빙글거리며 돌았고 허공을 쪼갠 검이 다시 그를 향하는 순간 더 이상 그의 모습은 찾을 수 없었다.

"이쪽으로 달아났다!"

"여기다!"

두 마디 고함성이 사군의 뒤에 남아서 터져 나왔지만, 이미 사라진 흔적만 뒤쫓아 공허한 메아리로 남은 것이 전부였다.

"수고했다."

빙그레 웃으며 등을 두드려 주는 정춘교의 손길에 사군은 어쩔 줄 몰라 했다.

"목숨을 다할 것입니다."

사군은 한 걸음 뒤로 물러나 읍(揖)하며 이런 기회를 준 그에게 감사를 표했다.

"이 일은 절대 비밀에 부쳐져야 한다. 만일 화아가 무얼 했느냐고 묻거든 우리 상방의 화물을 지켜주고 왔다고만 해라. 무척 중요한 것이기에 내용물도 몰랐다고 하고. 이미 언질을 주었듯이 몇 가지 일만 더 하면 너를 진정한 내 사위로 인정하겠다. 화아도 너를 좋아하고 너도 화아를 아끼니 어울리는 한 쌍이 아니겠느냐. 때가 되면 바보 같은 석호인 녀석은 따로 조치를 취할 것이다."

그 말에 사군은 부끄러워져 고개를 들지 못했다. 문득 석호인에 대해 미안한 마음이 들기는 했다. 하지만 지금은 그에게는 어떤 것도 정청화를 대신할 수는 없었다.

정춘교는 손짓으로 사군을 물렸다.

'역시 예상대로야!'

소주에서 용담호혈 같은 대장원들을 가볍게 넘나들며 숱한 부녀자들을 겁간했던 놈이었기에 내심 어느 정도 믿기는 했었다. 모든 과정을 보고받은 지금에는 그 믿음은 신념으로 바뀌고 있었다. 중원표국은 손에 넣은 것이나 진배없으니 이제 약속에 따라 필요한 자들을 제거하는 일을 시작한 것이다. 게다가 지금에는 천군만마나 다름없는 후원자도 있었다.

잠깐이나마 원래 목적이 바뀐 것이 두렵기는 했지만, 서로가 이기는 상승(相承)의 길임을 확신하고 추진하는 일이었다. 서로가 서로의 약점을 쥐고 돕는 공정한 거래였다. 사군이 더욱 바빠질 것이기에 딸이 안쓰럽기는 했다.

밤이 깊었다.

사군은 정청화를 끌어안고 깊은 잠에 빠져 있었다.

"나오너라!"

잠에서 번쩍 깨어나게 만드는 정춘교의 전음이었다. 일어나니 옆에서 가늘게 코를 고는 정청화의 모습이 눈에 들어왔다. 두 사람이 사랑을 나누는 밤이면 언제나 맞는 격정적인 시간을 감당하지 못해 쉽게 깊은 잠에 빠져 버리는 그녀였다.

'다녀올게!'

잘 익은 살구같이 빨갛게 달아오른 볼에 입을 맞추어주고는 살며시 곁을 빠져나왔다. 간단한 운기조식을 마친 사군은 옷을 걸치고 침실을 벗어났다. 벌써 다섯 번째였다. 사람을 죽인다는 사실에도 마음이 무겁지 않은 것은, 역적의 무리를 소탕하고 있다는 은근한 자부심도 있기 때문이었다.

언제나처럼 정춘교는 사군의 거처에 와 있었다.

"오늘 상대는 각별히 주의해야 한다. 이제껏 해치웠던 자들과는 비교도 되지 않게 무공이 뛰어난 놈이다."

그토록 자신을 챙겨주는 정춘교의 말에 눈이 시큰했다.

"반드시 목적을 이루겠습니다."

"덧붙여 다시 말하지만 만일 잘못되더라도 이곳을 입 밖에 내서는 안 된다. 화아가 표적이 될 수도 있다."

사군이 무엇을 두려워하는지 잘 알고 있었다. 미혼침이 효과를 톡톡히 보여준 덕분인지, 아니면 진심인지는 몰라도 적어도 그가 보기에 녀석이 딸자식을 몸과 마음을 바쳐 위하고 있는 것은 틀림없어 보였다.

"목에 칼이 들어와도 그런 일은 없을 것입니다."

결연한 어조였다. 정춘교는 만족한 듯 입가에 미소를 띠고는 고개를 끄덕였다. 두 사람 사이에는 적어도 정청화를 위한다는 공감대가 있었고, 그것은 정춘교로 하여금 은연중에 사군을 위하게 만들었다.

"오늘 상대는 절명승(絶命繩) 음천규(陰天窺)이다. 절강 흑도무림에서 서열 삼위로 인정받는 자이다. 네게 다소 벅찬 상대이기는 하겠지만 어차피 산을 오르지 않고는 고개를 넘을 수 없다. 놈은 복건상방의 총호법으로 은근히 중원표국을 넘보는 것은 물론이고 우리 상방까지 기웃거리는 실정이다. 게다가 청국 오랑캐와도 줄을 대고 있다니 황실의 암적인 존재이지."

사군은 조용히 들으며 그의 설명을 하나하나 머리 속에 각인시켜 두고 있었다.

"상대의 무기는 만년한철(萬年寒鐵)의 고리로 이어진 일 장가량의 해승(蟹繩)이다. 절명승(絶命繩)이라고 부르기도 하는 그의 무기는 움직임이 채찍과도 같아 그 변화가 막측한 것은 물론이고, 만년한철인 까닭에 몸에 스치기만 해도 살점에 떨어져 나가거나 베어진다. 오히려 도검보다 더 날카롭다고 할 수 있지. 그 해승을 병장기로 직접 막았다가는 그대로 부러지고 만다. 더 무서운 것은 한철 고리의 끝에 달린 집게 모양의 독아(毒牙)에는 극독이 발라져 있어 몸에 스치기만 해도 상대를 절명케 하는 무서운 병기라고 한다. 화아를 생각해서라도 조심해라."

진심이었다.

이번 일 때문에 어린 딸이 소중히 여기는 보물을 빼앗고 싶진 않았기에 이토록 자세한 설명을 덧붙이는 것이다. 만일 놈이 실패해 돌아오지 못하는 불상사가 생긴다면 딸의 슬픔을 감당할 자신이 없었다. 그럼에도 보내는 것은 어차피 누르고 지나야 할 상대이기도 하려니와 사군이라면 최소한 육 할 이상의 승률을 점치고 있기 때문이다. 이제껏 보여준 활약상에 근거해 뽑은 확률이었다.

음천규가 머물고 있는 장소의 약도를 받아 든 사군은 떠났다.

"조심하거라!"

정춘교는 그 뒷모습을 불안한 눈동자로 지켜보았다. 어느덧 사위를 대하는 애틋한 마음까지 생기는 자신을 보며 흠칫 놀란 적이 한두 번이 아니었다.

하지만 아직은 아니다.

절강제일의 세력인 석경령이 하루아침에 앓아 눕고 아들 석호인마저 허수아비가 되듯, 세상일이란 내일을 모르는 것이다. 놈에게 주어진 것은 누구나 인생을 살며 몇 번씩 찾아오는 기회일 뿐이다. 가치를 보이면 그만한 대접이 뒤따를 것이고 아니면 아닌 대로 그만이다.

복건상방 영파공소.

공소 뒤편의 안채에 해당하는 쪽에 위치한 건물이 바로 음천규가 머무는 곳이다. 그가 복건을 떠나 이곳에 상주한 지는 한 달이 넘어서고 있었다. 오늘 오후 갈의현이 은밀히 이곳을 찾은 이래 그는 한층 고무되어 있었다. 욕심이 나는 영파상방을 코앞에 두고도 함부로 움직이지 않는 것은 정춘교와 영파오월이 결코 만만치만은 않다는 사실에 있었다.

그 균형을 깨뜨릴 묘방(妙方)이 바로 청국이었다.

예친왕 다탁의 친서를 가지고 그를 은밀히 방문했던 갈의현은 절강에 청국의 세력을 심어준다면 모든 지원을 아끼지 않겠노라고 전했던 것이다. 기회였다. 음천규가 바라는 것은 청국이 이곳을 점령하면 그 위세로 복건상방이 총행두가 되고 나아가서 중원 최고의 상방 주인이 되는 것이다.

"드르릉! 드르릉!"

마음이 편했기에 오늘은 코 고는 소리조차도 요란했다.

'하나, 둘, 셋!'

사군은 매복을 셌다.

좌우측의 큰 나무 위에 하나씩, 그리고 담장 너머에 하나였다. 무공 수준으로 보아도 예사롭지 않아 보였다.

'제기랄!'

불평이 나오는 것은 놈들이 깨어 있다는 사실 때문이다. 이 시각 정도면 아무리 훈련된 매복조라도 가벼운 잠에 빠질 법도 하건만, 천이통을 펼친 결과 놈들은 또렷이 깨어 있었다. 벌써 반 시진째 숨을 죽이고 기다렸지만 요지부동의 상태인 것이 그를 더욱 짜증나게 하고 있었다.

마음이 급했다.

소흥에서 영파의 끝자락인 이곳까지 오느라 걸린 시간도 적지 않았기에 돌아갈 마음이 앞선 것이다. 웬만하면 그대로 뚫고 가고도 싶었지만, 오늘의 상대에 대해 신신당부하듯 주의 주는 정춘교를 떠올리니 결정이 쉽지 않았다.

'어쩔 수 없어!'

풍정원을 떠올렸다.

오늘보다 몇 배 더했지만 오랜 시간 끝에 성공할 수 있었다. 문득 장난꾸러기 같은 여인의 얼굴이 떠올랐다. 깨어나 겁에 질려 손이 발이 되도록 빌던 그 모습도. 꿈이 아닌 것을 알고 한동안 얼마나 괴로워했던가.

사군의 몸이 서서히 담장 쪽으로 움직였다.

청룡지주공.

제발 놈들이 눈을 감고 있기를……

바람의 미세한 결을 타야 했다. 지독히도 느린 움직임만큼이나 공력의 소모가 제법 있는 신법이다.

스으으으……

천천히 미끄러지듯 담장을 넘었다. 살기가 예사롭지 않았다. 이런 강적들이라면 일을 성공적으로 마친다 해도 나올 때 심각한 장애물로 남을 터였다.

독심을 품었다.

'모두 죽여야 해!'

이기어기(以氣馭氣)!

사군의 지풍이 스르르 나무 사이를 지났다. 거의 일각이나 걸리는 과정이었다. 미약한 기의 움직임으로 사혈을 짚었음을 느꼈을 뿐 아무런 소리도 없었다.

스으으으.

또 다른 지풍이 바람결을 타고 흘렀다. 기류 끝은 미세한 감각. 정확한 사혈이었다.

'시간을 너무 끌었어.'

초조는 극에 달했다.

마지막 하나! 그런 마음이 전해진 기(氣)가 지풍을 싣고 가다가 요동
치며 바람결을 흔들었다.

'이런!'

사군은 긴장했다. 아차 하는 순간 마음이 흔들려 바람결을 놓친 것
이다. 하지만 그런 긴장마저도 상대에게 고스란히 전해졌다.

상대의 반응은 신속했다. 날카로운 파공음과 함께 나무 위에서 일어
난 살기는 예리하게 공기를 갈라왔다.

팟!

휘릿!

몸을 틀어 살기를 피하는 순간 번쩍거리는 검광이 그 뒤를 이었다.
사군의 위에서 하늘을 덮어오는 상대의 공세가 촘촘한 그물망이 되어
전신을 짓눌렀다. 어느새 뽑은 검이 손을 떠나 그물 사이의 작은 틈을
예리하게 파고들었다.

이기어검(以氣馭劍)!

"끄억!"

그물망이 품고 있던 매서운 살기가 일시에 걷히며 목이 꿰뚫려 추락
하는 상대의 모습이 눈에 들어왔다.

"적이다!"

"자객이다!"

공소 주변이 일시에 소란스러워지며 곳곳에서 횃불이 환히 불을 밝
혔다. 불빛 사이로 지붕과 공터를 지나며 사군을 향해 몸을 날리는 무
수한 그림자들이 보였다.

'틀렸어!'

사군은 검을 회수할 여유도 없이 몸을 돌려 달아나기 시작했다. 하지만 그런 결정은 뒤늦은 감이 있었다.

'흐흐흐. 걸려들었군!'

그 뒤를 따르는 자들의 선두에 음천규가 있었다. 그는 지붕 위에서 사군의 움직임을 훤히 꿰뚫어 보며 달려오고 있었다.

'위험해!'

뒤쪽에서 느껴지는 엄청난 살기에 사군은 맹렬한 기세로 달아나고 있었다. 저토록 매서운 기세는 범우에게서 느낀 것이 마지막이었다. 사군은 전력을 다해 신형을 뽑았다. 모두 세 명인 추적자는 말없이, 하지만 악착같이 사군의 뒤를 쫓고 있었다.

사군은 평소라면 쉽게 떨쳐 낼 수 있겠지만 세 명의 매복을 제거하느라 너무 많은 공력과 심기를 허비한 탓에 유가무상보를 펼쳤음에도 다급한 마음에 비해 턱없이 느리기만 했다.

'흐흐흐! 꼬리를 잡았어!'

음천규는 독기를 품었다. 오늘의 매복은 철저한 함정이었다. 갈의현 과는 '반드시 흉수를 제거해 주겠다' 는 약속까지 한 터였다. 갈의현은 그동안 당한 협조자들의 명단과 습격 상태 등 면밀한 조사를 마친 자료를 건네주었고, 자신에게도 곧 암습자가 있을 것임을 알려왔다.

음천규는 그 모든 것을 종합해 보고는 놈의 행동에 일정한 양식이 있음을 알아냈다. 습격 대상자의 거처에서 가장 근거리를 통해 접근해 오거나 무공이 약한 자들이 배치된 곳을 노린다는 사실, 그리고 시점이 밤이라는 것이었다.

일견 당연해 보이기는 했지만, 일정한 거리를 넘어서는 지점은 매복에 관계없이 잠입로로 선택되지 않았다는 사실은 충분한 가치가 있었다. 그 예측에 근거해 수하들 중 상당한 무공을 지닌 자들을 길목에 심었고, 지금 상대의 꼬리를 잡을 수 있었던 것이다.

휘이익! 휘익!

어둠 속을 네 개의 신형이 맹렬한 속도로 달렸다.

오늘의 추격은 오십이 넘은 음천규에 있어 최대의 추격전이 될 터였다. 신법의 속도로 보아 추격을 계속한다면 충분히 잡을 수 있다는 생각에 그는 최선을 다해 상대를 뒤쫓고 있었다.

사군은 추적자들과 조금도 거리를 벌리지 못하자 내심 크게 당황하고 있었다. 아무리 진기를 끌어올려 보아도 그 효과는 미미하기만 해 이내 꼬릴 잡히는 꼴이었다.

쫓고 쫓기는 두 개의 덩어리는 어느새 자계현과 여요현을 지나 소흥성으로 접어들고 있었다.

'아차!'

돌연 정춘교의 말이 천둥처럼 뇌리를 스쳤다.

'화아가 표적이 될 수 있다!'

온몸에서 긴장감이 엄습했다. 절대 소흥성으로 들어가서는 안 된다는 말이다. 갑작스레 목적지를 잃은 마음은 더욱 다급해졌다. 멀리 소흥성이 보였지만 사군은 고개조차도 돌리지 않고 달아나기에 열중했다.

'흐흐흐. 서서히 속도가 줄어들고 있군!'

음천규의 경공은 미리환영보(迷鯉幻影步)로 단거리에서는 상대의 이목을 흐리기에 충분한 움직임을 보였지만 장거리에는 취약했다. 하지만 그의 작전이 적중해 상대는 상당한 진력을 소모한 모양으로, 죽어간 세 당주가 아깝기는 했지만 충분한 역할은 한 셈이었다.

어느새 먼동이 터 오고 있었다.

사위가 서서히 잠에서 깨어나고 있건만 대지를 가르는 두 개의 덩어리는 움직임을 멈추지 않고 있었다.

"헉… 헉……."

숨이 턱에 닿으며 자꾸만 정신이 흐려지려고 했다. 사군은 마음속으로 이를 악물었다. 지금의 상태는 차라리 뒤로 돌아서 일대 접전을 벌이다가 죽고 싶다는 생각이 언뜻언뜻 들 정도로 처절했다.

멀리 서홍역이 보였다.

'전당강!'

순간적으로 불안감이 사군을 뒤덮었다. 강물에 앞이 막힌 것이다. 이제 와서 방향을 틀면 삼십 장에 이르는 추적자들과의 거리가 더 가까워질 터였다.

이내 전당강이 나타났다.

오가는 무수한 배들이 보이자 희망이 생겼다.

'배만 탈 수 있다면!'

희미한 여명 속에서 물질을 나가려는 배들이 바삐 움직이는 것이 보였다. 배들과의 거리는 이내 가까워졌다. 사군은 사오 장 전면에서 강으로 나가는 배 한 척을 발견하고는 한껏 신형을 뽑았다.

휘익!

"귀, 귀신!"

강심으로 배를 몰아가며 가족들과 손을 흔들어 인사하고 있던 서너 명의 사공은 사군이 허공을 격해 날아오는 것을 보고는 눈을 휘둥그레 떴다. 탁 하는 소리와 함께 사군은 겨우 배에 올라섰다.

"어서 노를 저어 강을 건너라!"

벽력같은 그 한마디에 놀란 사공들은 파랗게 질려 노를 저어대기 시작했다.

음천규 일행도 배를 타고 달아나는 사군을 보았다.

"저런!"

배는 물살에 밀려 아직 강변을 멀리 벗어나지 못하고 있었다.

'흐흐흐!'

충분히 잡을 수 있는 거리였기에 음천규의 얼굴에는 회심의 미소가 흘렀다.

사군도 그의 움직임을 주시하고 있었다. 놈이 배로 건너오면 지친 데다 무기마저도 없는 상황이니 그대로 끝장이었다. 마땅한 방어 수단을 찾아 이리저리 살피던 그는 희미한 여명 속에서 자줏빛을 발하는 야광벽을 보았다. 정청화가 요대 가운데 박아주었던 것이다. 사군은 얼른 야광벽을 뜯어냈다.

"섯거라!"

음천규는 크게 소리치며 강변에서 막 몸을 날리려는 순간이었다. 허공으로 일 장가량 떠가는 그를 향해 돌연 번쩍이는 물체가 날아왔다.

"으헛!"

마치 귀화(鬼火)를 연상시키는 빛을 발하는 물체. 그대로 무시하고 돌진하기에는 날아오는 물체가 예사스러워 보이지 않았다. 더구나 기이한 빛을 발하는 물체라면!

'화탄?'

날아오는 괴이한 암기에 놀란 음천규는 허공에 떠 있는 신형을 어쩌지 못해 그대로 물속으로 추락하는 길을 택했다.

풍덩!

"어푸푸! 어푸푸!"

음천규는 물에 빠져 정신을 차리지 못하고 허우적거렸다. 수하들은 재빨리 떠 있는 배 한 척에 올라 그를 구해냈다.

"어푸, 어푸푸! 그대로, 그대로 추격해라!"

배로 끌어 올려져 물을 몇 번 게워낸 음천규의 일성이었다.

'저런 지독한 놈들!'

음천규가 물에 빠지는 것을 보고 안심하던 사군은 계속 쫓아오는 것을 보고는 크게 놀랐다. 죽음의 공포에 더해 몸이 지쳐 오는 것은 물론 집요한 추격이 이제는 지겹고 짜증스럽기도 했다.

"어서 몰아!"

사공들의 손이 빠르게 움직였다.

"지옥 끝까지라도 쫓아간다, 이놈!"

멀리서 독이 오른 음천규가 사군을 향해 주먹을 휘두르며 소리쳤다. 그 소리를 듣는 것만으로도 몸에서 힘이 빠졌다. 모험이 필요했다.

"똑바로 노만 열심히 저으면 아무 일 없을 것이다. 경거망동한다면 목숨이 그 대가다!"

사군은 목소리를 깔아 냉막하게 소리치고는 정좌를 하고 운기조식에 들어갔다. 사공들은 이미 그의 놀라운 신법을 목도한 터라 아무 소리 않고 노만 열심히 저었다.

'하늘에 맡긴다.'

사군은 그런 심정으로 마음을 다잡고 운기조식에만 열중했다.

"저런 찢어 죽일 놈!"

멀리서 그런 사군을 본 음천규는 더욱 열불이 났다. 가까이 다가가 일장을 날리고 싶기도 했지만 아까 본 귀화 같은 암기가 날아올까 두려워 접근할 엄두가 나지 않았다. 불빛이 났던 것으로 보아 화탄인지도 몰랐다. 게다가 지금의 상황에 조금도 어울리지 않게 배 위에서 운기조식을 하는 놈의 모습은 마치 자신을 유인하기 위한 것 같았고, 이미 물맛까지 한 번 본 처지였기에 넘실대는 어스름 새벽 전당강의 물결은 그를 겁먹게 하기에 충분했다.

상대가 진짜 조식을 하고 있다면 손해 볼 수만은 없다고 생각한 그도 즉시 운기조식에 들어갔다. 그도 상당히 지쳤기에 몸을 회복시키는 일이 절실했던 것이다.

두 척의 배 위에서 벌어지는 경쟁적인 운기조식이었다. 평소라면 감히 엄두도 내지 못할 일이었지만, 그만큼 다급했고 그만큼 독기가 올랐다.

"휴우……."

사군은 채 일각이 되기도 전에 긴 한숨 소리와 함께 눈을 떴다. 경계심에 감히 대주천은 하지 못하고 소주천만 마친 것이다. 배는 어느덧 맞은편 강안(江岸)에 다다르고 있었다.

"저리로!"

달아나기에 가장 적당하다고 생각되는 장소를 골라 사공들에게 지시했다. 배가 출렁거리며 강변을 따르다가 오 장 거리가 되자 마침내 뭍으로 몸을 날렸다.

"저쪽이다!"

음천규는 사군의 배에서 눈을 떼지 않고 있었다. 이십여 장 뒤에서 따르던 음천규도 사공들을 윽박질러 배를 몰아 내린 후에 사군이 사라진 방향으로 따랐다. 사군이 달아나는 방향은 남북으로 길게 이어진 수로였는데, 단지 그가 아는 익숙한 길이라는 이유가 전부였다.

두 덩어리의 신형이 아침을 맞는 수로를 따라 앞뒤를 다투듯 달렸다. 이미 훤히 동이 텄건만 그들은 사람들의 시선을 뒤로하고 쫓기고 쫓는 일에만 열중하고 있었다. 차츰 시간이 지나자 쫓고 쫓기는 추격전은 사군과 음천규 두 사람만의 일이 되어버렸다. 어느덧 음천규와 동행했던 세 명의 장한은 뒤로 처져서 더 이상 따르지 못했다. 그들 역시 삼대호법이기는 했지만 워낙 길게 이어지는 추격전이라 힘을 다해 길가에 널브러졌던 것이다. 지금껏 뒤처지지 않은 것만도 대단한 일이라 할 수 있었다.

또다시 길고 긴 추격전이 시작되었다.

터벅! 터벅!

터벅! 터벅!

두 사람 모두 진기를 거의 소모해 마침내 멀찍이서 서로를 견제하며 걷다시피 하는 수준의 추격전이 되어버렸다. 누구 하나 힘을 내면 단숨에 결판이 나거나 추격을 떨쳐 버릴 법도 하련만 그조차도 모험이었다.

'그럴 필요 없어!'

음천규는 마음속 충동을 그렇게 다스렸다.

몸을 날린 다음 해승을 휘둘러 한 번에 요절 내버리고 싶었지만, 그 한 수를 실패했을 경우 달아나는 놈을 영원히 쫓지 못할 것만 같았다. 그게 싫었다. 그저 놈이 먼저 쓰러져 주기를 바랄 뿐이었다. 오기로 하는 일이라면 이제껏 남에게 져본 일이 없었다.

두 사람만이 벌이는 지겹게도 긴 추격전. 이제 외로운 도주와 습관적인 추격은 일상이 되어버렸다.

'질긴 놈!'

'독종!'

두 사람은 십여 장 남짓한 거리를 두고 각자 그런 생각을 하며 그저 앞만 보고 터벅터벅 걸었다.

'절대 이렇게는 안 죽어!'

'죽어도 포기하지 않아!'

사군은 목숨을 걸었고 음천규는 자존심을 걸었다.

가끔씩 사군이 수로의 물을 떠 마시면 음천규도 목을 축였고, 잠시 서서 쉴라 치면 따라서 쉬었다. 피차간에 얼굴을 알아볼 법도 하건만, 덕지덕지 흙먼지가 달라붙은 얼굴에 드러난 두 눈만 반짝거리는 상황이라 그렇지도 않았다. 세수도 귀찮았다.

우습게도 아무도 그만 따라오라거나 이제 순순히 잡혀달라는 말을 하기 위해 입을 떼지도 않았다. 함부로 진력을 소모한다는 생각에서였다. 그저 앞에 서고 뒤에 서는 것이 전부였다.

날이 지고 또 새고를 반복했다. 이미 오 주야 동안 이어진 추격전이었다.

잠이 왔다.

사군은 지독한 수마(睡魔)와 싸우고 있었다. 하지만 잠시라도 잠에 빠지면 음천규가 쫓아와 목을 따갈 것만 같았다.

그런 상황은 음천규라고 다르지 않았다.

아무 곳에나 잠시라도 누워 잠을 청하고 싶었지만 그랬다가는 영원히 놈을 놓칠 것이기에 계속 참고 따랐다. 이제껏 힘들게 쫓아놓고 그럴 수는 없었다. 스스로에 대한 자존심이 그걸 용납하지 않았다.

'절대! 절대! 포기란 없어!'

음천규는 최면을 걸듯 마음속으로 중얼거렸다.

"그이를 어디로 보낸 거지요?"

아버지 정춘교를 향한 눈은 새파랗다 못해 독기를 띠고 있다는 표현이 옳을 정도였다. 사군이 돌아오지 않고 있는지 벌써 사흘이 넘었다. 정청화의 신경은 날카로워질 대로 날카로워져 감히 주변에 얼쩡거리는 시비들조차 없었다.

정춘교는 고개를 수그리고 말을 잃었다.

"말씀해 주세요. 제발요! 흑흑흑……."

정청화는 탁자 위에 머리를 감싸고 엎드렸다. 사실은 아무 말도 듣고 싶지 않았다. 지금 당장 사군을 자신 앞에 데려다 놓는 외에는.

'으음…….'

들썩거리는 딸의 어깨를 보자 정춘교는 가슴이 찢어지는 듯했다.

딸이라고 사군에게 그런 일을 시킨다는 것을 모르고 있지는 않았다. 다만 아비가 십년대계로 추진해 온 일임을 알기에 차마 반대하지 못하고 있었음을 알기에 더 가슴이 아팠다.

"내가 찾아가겠어요!"

정청화는 너무 울어 빨개진 눈을 쳐들고 대들듯 입을 열었다.

"어딜 가겠다는 게냐? 설마 중원표국을 포기하겠다는 말은 아니겠지."

"이따위 건물을 무엇에 쓰려고요! 죽을 때 메고 가나요? 그래서 극락에 가져가서 살려고요? 전 아니에요. 그이가 없는 세상은 생각하기도 싫어요. 제가 그이를 밖으로 한 번 내보내고 나면 얼마나 힘든 시간을 보내는지 아세요? 그런데 이제는 아예 사라졌어요. 어느 구석에서 칼에 맞아 헐떡거리다가 죽었는지, 아니면 누구에게 납치당해 모진 고문을 당하고 있는지 어떻게 알아요. 다 아버님 때문이에요……. 흑흑 흑!"

정청화는 거의 실신 직전이었다. 아니, 이미 그동안 몇 차례 실신하기도 했다. 그 때문에 정춘교는 중원표국의 안채에 묶여 꼼짝도 하지 못하고 있었다.

가슴이 찢어졌다.

정춘교의 노안에서 눈물이 주르르 흘렀다.

어린것이… 저 어린것이 얼마나 마음이 아팠으면 이 아비 앞에서 저토록 슬픔을 드러낸단 말인가! 문득 자신이 미워졌다.

그랬다.

딸자식 말대로 아무 소용 없는 것에 집착을 해온 것 같았다.

이렇듯 슬픈 현실을 맞아야 한다면 넘쳐 나는 재산이 다 무슨 소용인가. 이미 영파상방 하나로도 충분한 것을!

무엇을 위해 살아왔던가. 화아와 아내 때문이 아니었던가.

쇠망치로 한 대 얻어맞은 기분이었다. 제갈세가의 후원까지 얻어 이제야 말로 황금 문고리를 잡았다고 생각했는데, 딸의 핍박을 받고 보니 지금 잡고 있는 것은 다 낡아 썩어 나뒹구는 문짝의 녹슨 고리였다.

'내가 뭘 했지!'

차라리 그냥 두었더라면 하는 후회가 물밀 듯 일었다. 그랬으면 아무 일 없이 중원표국은 건질 수 있었을 터였다. 화아의 미래를 안정적으로 보장해 주는.

'이게 아닌데!'

정춘교는 도저히 그냥 앉아 있을 수가 없어 자리에서 일어섰다. 돌연 머리가 어지럽다고 느끼는 순간, 몸이 비틀 하더니 탁자 모서리를 잡으며 미끄러졌다.

쿠당탕!

순간적인 일이었다.

"아악!"

비명을 지르며 자리에서 벌떡 일어선 정청화는 어찌할 바를 모르고 손만 휘저었다.

휘익!

내실 안으로 한 노파가 빠르게 날아들다. 유모 양선고였다.

빠르게 손을 놀려 정춘교의 혈도 이곳저곳을 만지던 그녀는 정춘교를 번쩍 들어 침상 위에 눕혔다. 그러는 사이 비명을 들은 백월이 들어왔고, 시비며 호위 무사들이 안채로 달려왔다.

"물러가 자리를 지켜라!"

백월은 재빨리 소리쳤다.

이번 일이 소문이라도 난다면 남들이 좋은 먹잇감으로 노릴 우려조차 있었다. 강호란 원래 그런 곳이었다.

"어느 누구도 안채의 출입을 금한다. 설사 국주 어른이나 석자희 아가씨일지라도 예외는 없다."

백월은 연이어 시비들을 돌아보며 조치를 내렸고, 이어 급히 몇 자 휘간겨 영파상방으로 전서구를 날렸다. 지원 요청이었다.

터벅! 터벅!

지난밤 오강현(吳江縣)을 지났으니 이제 소주가 코앞이다. 부족한 수면과 지친 몸 탓인지 정신이 횡했다. 머리가 어지러운 가운데도 소주라는 곳은 또렷이 떠올랐다.

'어!'

사군은 문득 서서히 불끈거리는 하초에 크게 당황했다.

그동안 지독히도 지쳐 있었기에 숨을 죽이고 있던 양물이었는데 소주성이 나올 것을 알고는 숱한 여인을 농락했던 옛일을 떠올리는 것인지도 몰랐다. 피곤에 지쳐 졸린 데다 머리가 지끈거려 더 이상 다른 생각을 하기도 싫었다. 멀리 작은 강줄기가 앞을 막아서 흐르는 것이 보였다. 사군은 그 강이 예전에 유장과 함께 건넜던 소주와 오강 사이를 가로지르는 오송강(吳淞江)임을 알았다.

'제기랄!'

음천규가 지척에서 쫓아오고 있는데 어쩌라는 말인가. 하지만 지친 몸은 어떤 생각이든 계속 이어지지 않게 했다. 다행히 잠시 걸어가니 선착장이 나타났고 배 한 척이 정박해 손님들을 태우고 있는 것이 보였다. 이 강을 건너는 사람들이 적지 않기에 하루에도 몇 번씩 수시로 오가는 배였다. 사군은 조금도 망설이지도 않고 배로 향했다.

"뱃삯!"

옷이며 몸 전체에 흙먼지를 뒤집어써서 눈만 내놓은 형상이 된 사군의 모습을 본 우락부락한 선부 하나가 앞을 막아서며 불쑥 손을 내밀었다.

그제야 현실을 인식한 사군은 멍한 가운데 품속을 뒤적거리니 종잇장 하나가 손에 잡혔다. 꺼내보니 정청화가 외출할 때 사고 싶은 것이 있으면 쓰라고 넣어준 백 냥짜리 전표였다.

"여기."

전표를 건네고는 배에 올라섰다.

"으헉!"

선부는 놀라 전표를 들고 선장에게로 뛰어갔고, 진위를 확인한 선장은 황급히 사군에게 달려와 거스름돈이 없다며 난색을 표했다.

"있는 대로 줘!"

사군은 귀찮다는 듯이 손을 저어가며 말했다. 선장은 사군의 행색을 유심히 살폈다. 드문 횡재이기는 하지만 자칫 도난당한 것을 받았다가는 나중에 관아에 불려 다니며 귀찮은 일을 당하는 수가 있었다.

'흠! 그러고 보니……'

흙먼지를 뒤집어쓴 탓에 몰골이 형편없기는 했지만 옷이며 요대에 영웅건 등 어느 것 하나 값비싼 비단으로 되어 있지 않은 것이 없다는 것을 알았다. 뼈대있는 가문의 자제가 일시적으로 힘든 일을 겪었을 뿐이라는 판단이 서자 선장은 입이 찢어졌다.

있는 대로 달라고 했으니… 그 말에 따라 잠시 후 선장이 건넨 것은 채 은자 열 냥도 되지 않는 돈이었지만 사군은 눈어림으로조차 세어보지 않았다. 게슴츠레한 눈으로 잔돈을 받아 품속에 집어넣던 그는 문득 음천규가 뒤따르고 있다는 것이 생각났다.

"대신 저 사람은 절대 태우지 마!"

사군은 뒤에서 비실거리며 배를 올라타려는 음천규를 가리키며 말했다.

"옛! 염려 마십시오. 우리 배에 저런 거렁뱅이를 태울 수는 없지요!"

힘차게 대답한 선장이 눈짓을 하자 건장한 선부 둘이 달려가 막 부교에 발을 올리려는 음천규의 가슴팍에 발길질을 선사했다. 뱃삯을 달라고 손을 내미는 절차도 없었다.

휘익 하는 우악스런 파공음!

"컥!"

쿠당탕!

음천규는 난데없는 발길질에 그대로 나가떨어져 땅에서 몇 바퀴를 굴렀다.

감히 선부 따위가 자신에게 발길질을 하다니! 정말이지 그는 지금 일어나는 일을 도저히 믿을 수가 없었다. 정신이 멍한 가운데도 자신이 쫓던 자객 놈이 전표를 내밀어 뱃삯을 치르는 것을 보기는 했다. 당연히 자신에게도 그런 질문이 오리라 생각했는데… 대신 발길질이 날아왔던 것이다.

'은자라면 나도 충분히 있는데……'

정신이 흐릿한 가운데 선부가 괘씸하다기보다 그런 생각이 먼저 들었다.

너무 억울했다. 음천규의 인생을 통틀어 이런 일을 당하기는 처음이었다. 하늘을 찌를 듯한 노기가 뻗쳐야 마땅했지만 대신 사르르 눈이 감겨왔다. 다시 들어 올리기에는 눈꺼풀의 무게가 너무 무거웠다.

'졸려……'

복건 최고의 고수이며 복건상방의 총호법이기도 한 절명승 음천규는 오송강 객선 선부의 허접한 발길질 한 방에 그대로 선착장에 널브러져 깊은 잠에 빠졌다. 음천규가 코를 골기 시작한 것은 배가 미처 선착장을 뜨기도 전이었다.

"드르릉! 드르릉!"

"하하하……"

사군은 터져 나오는 웃음을 어쩌지 못했다. 하지만 지금 이 순간에는 저렇게라도 잘 수 있는 그가 부러웠다. 이대로 배 난간에 기대 푹 잠들고 싶었지만 불끈거리는 양물의 기묘한 움직임이 그를 끊임없이 자극해 오며 잠을 방해하고 있었다. 배가 맞은편 강안에 도착하자 지친 사군은 간신히 배에서 내렸다.

터벅! 터벅!

발걸음이 질척거렸다. 지금 그가 비몽사몽간에 발걸음을 떼서 향하는 곳은 호구산이었다. 소주 뒤편에 있는 산이라 이곳 오송강과는 반대 편에 있어 찾아가기에는 쉽지 않은 곳이었지만, 알 수 없는 힘에 이끌리듯 그곳으로 향하고 있었다. 사군이 호구산 산중에 도착한 것은 또 다른 밤이 지나고 다시 날이 밝아올 무렵이었다.

쾅당!

요란한 소리와 함께 사군은 길옆 풀숲으로 무너져 버렸다. 뒤이은 요란한 코골이가 호구산으로 통하는 소로 주변의 조용했던 숲을 일시에 뒤흔들었다.

"드르릉! 드르릉!"

시끄러운 코골이 소리는 좀체 끝나지 않았다. 날이 저물고 다시 해가 뜨고 져도 사군은 여전히 잠에서 깨어나지 못했다. 달라진 점이라면 사군의 코 고는 소리가 조금씩 잦아들고 있다는 정도였다.

〈5권으로 이어집니다〉

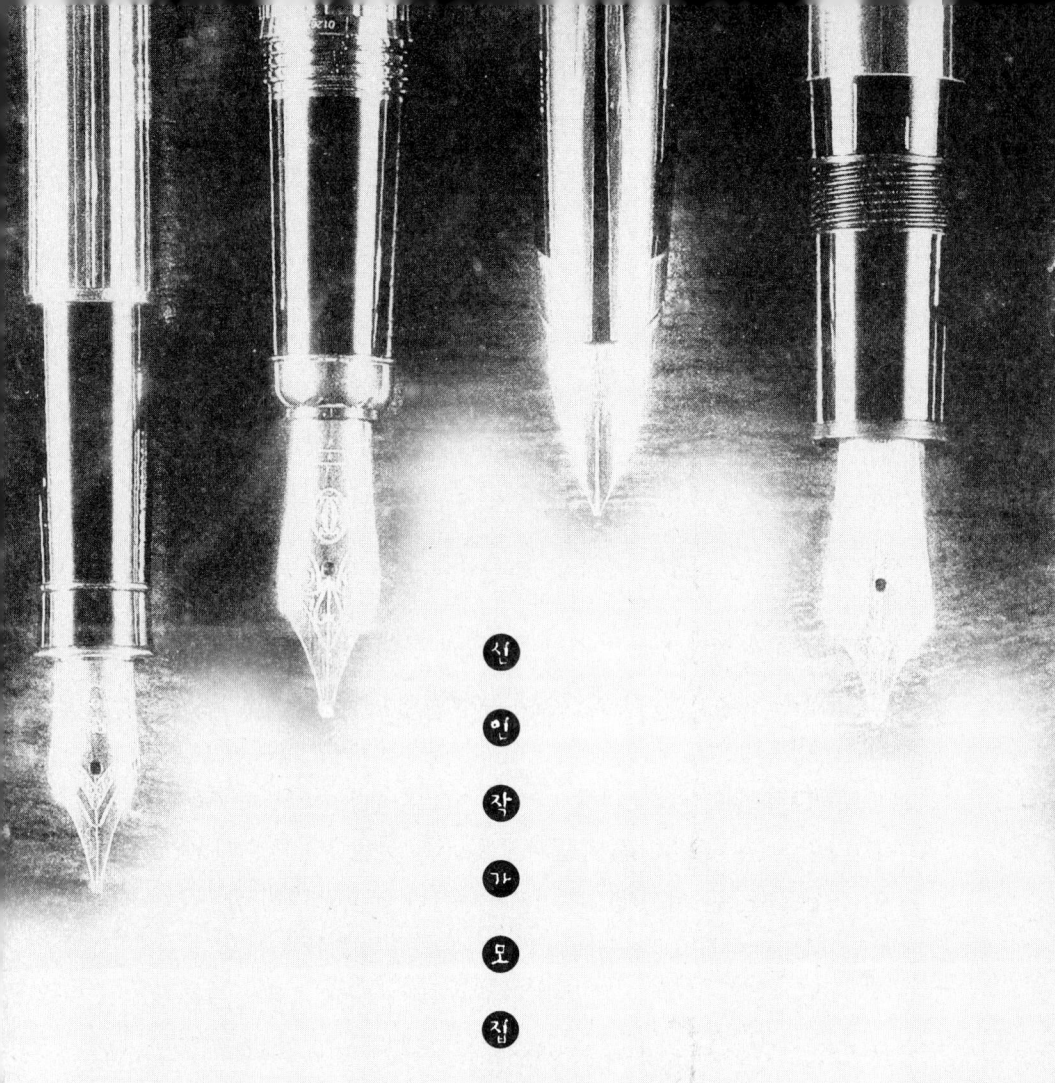

신
인
작
가
모
집

시작이 반이라고 했습니다.
작가의 길에 대한 보이지 않는 벽을 과감히 깨뜨리십시오!
청어람은 작가 지망생 여러분들의
멋진 방향타가 되어드리겠습니다.

저희 도서출판 청어람에서는
소설 신인 작가분들을 모집합니다.
판타지와 무협을 사랑하시는 분들의 많은 참여를 바랍니다.
소정의 원고(A4용지 150매)를 메일이나 우편으로 보내주시면
검토 후 출판 여부를 알려드리겠습니다.

주소:경기도 부천시 원미구 심곡1동 350-1 남성B/D 3F 우편번호420-011
TEL:032-656-4452 · FAX:032-656-4453
http://www.chungeoram.com
e-mail:chungeoram@chungeoram.com